片山智行
Katayama Tomoyuki

筑摩選書

孔子と魯迅

中国の偉大な「教育者」

孔子と魯迅　目次

Ⅱ

孔子と魯迅

中国の偉大な「教育者」

序

1

人は、本能で生きる動物から徐々に脱皮して、人間として立ちゆくための人間性を獲得していった。人間性を育て上げることをめざした道徳教育は、日本より遥か以前に、中国において勃興した。

人間を人間たらしめる人倫道徳を確立した偉大なる人物が、釈迦やキリストよりもっと前の、古代中国に現れたのである。その人物こそ孔子である。

孔子は晩年、政治家としての活動の道を絶たれたあと、もっぱら君子《くんし》（あるべき姿の為政者《いせいしゃ》。立派な人間）の育成に力を注いだ。

為政者は、人間として「いい加減」でない、高潔な品性が要求される。自己の利益を優先する人間、義を守らない人間、非を認めない自分勝手な人間が、為政者になってはならない。

為政者は、統治の才能を発揮する以前に、まずは真っ当な人間でなければならない。孔子は為政者をめざす弟子たちに、人間性の大切さを諄々《じゅんじゅん》と説いた。孔子塾では、大勢の弟子たちが孔子の人格に触れて、日々修練を重ね、高潔な品格の形成をめざして努力したのである。

孔子の説いた仁は、堅苦しい議論は別にすると、文字から言ってもにんべんに二で、相手も同じ人間だ、と認める心である。相手に対する思いやりの心が仁なのである。結局のところは、孟子が言っているように、「仁ナル者ハ、人《じん》ナリ」である。仁は「ひと」であり、ヒューマニズム以外のなにものでもない。

仁は、いろいろな形をとる。仁は孝でもあり、忠でもあり、節〔貞節〕でもある。親子関係で言えば、孝ということになるし、君臣関係で言えば、忠ということになるし、夫婦の関係で言えば、節ということになる。

忠とか、孝とか、節とか、それに信とか、義とか、こういうものは、それぞれ相手に誠を尽くすことである。相手を思いやって誠を尽くすことは、人間にとっていちばん大切なことなのである。これが人間性の根源である。

孔子は学問を教授すると同時に、人倫の基礎となる誠の道、すなわち仁義道徳を、日々の生活の中で弟子たちに教えた。

孔子は為政者となる弟子たちに、まずはバックボーンとなるべき人間性を身に付けることを教えた。孔子の偉大さは、仁義道徳の大切さを飽くことなく説いた点にある。

このところ、中国やアジア・アフリカの発展途上国において、目を覆いたくなるような汚職事件が続出しているが、その原因はそれぞれの国の為政者や役人が、倫理道徳のバックボーンを喪失しているからである。すなわち、彼らが自己の利益を優先する利己主義者であって、真っ当な「君子」ではないからである。

仁を説く孔子の教えは、現代人にとっても、学び取るべきところは少なくない。誠実と思いやりの精神を基礎とする仁義道徳は、いまなお最も大切にしなければならないものである。

2

しかしながら、後世の儒者は封建王朝の支配者の意向に添って、忠、孝、節などの徳目〔名〕を支配者側にとって都合のいいように解釈し、君、父、夫への一方的服従のみを強調した。思いやりの精神〔仁〕が根本である本来の孔子の教えを歪《ゆが》め、「絶対服従」を強要する封建道徳に変質させたのである。

その結果、孔子の仁の精神から逸《そ》れた儒教の徳目は、人々を服従させる装置となり、二千年ものあいだ封建道徳として君臨した。過去の封建社会〔中国の歴代王朝、日本の江戸時代など〕においては、儒教の徳目は、支配者側にとって都合のいい、目上の者を敬う部分のみが、強調されたのである。

封建社会においては、身分が下の者は上の者の言うことを、どんな理不尽な命令であろうと、唯々諾々《いいだくだく》と聞かなければならなかった。封建道徳と化してしまった儒教は、長年にわたって、忠、孝、節の「名」のもとに、身分が下位にある弱者を苦しめ続けたのである。

民衆も知らず知らずのうちに、支配者の求める忠、孝、節などの「名」に誘導されて、みずから「絶対服従」を是《ぜ》とする空気を醸成《じょうせい》し、それが社会全体に行き渡った。

魯迅は処女作『狂人日記』で、儒教の説く忠、孝、節の教えが現実的には、非人間的な封建道徳にすり替わっていることを、「礼教食人《れいきょう》」という過激な表現で暴いた。礼教〔儒教〕は人食いの教えだ、と象徴的に言い放ったのである。これは、封建道徳を当然のこととして受け入れていた当時の人々に、大きな衝撃を与えた。

現在に至っても、そうした「名」の欺瞞は解消されていない。

中国共産党の最高指導者であった毛沢東は、「民衆のものは針一本取るな、乱暴な言葉遣いはするな」と言って、民衆に敬愛される人民解放軍を育て上げ、中国人民の支持を得て、ついに新中国を建設した。

ところが、大発展を遂げた現在、一部とはいえ、無私を誓って入党したはずの共産党員〔各行政機関の幹部〕が、権限を利用して自己の利益を図り、革命の理想と正反対の汚職を行っているのである。現職幹部がしばしばコネで動き、彼らが起こした汚職事件は膨大な数にのぼると報道されている。

共産党員の汚職こそ、掲げている看板が、やっている実態と異なる、人間としての「いい加減」さの典型であろう。現時点の中国社会における最大の「名」の欺瞞は、「共産」党の名に反する、一部の中国共産党幹部の汚職である。

一方、民衆の側にしても、往々にして、彼らの内なる「いい加減」さを暴走させる。文化大革命のときには、熱にうかされた新型の阿Qたち〔紅衛兵や無自覚な民衆〕が、人間としての「いい加減」さを露呈し、大勢の無実の人々を糾弾して命を奪うまでに及んだ。

人間としての「いい加減」さ、というこの厄介な「病気」は、いまなおゾンビのようにしぶとく生き残っている。魯迅が終生訴え続けた、人間としての「いい加減」さの克服は、いまなお実現されていないのである。

3

孔子は二千五百年も前に、人間としての「いい加減」さの対極にある仁の大切さを説いていた。孔子の説く仁は、誠実と思いやりの精神を基礎としている。したがって、仁は、ごまかしをしたり、他人の悲劇を冷淡に見物する、人間としての「いい加減」さと、真正面から対立する。古代中国において孔子が説いた仁の教えは、人間としての「いい加減」さの克服をめざす点においては、魯迅の主張と異なるところはない。

孔子は為政者となるべき弟子たちに、まずは人間として「いい加減」でない、真っ当な人間になることを求めた。孔子塾を巣立った彼らが、現実社会において、人間が人間らしく生きることのできる、仁の政治を、しっかりと行うように教育したのである。

孔子は、君子とはどういう人間か、と弟子の子路《しろ》に問われたとき、「百姓《ひゃくせい》〔民衆〕に安心した生活を送らせる者だ」と答えている。

魯迅にしても、人間が人間らしく生きることのできる社会をめざし、その実現のために、現実の社会を見据えて問題点を批判し続けた。

魯迅が生まれたのは清《シン》朝末期で、当時の中国人〔漢民族〕にとっては異民族〔満州族〕の支配下にあった。かつまた、アヘン戦争のあとは帝国主義列強に次々と侵略されて、生活は苦しくなる一方であった。

魯迅は、異民族支配〔その後は軍閥専制〕と帝国主義列強の侵略という、極めて苛酷な状況の中で生きたのである。その厳しい現実との対決を抜きに、人間が人間らしく生きることのできる社会の到来を、望むことはできなかった。

そうした困難な状況の中で、魯迅は、中国の民衆、すなわち国民が、どのようにすれば人間らしく生きていくことができるか、そのことを追求し続けた。

自分たちの生活を破壊する圧制者と戦って打ち勝つためには、どうしても中国人の国民性とも言うべき、人間としての「いい加減」さを克服しなければならない。そのためにこそ、魯迅は、「いい加減」に生きる民衆に対して、ときには諧謔《かいぎゃく》や皮肉を交えながらも、痛烈な批判を加え続けたのである。

中国人の国民性〔人間性〕の改革こそ、魯迅が終生、求め続けた悲願であった。魯迅が、小説などの創作を遥かに超える膨大な分量の雑文〔社会評論、随感〕を飽くことなく書いたのは、そのためである。

孔子も、魯迅も、生まれた時代こそ異なるが、彼らはともに、人々が人間らしく生きることのできる社会をめざして、それぞれの現実の只中《ただなか》でひたすら努力した。

人間性に満ちた社会を実現するためには、人間〔中国人〕が、それぞれの現実の中で、人間としての「いい加減」さを克服して、真っ当な人間にならなければならない。孔子と魯迅が一途《いちず》に訴えているのは、まさにそのことなのである。

孔子と魯迅が主張したことには、なおも新鮮な生命力がある。現代社会に生きる人間にとっても、学ぶべきものは少なくないのである。

I

孔子の原像——人間性の確立

中国歴史地図（春秋時代）

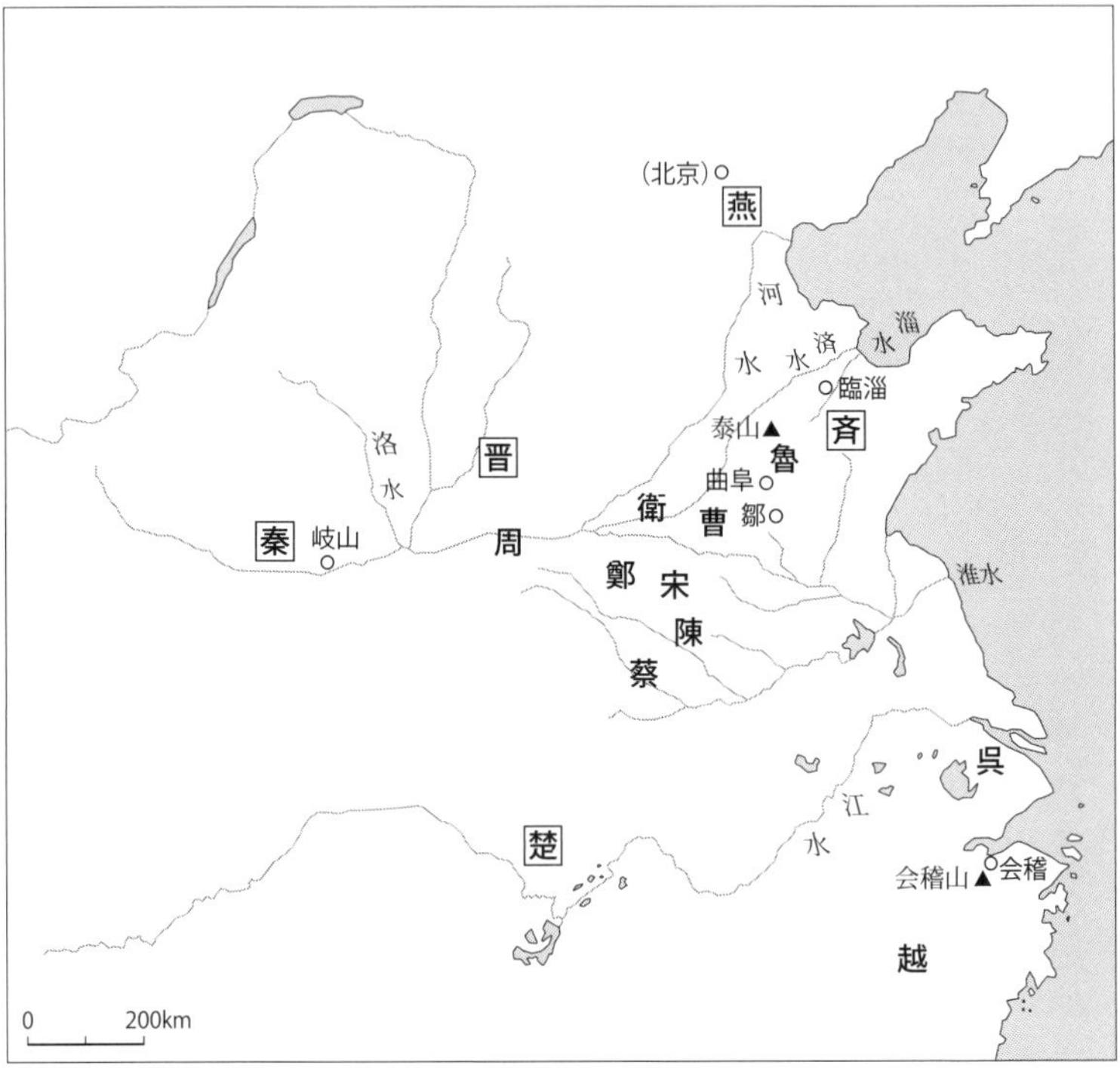

1　春秋時代の孔子

孔子〔孔丘《きゅう》。字《あざな》は仲尼《ちゅうじ》〕は、儒教の始祖として尊崇され、聖人と言われた。後世になると、限りなく祭り上げられて、ついには大成至聖先師文宣王というものものしい尊称まで受けている。孔子の教えを伝える儒教は、中国の各王朝に受け入れられて、社会秩序を維持する重要な柱となった。儒教は、いつしか封建道徳の支柱となっていた。

孔子は儒教の本尊であるが、しかし、生身の孔子は、封建道徳の本尊といった堅苦しい人物像から、大きくかけ離れている。下級役人〔倉庫係、牧畜係〕の職務をこなしたあと、五十過ぎには魯《ろ》の国で司寇《しこう》〔司法長官〕などの高い地位に就き、華々しい政治活動を行っているのである。それにまた、匡《きょう》での災難〔孔子学団が陽虎《ようこ》（後出）に間違えられて包囲された。以前、陽虎は匡を襲撃していた〕や、陳蔡《ちんさい》の厄《やく》〔孔子学団が小国の陳、蔡の国境で陳と蔡の兵に包囲され、食糧が欠乏して苦しんだ災厄〕など、生涯で何度か際どい窮地に陥っている。孔子は、謹厳実直におとなしく生きた聖人君子ではない。

孔子が生きていた時代は、紀元前五〇〇年、すなわちキリスト生誕の五百年前で、いまから約二千五百年前のことである。当時の中国は周王朝であったが、周王朝も後半に入ると、すでに往年の威信がなく、一般的には春秋戦国時代と呼ばれている。

『春秋』は、孔子が編集したと言われている魯〔山東省にあった小国〕の国の歴史のことで、そこに記述された時代を春秋時代と呼んでいる。孔子自身、その時代に生きた人間であった。続いての時代が戦国時代で、両者を併せて春秋戦国時代と呼んでいる。

春秋時代でもすでに下剋上《げこくじょう》の風潮が始まっており、実質的には「戦国」前期と言ってもいいくらいである。この戦乱の春秋戦国時代に終止符を打ったのが、かの有名な秦の始皇帝であった。

孔子が生きていた時代は、秦の始皇帝が紀元前二二一年に全国を統一したときから逆算すると、約三百年前ということになる。

春秋時代は上下の秩序が乱れていて、群雄割拠の各国では、それぞれに深刻な内紛を抱えていた。孔子の生まれた魯の国もご多分にもれず、有力な家老が実権を握っていて、魯の国君〔周に封《ほう》ぜられた諸侯〕の影は薄かった。

家老の中でも、魯の桓公《かんこう》から分れた三桓氏、すなわち孟孫氏、叔孫氏、季孫氏の三家が権勢を誇っていて、その中でも季孫氏がいちばん強大であった。季孫氏の族長の季平子《きへいし》〔季孫氏の五代目〕が、魯の国君もできぬ豪華な先祖の祭礼を行ったときには、孔子はその僭越《せんえつ》な行いにひどく憤慨している。

孔子、季氏ヲ謂《い》ウ。八佾《はちいつ》、庭ニ舞ワシム。是《これ》ヲモ忍ブ可《べ》クンバ、孰《いずれ》カ忍ブ可カラザランヤ。

（八佾第三）

孔子が季氏〔季平子〕を批評した。「季平子は八佾の舞いを自分の邸宅の庭で舞わせた。これが許せるくらいなら、許せないものはなにもない」

八佾の舞いは、八人八列の六十四人で行う舞いで、天子が祖先の祭祀《さいし》のときに用いる群舞である。諸侯は六佾〔六人六列の三十六人〕で、大夫《たいふ》〔諸侯の家老〕は四佾〔四人四列の十六人〕である。孔子は、大夫の身分の季平子が礼を犯して八佾を行ったことに、許し難い憤りを覚えて、このように批判しているのである。

魯の昭公は機を見て、季平子から奪権しようとクーデターを起こして失敗し、国を追われて隣国の斉《せい》に亡命した。七年ののち、彼は失意のうちに亡命先で亡くなっている。

このように権勢を誇った季孫氏ではあるが、魯の昭公を放逐《ほうちく》した季平子のあと、息子の季桓子の代になると、陽虎〔字は貨。論語では陽貨〕という家臣に実権を奪われている。このことはとりも直さず、魯の国が家老の家臣、すなわち陪臣《ばいしん》によって実効支配されていたということになる。まったくもって下剋上そのものである。孔子が生きていたのは、このような秩序の乱れた時代であった。

孔子は、そういう時代背景もあって、何度も不遇を味わっている。そもそも出生から、ハンディを背負っていた。『史記』によると、叔梁紇《しゆくりようこつ》〔孔紇。叔梁は通称〕が顔氏の女《むすめ》と野合して孔子が生まれた、ということになっている。要するに、両親の関係は正式の結婚ではなかったのである。

一説によると、母親が女楽《じよがく》という、卑しく見られる職業にあったから、孔家に入れなかったという。また、父親が六十を過ぎた高齢者で、母親との年齢差が三十数歳もあり、礼に合わないのでそう言われたという説もある。ちなみに、父親は勇者の誉れが高く、正妻もあり、女児が九人いた。孔子は父親に似て、偉丈夫だったと言われている。

孔子は少年時代より礼を修め、その道でかなり名をなしていた。しかし、魯の国の実権者である季孫氏が「士を饗《きょう》す」と称して行った宴会に、当然資格があると思って出かけていった若き孔子は、「ここは士〔身分のある臣。卿《けい》、大夫《たいふ》、士《し》の士〕をもてなすところだ。おまえのような小僧が来るところではない」と、追い返される屈辱を嘗めている。新人登用試験を兼ねた宴会であったと思われるが、孔子は文字通り門前払いを喰らったのである。

これからもわかるように、孔子は優秀な若者ではあったが、士の私生児に過ぎず、上流の出身ではなかった。暮らしもそれほどよくはなかったようである。自らも後年、「自分は若い頃は身分が賤《いや》しかった。それで、つまらない雑事に多能なのだ」と述べている。

のちに役人になったようであるが、それは倉庫係などのかなり下級の地位であった。三十代半ばで、隣国の斉に行って就職運動をしたが、うまくいかずに帰国した。四十代は教育活動に専心して、かなり名を成している。

＊

この頃のことと思われるが、孔子は、主《あるじ》の季桓子〔季孫氏の六代目〕から権力を奪って魯の国を支配していた陽虎に目をつけられて、会見を求められている。

孔子は気が進まず、会おうとはしなかった。すると、陽虎は孔子に贈り物として豚を送り、孔子が返礼に来ざるを得ないように仕向けた。身分の上の者が贈り物をしてきたのであるから、当然ながら放っておくわけにはいかない。この場面は、『論語』では次のように叙述されている。


陽貨、孔子ヲ見《み》ント欲ス。孔子見《まみ》エズ。孔子ニ豚ヲ帰《おく》ル。孔子其ノ亡《な》キヲ時トシテ、往キテ之ヲ拝ス。諸《これ》ニ塗《みち》ニ遭ウ。孔子ニ謂《い》イテ曰ク、来タレ、予爾《われなんじ》ト言ワン。曰ク、其ノ宝ヲ懐《いだ》キテ其ノ国ヲ迷ワスハ、仁ト謂ウ可《べ》ケンヤ。

曰ク、不可ナリ。

事ニ従ウヲ好ミテ亟《しばしば》時ヲ失ウハ、知ト謂ウ可ケンヤ。

曰ク、不可ナリ。

日月逝《ゆ》ク。歳、我ト与《とも》ニセズ。

孔子曰ク、諾《だく》、吾将《まさ》ニ仕エントス。

（陽貨第十七）


陽虎（陽貨）が孔子に会いたがった。孔子は会おうとしなかった。そこで、陽虎は孔子に豚（豚肉）を贈った。孔子はわざと陽虎の留守を狙って返礼に行った。ところが、その帰り道に孔子は陽虎とばったり出くわしてしまった。

陽虎は孔子に言った。「やあ、わたしはあんたに話があるんだ」（陽虎は孔子の顔を見ると、さっそく用件を切り出した）

陽虎は続けて言った。

「すぐれた才能がありながら、自分の国を乱れたままにしておくのは、仁と言えますか?」

「そうは言えません」

「事をなそうと思いながら、しばしば機会を逸するのは、知と言えますか?」

「そうは言えません」

「時は過ぎ去っていきます。歳月は人を待ってはくれないのです」

孔子は言った。「わかりました。わたしもいずれ仕官いたしましょう」


この問答から見ると、どうやら孔子は陽虎に押され気味である。陽虎のたたみ掛けてくる質問に、積極的に切り返していない。陽虎は季孫氏の権力を奪うくらいの人物だから、かなりの才覚を持っていたのであろう。孔子に出くわしたのも、おそらくは意図的に待ち伏せしていたものと思われる。敵もさる者である。

陽虎はまた、孔子が現実の政治の場で自分の力を発揮したがっているのを知っていたに違いない。孔子は学者として名声を得ていても、それに安住して評論家的に生きようとはせず、あくまで自分の理想を現実の社会で実現しようと志していた。陽虎はそのことを見抜いていたのである。

孔子は急所を突かれて、主をないがしろにしている陽虎に対して、毅然《きぜん》として「仕官はしません」とは言い切れなかった。孔子は陽虎に対して、儀礼的な配慮があったにせよ、ぴしっと拒絶していないのである。

孔子ともあろう者が、主に僭越であった陽虎にこのような応対をしたのは、かなり考えさせられる問題である。ひょっとすると、陽虎に仕える気が胸のどこかにあったのかもしれない。ちなみに、『史記』の記述によると、季孫氏の屋敷で若き孔子を追い返したのは、季孫氏の家臣の陽虎であったという。

2　孔子の就職願望

孔子は陽虎に対してだけでなく、ほかの場合でも似たような対応をしている。

魯の国でいちばん名門の季孫氏には、陽虎のほかにも実力を持った者がいた。それは公山不《ふ》狃《じゅう》〔季孫氏の家臣。論語では弗擾《ふつじょう》〕という人物である。

陽虎は、魯の国の有力三家老である三桓氏の内輪もめに乗じて、ついに兵を挙げた。そのとき公山不狃は陽虎に与《くみ》して、季桓子に叛旗をひるがえしたのである。公山不狃は季孫氏の所領地〔本拠地〕である費《ひ》という城市の代官であった。

陽虎のクーデターが失敗に終わると、公山不狃は城壁の堅固な費に立て籠《こ》もった。そんなときに、孔子は公山不狃から仕官の誘いを受けたのである。孔子はその申し出を受け入れようとした。

これを慌てて止めたのが、剛直で一本気な子路《しろ》〔姓は仲《ちゅう》、名は由《ゆう》。字が子路、または季路〕である。子路は孔子が信頼していたいちばん年長の弟子である。率直過ぎて、しばしば孔子にたしなめられているが、その率直さゆえに孔子に可愛がられていた。それだけに、いざというときにはなんら憚《はばか》ることなく、孔子に諫言《かんげん》している。

このときも、子路は不満顔で孔子に、「行かないで下さい。なにも公山氏のところなんかに行くことはありません」と直言した。それに対して、孔子は次のように答えている。

子曰ク、夫《そ》レ我ヲ召ク者ハ、豈《あに》徒《いたずら》ナランヤ。如《も》シ我ヲ用イル者有ラバ、我其レ東周ヲ為サンカ。（陽貨第十七）

孔子は言った。「わたしを招くからには、なにかわけがあるのだろう。もしわたしを用いる者がいるならば、わたしは東周を創るだろう」〔よく治まった周の前半期は、西周と呼ばれる。そうした立派な周を東の国で創りたい、との意〕

孔子は子路にいったんは言い返したが、結局、子路の諫言を受け入れて、費には行かなかった。しかし、本音の部分では公山不狃の招きに応ずる気持ちは十分にあったように思われる。公山不狃の件は、なんとか子路の諫言で収まった。

しかし、後年、孔子はまたしても謀反《むほん》した人物の招きに応じようとした。今度は、晋《しん》〔山西省にあった大国〕の家老の家臣である仏肸《ひっきつ》という人物が孔子を招こうとしたのである。仏肸も陽虎や公山不狃と同じく、直接の主《あるじ》である晋の家老に謀反を起こした人物である。前にも述べたように、この時代はどの国でも上下の秩序が乱れていた。

孔子は祖国の魯の国を追われていて、このときは弟子たちの集団を引き連れて放浪の旅を続けていた。経済的に困窮しているときなので、仏肸の申し出は非常にありがたいものであった。しかし、前回と同じく、剛直な子路が賛成しなかった。

「以前、先生からお聞きしました。先生は、自分から進んで悪いことをする者のところへは、君子〔立派な人間〕は行かないものだ、とおっしゃいました。仏肸は中牟《ちゆうぼう》〔晋の家老の趙簡子の所領地。仏肸はそこの代官〕を根城にして叛乱を起こしているのです。先生が行かれるのはどういうことでしょうか？」

子路の質問はなかなか厳しい。詰問《きつもん》に近い。

子曰ク、然リ、是《こ》ノ言有り。……吾豈匏瓜《あにほうか》ナランヤ。焉《いず》クンゾ能《よ》ク繋《か》カリテ食《くら》ワレザランヤ。（陽貨第十七）

孔子は言った。「そうだ。そう言ったことはある。……しかし、自分はどうして瓢箪《ひようたん》〔またはニガウリ〕でおれるかね？　ぶら下がったままで食べられないんじゃ、困る。世の中の役に立ちたいのだ」

孔子は子路の言うことに納得しながらも、自分の正直な心の内を説明している。本心は行きたかったのである。この件も、結局、子路に止められた。

＊

孔子は魯の国を追われて放浪〔遊説《ゆうぜい》の旅でもある〕の身になってからあと、なんとか機会を捉えて、現実社会を動かす政治の世界に入ろうと願っていた。孔子が懸命に仕官を求め続けたことは否定できない。

理想を机上の空論にしたくない、という孔子の気持ちは痛いほどわかるが、封建道徳の支柱であった儒教の始祖である孔子が、主をないがしろにしている陽虎、それに謀反を起こした公山不狃、それにまた謀反を起こした仏肸、の招きに応じようとしたことには、なにか違和感を覚える。こんな事実を知ると、儒教の大切な徳目である主君に対する忠とは、孔子においてはなにであったのか、という疑問が生じる。

一つ考えられることは、孔子が魯の国で豪族支配が行われていることを憎み、国君に君主権が戻ることを願っていた、という視点からの解釈である。陽虎の主である季桓子〔前出〕が魯の国君の実権を奪っている以上、陽虎が主の季桓子の実権を奪っているのは、魯の国君から見ると、かならずしも悪い行動ではない。敵の敵は味方なのである。したがって、魯の国君に権力が戻ることを願っていたことを考えると、孔子が陽虎や公山不狃らに仕えようとしたのは、その点から解釈できなくはない。東洋史家の貝塚茂樹は、孔子が豪族の打倒、君主権の強化に全力を傾けていた点を強調して、次のように述べている。

孔子は三桓氏のような悪人が栄えるこの現実をば、そのままで肯定したのではなくて、この三桓氏によって代表される一般の豪族を打倒して、君主権を強化することが理想であった。

（中略）

都市国家の貴族政治を打破し、君主権を強化する政治思想は、戦国時代に勃興してきた七国の官僚国家の組織のなかにとり入れられ、秦漢帝国の中央集権的な官僚国家の基礎理論となった。孔子の教えが、漢帝国において国教として採用されたことは、この孔子の理想が、三百五十年の未来において、完全な勝利を博したことを意味するのである。

（貝塚茂樹『孔子』一九五一年）

貝塚茂樹の主張は非常に明快で、この見地からすると、孔子の陽虎や公山不狃らに対する対応はわかりやすい。魯国において君主権の確立をめざしていた孔子が、「悪人」に反抗する陽虎や公山不狃らに手を貸そうとしても、不思議はないのである。貝塚茂樹は君主権の強化という視点をさらに普遍化して、孔子の教えが漢帝国において国教として採用され、孔子の理想が完全な勝利を博した、とさえ結論している。この見解は、歴史家のリアリスティックな史観として、それなりに理解できる。

ただし、孔子の理想が君主権の確立にあったとすると、疑問も生ずる。君主権の確立を絶対視する法家の思想と、あまり変わらないからである。この点については、中国文学者の吉川幸次郎がより穏当な言葉で、孔子の理想を次のように述べている。

当時の中国、それは孔子にとって、人類の住む全地域と意識され、つまり全世界と意識されたものであるが、この広大な地域は、やがてのちに来たるべき統一を、おぼろげには予想しつつも、またそうした予想を生み易《やす》い条件として、人種と言語とをおなじくしつつも、しかもかず多くの侯国が、分立し抗争する状態にあった。孔子は、愛情にもとづく政治をおし進めることによって、この分立と抗争を解消しようとしたのである。そうして、全人類、その意識にあった全人類を、幸福と平和にみちびこうとしたのである。

（吉川幸次郎『中国の知恵』一九五三年）

吉川幸次郎も、孔子が当時の社会情勢の中で、分立した諸国間の抗争が終結することを予感し、統一された平和な社会が出現することを望んでいた、と述べている。孔子が中国の統一を求めていたという指摘は、方向としては貝塚茂樹の見解と一致していると言えるであろう。

ただし、ここで注目すべきは、孔子が「愛情にもとづく政治」すなわち仁政でもって、「その意識にあった全人類を、幸福と平和にみちびこうとした」と指摘している点である。孔子は君主権の強化を望んではいたが、それはあくまでも仁政が行われることを前提にしているのであり、君主権の強化のみを求めていたわけではない。こうして見ると、吉川幸次郎の説のほうが納得しやすい。

『論語』で見られる孔子の言動からは、君主権の強化を求める強烈な意欲それ自体は、それほど強くは伝わってこない。君主権の強化は、孔子においては、「愛情にもとづく政治」すなわち仁政が社会に行き渡り、統一された平和な社会が形成されるためにこそ、必要とされたのである。

3　実力発揮と「正名」論

孔子は三十代半ばの頃、三桓氏に追放された魯の国君のあとを追って隣国の斉《せい》〔山東省にあった大国〕に行っている。そして、この国で仕官の機会を窺《うかが》っていた。しかし、それはうまく行かず、魯の国に戻って、四十代はもっぱら教育にたずさわっている。

五十過ぎになって、孔子はやっと魯の国君の定公《ていこう》に能力を認められ、政治の表舞台に登場した。まずは地方都市の長官である「中都《ちゅうと》ノ宰《さい》」〔代官〕に登用されたのである。

一年で治績を挙げ、ついに名門一族でないとなれない司寇《しこう》〔前出〕にまで昇り詰めている。魯の国における最高権力者の一人になったのである。政治の場に立った孔子は、意外なほどの辣腕《らつわん》ぶりを発揮した。この点、われわれが想像している孔子とはいちじるしく相違している。実務的能力のあった孔子は首相格の仕事もこなし、外交的にも才能を発揮して、ある局面では峻烈《しゅんれつ》でさえあった。

例えば、斉との講和会議で定公の介添《かいぞ》え役を務めたとき、斉の威嚇的な振る舞いに対して、会議場の階段を駆け上って、相手の役人に大喝《だいかつ》を喰らわしている。

また、斉の用意した侏儒《しゅじゅ》たちの下品な舞台を叱りとばして、不始末の代償として侏儒たちを処刑させている。自国の尊厳を示す必要があったかもしれないが、これはすこしやり過ぎと言わざるを得ないであろう。われわれが抱いている孔子像からは、あまり想像できない。

孔子の峻烈な政治行動としては、政敵の少正卯《ぼう》〔少正は官職名?-〕の弾圧もある。少正卯は当時、孔子に劣らぬほどの人気のあった思想家で、大勢の弟子を集めていた。孔子がなぜ彼を弾圧したか、その理由は詳しくはわからないが、いまの時代から見ると、要するに思想的、政治的弾圧にほかならない。孔子を聖人として崇《あが》めている人間にとっては、解釈が難しいところであろう。いずれにしても、孔子の果敢な行動は、われわれの想像を超えるものがある。

先に述べたように、この頃の魯は豪族支配の国であった。とりわけ三桓氏が勢力を誇っていた。彼らはそれぞれの領地に堅固な城壁をめぐらし、大勢の私兵を擁して、国君の権威を脅《おびや》かしていたのである。その典型的な事例が、孔子を非常に憤慨させた季孫氏〔季平子〕邸での八佾《はちいつ》の舞いであった。

国君をないがしろにする三桓氏の寡頭支配に対して、孔子は果敢に大改革を行った。その結果、三桓氏の領地の堅固な城壁を、三つのうち二つまで取り壊している。実質的に魯の国を支配していた三桓氏の勢力を削《そ》ぎ、下剋上の状態を正常に戻そうとしたのである。国君が正常に支配する魯の国を復活させようとした。貝塚茂樹が指摘している通り、孔子が国権を三桓氏から国君に奪い返そうとしたのは明らかである。

孔子は、現実の政治の場では遺憾なく才能を発揮して、権力を家老から国君に移行すべく全力を尽くした。そのように行動した孔子には、しっかりとした政治思想があった。

三十代半ばに斉の国に行ったとき、孔子は斉の景公から政治について下問を受けているが、そのときの答えが孔子の思想を端的に示している。

斉ノ景公、政ヲ孔子ニ問ウ。
孔子対《こた》エテ曰ク、君ハ君タリ、臣ハ臣タリ、親ハ親タリ、子ハ子タリ。（顔淵第十二）

斉の景公が政治のことを孔子に訊ねた。
孔子は答えて言った。「君は君らしく、臣は臣らしく、親は親らしく、子は子らしくせよ、ということです」

これがそのときの言葉である。原文の「君君、臣臣、親親、子子」というのは、日本人にはちょっとわかりにくいが、「君君」は、前者が主語で、後者が述語という構造になっている。漢文式で読むと、「君ハ君タリ」である。「君ハ君タレ」と読むこともできる。すなわち、「君君」は「君主はその『名』にふさわしい君主としての行為をしなければならない」という意味である。

あとは、それぞれ「臣下はその『名』にふさわしい臣下としての行為をしなければならない」「親はその『名』にふさわしい親としての行為をしなければならない」「子はその『名』にふさわしい子としての行為をしなければならない」という意味である。

斉の景公は孔子の言葉を嘉納《かのう》して、「おっしゃる通りです。君が君でなく、臣が臣でなく、親が親でなく、子が子でなければ、たとえ食糧が十分にあったとしても、われわれは平穏に暮らしていけないでしょう」と応じている。

人々が平穏無事に暮らすためには、なんと言っても、その生活を安定させることが必要である。弱肉強食の無政府状態では、身の安全さえも脅かされて、人々は絶対に幸せに暮らすことはできない。それは、現在の中東諸国や北アフリカの状況を見ればすぐにわかる。

孔子はなによりもまず秩序維持を重視した。このことこそ、孔子の政治思想の原点と言うことができる。魯の国の家老である三桓氏が国君をないがしろにしていたことは、孔子から見ると、秩序の破壊以外のなにものでもない。「君ハ君タリ。臣ハ臣タリ」の観点からすると、孔子が国権を三桓氏から国君に奪い返そうとしたのは、理の当然である。君と臣の秩序は正しいものでなければならない。

権勢を誇る家老の権力を削ごうとする孔子の大胆な改革は、当然ながら、旧勢力の家老たちの反感を買った。危機感をつのらせた三桓氏一族が、巻き返しに出たのである。彼らはなおも隠然たる勢力を持っていた。重要な儀式の際、季桓子は孔子に祭肉を下賜せず、暗に辞職を迫った。剛直な子路は魯の国の政治情勢を見て、「先生、ここを出ていきましょう」と進言した。孔子は「祭肉が自分に来るかどうか様子を見てからにしよう」とまだ未練を残していたが、結局、祭肉は下賜されず、一縷《いちる》の望みも絶たれて、魯の国をあとにする。用いられること、わずかに四年。

＊

孔子と弟子たちの一行は、まずツテを頼って隣国の衛《えい》〔河北省、河南省にまたがる小国〕に行った。ここで、子路は「衛の国君が先生を招いて政治を任すとしたら、先生はまずなにをなさいますか？」と問い掛けている。

子曰ク、必ズヤ名ヲ正サンカ。（子路第十三）

孔子は言った。「必ず名を正したいね」

これは、孔子が魯の国で行った政治改革の意味を裏付ける言葉と言える。国政において「名」と中身を一致させることが、孔子にとっては最も大切なことであった。

国権が三桓氏一族に壟断《ろうだん》されていたのでは、国君は君の「名」に値しない存在である。それゆえに、孔子は国権を国君に奪い返して、君と臣の、上下関係の秩序を正しいものに戻そうと思った。孔子は魯の国で政権の一端を担ったとき、君と臣の関係がその「名」の通りに実現されるべきだと考えて、それを実行に移そうと努力したのであるが、結局、それは失敗に終わった。

子路は、魯の国を追われて孔子といっしょに衛の国に来たとき、改めて孔子の政治姿勢を訊ねた。すると、孔子は「必ズヤ名ヲ正サンカ」と答えたのである。

これを聞いて、子路は歯に衣《きぬ》着せず反論した。「これですからね。先生は迂遠《うえん》〔遠回り〕なんです。どうして名〔名分〕を正すことが必要なのですか？」

さすがに子路である。率直過ぎるとはいえ、魯の国での政治的現実を考えると、この質問は当然のことと思われる。

「はしたないね、おまえは。君子は、自分の知らないことは黙っているものだ」

確たる信念を持っている孔子は、ただちに子路の軽率な批評をたしなめた。しかし、すぐに愛する弟子に、「名」が正しく機能することの大切さを丁寧に説明している。「名」を正すことは、たしかに子路が言うように迂遠に見えるが、上下関係を安定的に維持するためには必要なのである。

孔子の思想の原点には、「名」と中身の一致を求める正名論がある。正名論は後世、さまざまに議論されたが、結局は、清末民初の儒教批判においてクライマックスを迎えた。魯迅が発した「礼教食人」の一撃がその極め付きである。孔子の正名論は、皮肉にも後世の儒教批判において、最も威力を発揮したのである。

孔子の正名論は「名」の虚妄性を排除する面においては極めて重要である。このことは十分に認めなければならない。

しかし、一方において、「君ハ君タリ。臣ハ臣タリ」の上下秩序を重視する守旧的な問題点を内包していることも否定できないのである。

4　孔子と周王朝

孔子は「君ハ君タリ。臣ハ臣タリ」と言って、君臣の「名」が中身と一致することを求めたのであるが、春秋時代の乱れた政治状況を見ると、その主張はよくわかる。無政府状態に近い社会では、争いや戦争が絶えず、人々は悲惨な生活を送らなければならないからである。

孔子は孝を最も大切にしたが、公的には君臣関係が重要であろう。春秋時代は封建制度が解体しつつあったが、本来的には周王朝のもとで、天子、諸侯、卿《けい》、大夫《たいふ》、士《し》、それに庶人《しょじん》〔人民〕といった形で、身分的な上下の位階が定められていた。

社会の秩序は、こうした階級制度によって平穏に維持される。この秩序が乱れて下剋上が起こり、戦争の絶えない殺伐《さつばつ》とした社会状況に陥ると、人々は幸せに生きることはできない。孔子は「君ハ君タリ。臣は臣タリ」と言って、上下の秩序がしっかりと維持されている社会を理想とした。この問題は、当然、天子と諸侯の関係にもある。

孔子曰ク、天下道有レバ、則チ礼楽征伐《せいばつ》天子ヨリ出《い》ヅ。天下道無ケレバ、則チ礼楽征伐諸侯ヨリ出ヅ。……（季氏第十六）

孔子は言った。「天下に正しい政道が行われていると、礼楽、征伐は、天子によって発令される。天下に正しい政道が行われていないと、礼楽、征伐は、諸侯によって発令される。……」

孔子は、正しい政治が行われているときは、天子が政務〔政治、文化〕と武力の行使〔治安、軍事〕を自分の手で行っている、と言い、正しい政治が行われていないときは、諸侯が政務と武力の行使を自分の手で行っている、と言う。

この言葉から見ると、天子が頂点に位置する上下関係が維持されていてこそ、正常な政治が行われる、と孔子は考えていたのである。天下は天子が治めるべきなのである。

ところが、『論語』では、諸侯の上に君臨しているはずの周王朝の天子のことは、あまり述べられていない。孔子は、現実の周王朝の天子そのものには、それほど関心を示していないのである。周王朝を建て直すべきだとは、ほとんど発言していない。このことは、先に見た孔子の言葉からも推定できる。孔子は「如《も》シ我ヲ用イル者有ラバ、我其レ東周ヲ為《な》サンカ」と言っている。孔子は自分を用いる者がいるなら、自分が「東周」すなわち、以前の周王朝のような立派な国を創るだろう、と述べているのである。

ここから、孔子が現実の周王朝の天子を、それほど大切に思っていなかったことが見て取れる。周王朝の現在の天子を押し立てて周を再建しよう、とは言ってはいない。

そもそも周王朝は、孔子にとっては微妙な存在であった。魯国の始祖は、孔子が非常に尊敬していた周公旦《たん》の長男と言われている。周公旦は、周の文王の子で、武王の弟である。武王が殷《いん》〔前王朝〕を滅ぼして周王朝を打ち建てたときは武王を補佐し、武王の死後は武王の子の成王を輔《たす》けて、周王朝の礎《いしずえ》を築いた。

殷の一族と、山東半島の東夷民族が共謀して反乱を起こしたとき、周公旦は自ら東征して平定した。のち山東省の曲阜《きょくふ》を東方の政治拠点とし、そこに長男の伯禽《はくきん》を派遣した。これが魯国の始まりである。周公旦は殷文化を批判的に見たが、同時にそこに道徳と学問の萌芽を見出した。貝塚茂樹はこの点について、次のように述べている。

単なる政治家ではなくて、偉大なる思想家であった周公は、まだ呪術的な信仰にとらえられ、また狩猟飲酒の享楽にふけっていた感覚的な殷民族の文化に溺れることなく、これに根本的な批判を加えた。周公は東方世界で行われている呪術のうちに宗教と道徳と学問の萌芽を見出し、人間の感性のなかに理性の光明を発見し、これらを育てた最初の人であったといってもよいであろう。

（貝塚茂樹『孔子』一九五一年）

周公旦は周代の政治、社会の制度や、学問、文化の基礎を確立した人物であり、孔子は彼を非常に尊敬していた。そのことは『論語』の次の言葉からよく見て取れる。

子曰ク、甚ダシキカナ、吾《わ》ガ衰エタルヤ。久シキカナ、吾レ復《また》夢ニ周公ヲ見ズ。（述而第七《じゅつじ》）

孔子は言った。「ずいぶんと歳をとったものだ。久しいものだな、周公を夢に見なくなってからは」

この言葉から見ると、以前はしょっちゅう周公旦の夢を見ていて、孔子は周公旦の描いた理想を実現しようと自ら励ましていたものと思われる。孔子が周公旦を愛慕したのは、周公旦が自分の祖国である魯国の国君の祖先であったからではあるが、それだけではなく、周王朝の政治、文化の基礎を築き上げた偉大なる創始者として尊敬してやまなかったからである。こうして見ると、孔子が周公旦の確立した周王朝の政治、文化を正統的なものとして尊崇していたことは間違いない。

＊

しかし、一方において、孔子は現実の周王朝の天子そのものに対しては、絶対的に奉戴すべき存在とは見なしていなかった。孔子の階級是認の考えから言えば、当然、天子を頂点とする上下秩序が貫徹されるべきであるが、孔子は周公旦の確立した周王朝の政治、文化を非常に尊崇しながらも、統治体制の頂点に立つべき周王朝の天子については、あまり関心を抱いていないのである。周王朝の天子に対する「忠」は、孔子の中にはほとんど認められない。

さらに言うならば、孔子の祖先は宋国から魯国に移住してきている。宋国は周に滅ぼされた殷の後裔《こうえい》が封《ほう》じられた国であり、孔子自身も自分のことを殷人《いんひと》と言っている。したがって、周王朝は孔子にとっては微妙な存在と言わざるを得ない。

孔子は「殷の制度は夏《か》〔殷の前の王朝〕の礼を改変したもので、周の制度は殷の礼を改変したものだ」と述べているが、このことからもわかるように、夏、殷、周の王朝の流れを認め、周を相対的に見ているのである。孔子は統治における上下関係では、周の天子を絶対視していない。

このように見てくると、孔子の階級是認の考えはかなり限定的なものと言える。周王朝の天子を頂点とする上下関係は、絶対的には主張していない。孔子の「正名」論は、あくまで限定的なものなのである。

孔子の生きた春秋時代は、形式的には周王朝であるが、実質的支配は下部に及んでいなかった。春秋時代は、周王朝の封建制〔秦の中央集権的な郡県制に対していう〕が崩壊しつつあった時代であり、大胆に言えば、東洋史家の宮崎市定の言う「ギリシャのような都市国家の並列の状態」にあったのである。宮崎市定は次のようにも述べている。


各々の国家は市民と市民との間の信頼関係によって成り立っていた。君主というものの占める地位は、それほど重くなかったのであります。ですから孔子も、相互の信頼、同時に人民と政府の信頼でありますが、とにかく信頼というもののほうが、君に忠義という道徳よりも重く見ていたと私は考えたいのであります。

〔宮崎市定『論語の新しい読み方』一九六九年〕

宮崎市定の見解によると、当時の社会通念の中で、孔子自身も、後世の忠のような「絶対服従」を要求する道徳観には拘《とらわ》れていなかった。

孔子は自分の生まれた魯国の主君に、絶対服従的には仕えていない。自分の理想を実現するために、自分を召し抱えてくれる主君を求めていた。

そのことから言うと、孔子は、君臣の関係は仕官したあとに発生し、忠はそのあとから生じてくる、と考えていたように思われる。硬直化した封建道徳とは違い、名〔忠〕をかざして絶対服従を要求するような上下関係は求めていないのである。


子曰ク、篤《あつ》ク信ジテ学ヲ好ミ、死ヲ守リテ道ヲ善クス。危邦ニハ入《い》ラズ。乱邦ニハ居《お》ラズ。天下ニ道有レバ則チ見《あらわ》レ、道無ケレバ則チ隠《かく》ル。（泰伯第八）

孔子は言った。「信念を持って学問を愛し、自分の死〔生死〕を大切にして正しい生き方をする。危険な国には行かず、乱れた国には居らない。天下に正しい道が行われておれば、出仕して働き、天下に正しい道が行われていなければ、退いて身を守るのだ」


この孔子の言葉から見ると、孔子はなにがなんでも一つの国に忠義を尽くせ、とは言っていない。むしろ、自分の命を大切にせよ、と説いているのである。「死ヲ守リテ道ヲ善クス」の部分は異説が多く、大部分は聖人孔子のイメージから、死に至るまで道を行う、と解している。

あとに続く文章との関係から考えると、死ぬべきときに死ぬのはいいが、そうでないときには死を選ぶことはない、という風に解釈するのも可能であろう。孔子は絶対的な「忠」を推奨していない。

斉人《せいひと》、女楽《じょがく》ヲ帰《おく》ル。季桓子之ヲ受ケ、三日朝《ちょう》セズ。孔子行《さ》ル。（微子第十八）

斉国が美女の舞楽団を送ってきた。季桓子は喜んでこれを受け入れ、三日のあいだ朝会に出なかった。孔子は職を辞し、魯国を去った。

魯国の実力者である季桓子（前出）が、隣国の斉から来た舞楽の美女軍団にうつつを抜かし、政事をおろそかにするのを見て、孔子は魯の政治に限界を感じた。これまで孔子が行った大胆な改革は、旧勢力の家老たちの反感を買っていた。孔子は魯国の政治に見切りをつけるしかなかった。重要な儀式の際、季桓子は孔子に祭肉を下賜せず、暗に辞職を迫った。

孔子は弟子の子路に背中を押された形ではあるが、自分の祖国である魯国に見切りをつけて出ていったのである。まさに「乱邦ニハ居ラズ」である。

いずれにしても、孔子が一つの国、ひとりの主君に殉ずる考えをしていなかったことは、こうしたことや、出国のあと、仕えるべき主君を次々と捜し求めたことから、十分に見て取ることができる。孔子は一方において、「君ハ君タリ。臣は臣タリ」の正名論を主張しながらも、周王朝の権威が衰退していく流れの中で、周王朝を絶対視せず、また、君臣関係というものも固定的に考えていなかったのである。

孔子は、ある意味において、硬直化した道徳観には束縛されない自由人であった。極言すれば、孔子の考える君臣関係は、どちらかと言えば、ルソーの社会契約論〔社会は個人の自由な契約によって成立するべきだ〕的な要素を含んでいたと言えなくもない。「絶対服従」の忠を要求する封建道徳とは、明確に違いがあるのである。

5　孔子塾の君子育成

孔子の行った教育は、君子《くんし》の養成をめざしたものである。孔子の学団は、日本で言うならば、吉田松陰《しょういん》の指導した松下村塾《しょうかそんじゅく》や、緒方洪庵《こうあん》の適塾《てきじゅく》のような学問塾の、大規模なものであろう。『史記』によると、孔子の弟子は三千人〔卒業生を含む〕、六芸《りくげい》〔礼、楽など、六つの君子の教養科目〕に通じた者は七十二人いたという。孔子は放浪のときも含め、弟子たちに対して礼を中心に、為政者《いせいしゃ》が身に付けておくべき学問教養を教授した。

孔子塾で教えたのは多岐にわたっているが、その内容の中心は礼である。ここで、礼についてすこし触れておく。礼については、吉川幸次郎がいささか文学的に次のように説明している。日本の茶道的な作法が、古代中国社会の中で大掛かりに確立されていたのであろう。

ついで礼は、なかば政治的であり、なかば芸術的であるといえる。それは、社会生活、家庭生活における儀式の次第についての学問であるが、孔子はそれを人間の善意の、行動に現われた美的表現と考えた。一ぱいの盃《さかずき》をほすにも、最も美しいほし方がある。結婚、元服、朝会、葬式、みな人間のよろこび、悲しみを、最もよく表現し得《う》べき黄金分割的な形式がある筈《はず》である。その研究が礼である。それはなかば政治的な教養であり、なかば芸術的な教養である。
（吉川幸次郎『中国の知恵』一九五三年）

礼は、基本的には、宗法《そうほう》〔中国古代の父系家族制度〕上の祭祀儀礼の作法である。それが柱となって、家父長制を基礎とする上下秩序の社会規範〔礼儀正しさと連係〕が形成され、のちには君臣関係をも含む秩序維持のための規範となった。孔子学団と礼との関係については、宮崎市定は次のように説明している。

孔子はもともと礼の師であった。礼は大にしては朝廷の国家的な大儀式から、下は郷党、個人の家における吉凶祭喪の儀礼を含み、これには常に音楽が伴う。その礼を助けて俸給、あるいは謝礼を貰うのが学徒の生活手段であった。
（宮崎市定『論語の学而第一』一九六八年）

孔子の学問は、ある意味において職業教育であります。特に身分の低い出身の弟子たちに対して、礼という学問を教え込んでおいて、いつでも政府に雇ってもらえるようにしておく。これが教育の一つの目的であったのであります。
（宮崎市定『論語の新しい読み方』一九六九年）

為政者たる君子は、礼に従って身を修め、学問に根ざした徳を積んでいなければならない。礼は、祭祀儀礼にのみ限定されたものではない。孔子は立派な政治を実現するためにこそ、しっかりと弟子たちに礼を教授して、政治の世界に送り出したのである。

子曰ク、詩ニ興《おこ》リ、礼ニ立チ、楽ニ成ル。（泰伯第八）

孔子は言った。「詩の学習で学問が始まり、礼の修得で人として一人前になり、音楽の学習で人格が完成する」

孔子はここで、君子としての社会的立場を確立するためには、社会規範としての礼を身に付けることが必要だ、と述べている。『詩経』を学び、礼を修得して、それではじめて一人前の人間になれる。礼を身に付けていなければ、社会的に認知されない。

孔子は自分の人生を振り返ったとき、「三十ニシテ立ツ」と述べているが、三十歳になったとき、礼〔および学問〕をよく修得して独立できる人間になった、と言っているのである。

＊

子張《しちょう》、干禄《かんろく》ヲ学バントス。

子曰ク、……言尤寡《げんとがめすくな》ク、行イ悔イ寡ケレバ、禄其ノ中《うち》ニ在リ。（為政第二）

子張が、孔子に就職の際の心得を訊ねた。

孔子は言った。「……言葉に過ちが少なく、行動に悔いが少ないと、おのずと俸禄が得られるだろう」

干禄は禄を干《もと》めるという意味である。この章句から、孔子が弟子の就職相談をごく普通のこととして受け止めていることが推測される。孔子は就職に関しては、日頃から言動を慎め、そうするといい結果が出る、と弟子に言い聞かせているのである。

このほかにも、孔子はよく俸禄〔給与〕について語っている。そのことから見て、孔子塾が政治家、官僚となる君子の養成をめざしたものであることがよくわかる。事実、孔子の弟子の多くは、魯国はもちろん、他の国でも仕官しているのである。時間的にそれぞれ差はあるが、魯国では、冉求《ぜんきゅう》が季孫氏に仕え、子貢《しこう》が叔孫氏に仕えている。子路は魯国で仕えたあと、衛国に行って就職している。子羔《しこう》も衛国で就職している。おそらく孔子の弟子たちはあちこちの国で、政治家、官僚として活躍していたのであろう。

子曰ク、三年学ビテ穀《こく》ニ至ラザルハ、得易《えやす》カラザルナリ。（泰伯第八）

孔子は言った。「三年も学問を学んで、穀〔俸禄は穀物によった〕を求めずにいる者は滅多にいない」

これは、三年経てばみんな就職していく、と裏から言っているものと思われる。就職しないでさらに学問を続ける弟子は、それほど多くはいなかったのであろう。つまりは、孔子塾で学んでいる者の多くは就職を目的としている、ということを意味する。

憲《けん》、恥ヲ問ウ。子曰ク、邦《くに》ニ道有レバ穀《こく》ス。邦ニ道無クシテ穀スルハ恥ナリ。（憲問第十四）

原憲《げんけん》〔姓は原、名は憲〕が恥について訊ねた。

孔子は言った。「その国に正しい政治が行われているときには、仕えて俸禄をもらうがよい。その国に正しい政治が行われていないときに仕えるのは、恥だ」

孔子は、不正の横行しない真っ当な国であるなら、その国に仕官するのはいいことだ、と述べている。不正の横行する乱れた国で俸禄をもらうのは恥だ、とこの点については厳しく注意している。君子は不正を見過ごしてまで俸禄をもらってはならないのである。

ここでは、君子たる者が不正の横行する国に仕えることを戒めているが、どこかの国で俸禄をもらうこと自体は、当然のこととして認めている。これから見ると、孔子はよき主君に仕えることには賛成し、悪《あ》しき主君に仕えることには反対している。これからすると、孔子は二君に仕えることを必ずしも否定していないのである。

子曰ク、富ト貴トハ、是レ人ノ欲スル所ナリ。其ノ道ヲ以テ之ヲ得ズンバ、処《お》ラザルナリ。貧ト賤トハ、是レ人ノ悪《にく》ム所ナリ。其ノ道ヲ以テ之ヲ得ズンバ、去ラザルナリ。君子仁ヲ去リテ、悪《いず》ニカ名ヲ成サン。君子ハ終食ノ間モ仁ニ違《たが》ウ無シ。造次ニモ必ズ是《ここ》ニ於イテシ、顚沛《てんぱい》ニモ必ズ是ニ於イテス。（里仁第四）

孔子は言った。「富と高い地位は、だれでも欲しがるものだ。しかし、正しい道でなければ、そこに身を置こうとはしない。貧乏と低い身分はだれでも嫌がるものだ。しかし、正しい道でなければ、そこから抜け出そうとはしない。君子は仁を捨てて、どこで名を挙げるのか。君子は食事を済ますほどの短い時間でも仁から外れない。あわただしいときにも仁の立場で行い、とっさの場合でも仁の立場で行うのだ」

孔子は、不正を行ってまで金銭や高い地位を手に入れてはならない、と述べているのであるが、これは裏を返すと、不正をしないのであれば、金銭や高い地位を手に入れること自体は否定していないのである。孔子は、決して禁欲を勧めているのではない。ただ、人の道から逸《そ》れたやり方を否定しているだけである。

＊

孔子塾は君子をしっかりと養成して、多くの人材を世に送り出した。孔子の弟子たちは仕えた主君に対して、それぞれ身に付けた仁〔忠〕を実践したのである。

その代表的人物としては、先に触れた子路が挙げられる。子路は、はじめ魯国の季氏に仕えたが、のちに衛国の家老の孔悝《こうかい》を主《あるじ》とした。孔悝は、衛国の国君継承の抗争〔父と子が争った〕に巻き込まれ、亡命先から帰国した父〔現国君の父〕側の一味に監禁されて、国君の位を無理やり子〔現在の国君〕から父に譲る政変を仕切るように脅迫された。

その騒動を聞くと、子路は監禁された主〔孔悝〕を救出しようと押《お》っ取り刀で宮殿に駆けつけた。勇猛で名の知れた子路も、さすがに衆寡《しゅうか》敵せず、ついに討ち取られた。討ち死にする際《きわ》に、子路は「君子は死すとも、冠を免《ぬ》がず」と言って、馬鹿正直に纓《えい》〔冠のひも〕を締め直し、礼を最後まで守って死んでいった。

孔子はこの事件の前に、衛国に仕えているもう一人の弟子の子羔《しこう》のほうは生きて帰ってくるだろうが、子路は死んで帰るだろう、と予言していたという。子路が最後まで主君に忠を尽くす人間であることを知っていたのである。

子路は死後、敵によって斬り刻まれた。孔子はそれを耳にしてからあとは、膾《なます》に手を出さなかったと言われている。よほど子路の非業《ひごう》の死を無念に思ったのであろう。

子路の例からわかるように、君子たる者は、仕えた主君に対しては忠〔まごころ〕を尽くすべきなのである。子路は、まさに命懸《いのちが》けで忠を実践した誠実な人物であった。社会契約論的な君臣関係であっても、子路は一本気に、真面目に忠を実践した。これはこれで立派な行為と言わなければならない。子路は愚直過ぎたとも言えるのであるが、やはり本物の君子と言うべきであろう。

この時代、君臣関係は双務契約的なものであり、必ずしも生まれたときから君臣関係が定まっていたのではない。主君に対する忠は、決して絶対的倫理ではなかった。孔子自身も自分が必要とされないと見ると、さっさと祖国の魯を去っている。

先に見たように、孔子は「天下ニ道有レバ則チ見《あらわ》レ、道無ケレバ則チ隠ル」と、率直に述べている。また原憲が恥について訊ねたときも、「邦《くに》ニ道有レバ穀《こく》ス。邦ニ道無クシテ穀スルハ恥ナリ」と述べ、これと同じことを言っている。こうしたことから考えると、国に正しい政治が行われているか否かは、仕官する側が注意すべき条件なのである。一つの国で正しい政治をどうしても実現する、といったような絶対的使命感は、孔子においては、それほど切実には存在しない。したがって、主君に対する忠も、絶対的なものではなかったのである。

子曰ク、……邦《くに》ニ道有ルニ、貧シクテ且ツ賤《いや》シキハ恥ナリ。邦ニ道無キニ、富ミ且ツ尊キハ恥ナリ。（泰伯第八）

孔子は言った。「……国に正しい政治が行われているときに、貧しくて低い地位にいるのは恥だ。国に正しい政治が行われていないときに、富んで高い地位にいるのは恥だ」

正しい政治が行われている国で仕官しているとき、その国でうだつが上がらないのは恥だ、と孔子は明快に言い切っている。きちんと自分の能力が発揮できないのでは、値打ちがない。その逆に、正しくない政治が行われている国で富や名誉を得るのは恥だ、とこれもあっさりと言い切っている。

＊

孔子塾の教育は君子の養成をめざしたものであり、それはある意味において、政治のプロフェッショナルを世に送り出す「職業教育」であった。弟子たちに詩、書、礼、楽などの学問を教えて、どこかの国に雇ってもらうのを目的としていたのである。この点について、宮崎市定は次のように述べている。

繰り返し申しますが、孔子は弟子たちに禄を求める、政府において地位を求めるためにその方法として礼を教えたり、新しい主義による教育を行った。必然的に君に対して臣下たるの道徳を尽くさなければならないと教えました。併しそれは後世のように、君主と人民との間には生まれつきの大義名分があるのだ、それが天地間の法則のようにきまったものだとは考えていなかった。

（中略）

後にだんだん君主の権力が強まるにつれて、忠君思想が強調され、それが孔子の名によって行なわれた。実は孔子のときは、まだ古代の都市国家の状態が濃厚に残っていた。国家というものは信、市民相互の信頼というもので成り立っていたのだ、そういうふうに私は解釈したいのであります。

（宮崎市定『論語の新しい読み方』一九六九年）

ここで指摘されているように、孔子の時代には信や義といった人間関係の基本となるものが教えられていたのであり、上下関係を重視する封建的主従関係の忠は、まだ絶対的なものになっていない。

高弟の子貢《しこう》〔姓は端木《たんぼく》、名は賜《し》。字が子貢〕が孔子に、「美玉があるとします。これを箱に入れてしまっておきましょうか？　それともいい商人を捜して売りましょうか？」と訊ねたとき、孔子は次のように答えている。

子曰ク、之ヲ沽《う》ランカナ。之ヲ沽ランカナ。我ハ賈《こ》ヲ待ツ者ナリ。（子《し》罕《かん》第九）

孔子は言った。「売ろう、売ろう。わたしは値打ちのわかる商人を待っているのだ」

孔子は、自分の才能を用いてくれさえすれば、主君は変わってもよかったのである。これまで見てきたように、孔子には、ひとりの主君にあくまで仕えるという姿勢は認められない。主君に対して絶対的に忠義を尽くせ、というような考えはなかった。

＊

人々が無事平穏に暮らすためには、きちんとした上下秩序が必要である。孔子の正名論はこのことを強調したものであり、安定した社会を希求したものなのである。

しかし、秩序維持〔名を正す〕の前提として、上に立つ為政者が立派な人間である、ということが絶対に必要である。利己主義の人間が上にいて権力を行使するのでは、人々は服従させられるだけであって、それでは決して幸せにはなれない。上に立つ為政者が悪ければ、その場合の上下秩序は、下の者が苦しむ状態を維持するだけのものであり、秩序が本来持つべきよき役割は果たせない。その場合の秩序は、人々を服従させるだけのものである。

したがって、孔子は上下秩序の維持を重視したが、それと並行して、上に立つ為政者に立派な人格を求めた。孔子の教えは、もっぱら為政者に向けられたものである。

孔子塾においては、孔子は学問の師であると同時に、人間教育の師であった。孔子はさまざまな場面で、為政者のあるべき姿を自らの言動で示した。その集大成が、『論語』である。『論語』にしばしば出てくる「君子」は、立派な人物と解釈されることが多いが、もともとは上に立つ為政者を指している。孔子の考え方からすると、君子は学問と人徳を備えた立派な人物でなければならない。

孔子は礼に通暁《つうぎょう》し、早くから多くの弟子を持っていた。三桓氏に憎まれて魯の国を追われたあとは、放浪の旅に出たが、それは放浪と言うよりも遊説《ゆうぜい》の旅であり、多くの弟子を引き連れての修学の旅でもあった。孔子は、衛、宋、鄭などの国に行ったときには、かなりの厚遇を受けている。著名な政治家、学者として、それ相応の尊敬と優待を受けていたのである。

しかし、孔子はあくまでも自分の理想を政治を通じて実現しようと願っていたので、北方連盟の盟主である大国の晋か、南方連盟の盟主である大国の楚に、仕官することを望んでいた。孔子は、大きな期待を抱きつつ就職のために動いたが、さまざまな支障があって、ついに宿願を果たすことができなかった。政治を通じて自分の理想を実現しようと望んだが、結局のところは、それは実現できなかった。

十三年の旅を終えて、故国の魯に帰り着いたときには、六十九歳。それからあとは、もっぱら教育事業にたずさわった。孔子はここにおいて、いよいよ君子の養成に本腰を入れた。七十四歳で死去するまでの五年間、孔子塾ともいうべき君子育成の塾で、詩、書、礼、楽などの学問を教授し、それと同時に、為政者のバックボーンとなるべき人間性〔仁〕の大切さを、飽くことなく説いた。

政治の荒波から離れ、放浪の旅にも終止符を打って、孔子はようやく落ち着いた学園生活を過ごすことができるようになったのである。

6　孔子塾の楽しみ──学ンデ時ニ之ヲ習ウ、亦説《またよろこ》バシカラズヤ

『論語』は、主として孔子についての言行録であるが、ここにしるされている内容は、孔子が生きていた時代の殺伐とした政治状況とは雰囲気が異なる。当時の中国の政治状況は、まさに「殺戮《さつりく》と陰謀」の横行するおどろおどろしいものであった。孔子自身もその中で生きたのではあるが、『論語』においては、そんな禍々《まがまが》しい現実とはほとんど無縁の、心豊かで平穏な人間交流の世界が現出している。

これらの言葉は、あくまで平静である。或いは平凡でもあるほどに平静である。孔子の時代の歴史の書である「春秋左氏伝」と、孔子自体の歴史である「論語」との距離は、「左氏伝」の記載が甚《はなは》だしく現実的であるのに対し、「論語」の言葉が理想主義的であることからも生まれている。しかしそれと共に、「左氏伝」が激情の書であるのに対し、「論語」は激情の書でないところからも生まれている。たといその裏には、はげしい情熱を想像し得《う》るにしても、すべては平静な、或いは平凡な、表現に、おさえられ、おちついている。

（吉川幸次郎『中国の知恵』一九五三年）

吉川幸次郎が指摘しているように、『論語』は「平凡でもあるほどに平静である」が、それゆえにこそ、飽きのこない白米のご飯のような滋味深い味わいがある。『論語』の章句は、弟子たちが、孔子が生存していた往時を想い起こし、おそらくは議論を重ねて精選したものであろう。かなりの年月を経て成り立ったものと思われる。

そうした過程の中で、極端なものは削ぎ落とされ、平凡ではあるが普遍的な価値のあるものが残って、『論語』の立派な世界ができ上がったのである。ここには、練りに練った人間性追求の言葉が残されている。その意味から言うと、『論語』の編纂《へんさん》に関わった弟子たちは、高度な分別《ふんべつ》を持った人たちと言うことができる。

『論語』開巻第一の章句は、日本人が漢文を習うときに必ず出てくるもので、知っている者は多いであろう。

子曰ク、学ンデ時ニ之ヲ習ウ、亦説《またよろこ》バシカラズヤ。朋《とも》有リ、遠方ヨリ来《きた》ル、亦楽シカラズヤ。人知ラズシテ慍《うら》ミズ、亦君子ナラズヤ。（学而《がくじ》第一）

孔子は言った。「学問を勉強して、時間があるごとにおさらいをする。これはなんと喜ばしいことではないか。遠方から同学の仲間たちがやってくる。これはなんと楽しいことではないか。人が自分の値打ちをわかってくれなくても、恨みに思わない。これはなんと立派な人間ではないか」

この場合の学問は、詩、書、礼、楽が主である。詩は『詩経《しきよう》』、書は『書経《しよきよう》』〔堯《ぎよう》、舜《しゆん》および夏《か》、殷《いん》、周三代の政治の記録〕のことである。

復習の内容は、詩の暗唱もあったであろうが、礼と音楽の実技が主であったものと思われる。とりわけ、政治的儀式のときなどに必要な礼の作法は、上に立つ政治家が身に付けていなければならない必須の教養であった。これを孔子塾で学び、そのあと実技を復習して、だんだんと習熟していくときの歓喜が、この章句では素直に表現されている。

遠方から同学の仲間がやってくるというのも、単純に昔の友達が訪ねてくるというのではなく、おそらくは遠くに行っている孔子塾の仲間が、なにかの機会に古巣に寄り集まってくる、という意味であろう。孔子塾で学んだ仲間たちは方々の国で活躍しており、そうした仲間たちが久々にやってきて再会したときは非常に楽しい、ということを述べているのである。

最後の句は、自分の値打ちがわかってもらえなくても、それに動じないで平然としておれる者は、なんと立派な人間ではないか、という感懐《かんかい》である。もちろん、これは孔子自身の実感でもあろう。

非常に短い章句であるが、これらの文言《もんごん》を読んでいると、なにかしら愉悦《ゆえつ》の感情が湧いてくる。第一級の素晴らしい文章と言うことができる。滋味深いこの章句を、『論語』を編纂した弟子たちが真っ先に取り上げたのも、十分に理解できるのである。

孔子塾には、温厚だが「一を聞いて十を知る」聡明な顔回《がんかい》や、豪傑肌の快男子である子路や、理財に抜群の才を発揮して経済的に孔子塾を支えた子貢《しこう》など、優秀な弟子たちが大勢おり、彼らは自由闊達《かったつ》に孔子と会話を交わしていた。孔子塾は、清新で活気のある学園であった。

＊

孔子が謀反した人物に仕えようとしたとき、反対して引き止めたのは子路である。彼はほんとうに邪気のない一本気な好漢であった。『論語』では、しばしば弟子たちのことが語られているが、中でも、子路について語られることがいちばん多い。子路の魅力的な人柄は、中島敦が『弟子』という小説でいきいきと描き出している。


子曰ク、道行《おこな》ワレズ。桴《いかだ》ニ乗リテ海ニ浮カバン。我ニ従ウ者ハ其レ由ナルカ。

子路之《これ》ヲ聞キテ喜ブ。

子曰ク、由ヤ勇ヲ好ムコト我ニ過ギタリ。材ヲ取ル所無シ。（公冶長《こうやちょう》第五）

孔子は言った。「道の行われない乱れた世の中になった。いっそ筏《いかだ》で海に出て、どこかに行きたい。わたしに付いてきてくれるのは、由〔子路〕だろうかね」

子路は、これを聞いて喜んだ。

孔子は言った。「由は、勇を好むことにかけてはわたしより上だ。しかし、いったい筏の材料をどこから持ってくるのかね」

子、顔淵ニ謂《い》イテ曰ク、之ヲ用ウレバ則チ行イ、之ヲ舎《す》ツレバ則チ蔵《かく》ル。惟《ただ》我ト爾《なんじ》ト是《これ》有ルカナ。

子路曰ク、子、三軍ヲ行《や》ラバ、則チ誰ト与《とも》ニセン。

子曰ク、暴虎《ぼうこ》馮河《ひょうが》、死シテ悔ユルコト無キ者ハ、吾与ニセザルナリ。必ズヤ事ニ臨ミテ懼《おそ》レ、謀リゴトヲ好ミテ成サン者ナリ。（述而《じゅつじ》第七）

孔子が顔回に言った。「用いられれば大いに活躍するが、やめさせられたら、隠遁する。こういう生き方ができるのは、わたしとおまえだけだね」

子路が言った。「先生が大軍（一軍は一万人強。大国は三軍を有する）を動かすことになったならば、だれといっしょになさいますか？」

孔子が言った。「虎に素手で立ち向かい、黄河を泳いで渡る。そんな無謀なことをして、死んでも悔いないような者とは、わたしはいっしょにやらないね。必ず事に当たっては慎重に熟慮し、周到な計画を立ててやり遂げる者といっしょにやるよ」

子路はもともと侠客的なところがあり、孔子も「子路が来てから、悪口を聞かなくなった」と述べている。子路は、孔子の悪口を言う者がいると、たちまち形相《ぎょうそう》すさまじく立ち向かっていった。そんなことがあって、だんだんと悪口を言う者がいなくなったという。

二つ目の章句においては、子路は、ほかのことなら顔回が偉いかもしれないが、大軍を動かすとなると、わたしのほうが上でしょう、と言いたかったのであろう。それで、話をそちらに向けた。勇猛さの点では、だれも子路には敵《かな》わない。

しかし、たちまち孔子にたしなめられた。子路は率直にものを言う快男児であるが、その分、どこか短慮なところもあって、孔子にしばしば諭《さと》されている。ちなみに、無謀なことを「暴虎馮河」というのは、ここの章句から出ている。

こんな子路は、孔子塾の中では、孔子が安心して叱ることのできる最高の叱られ役であった。先の二つの章句は、そんな邪気のない子路の日頃の姿を彷彿《ほうふつ》させる。


子曰ク、由ヨ、女《なんじ》ニ之ヲ知ルヲ誨《おし》エンカ。之ヲ知ルヲ之ヲ知ルト為《な》シ、知ラザルヲ知ラズト為セ。是《これ》知ルナリ。（為政第二）

孔子は言った。「由〔子路〕よ、おまえに知るとはどういうことかを教えてあげよう。自分の知っていることを知っているとなし、知らないことを知らないとする。これが知るということだ」


孔子はここでも、子路をたしなめているようである。子路はどこか単純で、早とちりのところがあったのであろう。孔子は、知らないことを「いい加減」にしないように、と愛弟子を戒めているのである。

孔子は率直に諫言《かんげん》してくれる子路をこよなく愛していた。欠点があるにせよ、邪気のない子路は、最も孔子の心情に合致する人柄であった。子路は最後まで義に生きた。そして「君子は死すとも、「冠を免《ぬ》がず」と言って、馬鹿正直に最後まで礼を守って死んでいった。稚気愛すべき純心な弟子とは、まさに子路のことである。

もともと為政者とは縁のなかった子路のような人間でも、孔子の弟子となってからあとは、立派に君子への道を歩んだ。子路の人生の歩みそのものが、孔子の教育者としての偉大さを証明している。

子曰ク、束脩《そくしゅう》ヲ行エル自《よ》リ以上ハ、吾未《いま》ダ嘗テ誨《おし》ウルコト無クンバアラズ。（述而第七）

孔子は言った。「一束《ひとたば》の干し肉〔入門時の進物〕を持参して教えを請いに来た以上は、だれにでも教えなかったことはない」

孔子塾は君子の養成をめざしてはいたが、入門時に身分の差別をすることはなかったようである。孔子はこの点、かなり柔軟なところがあった。孔子は君臣間においては、「君ハ君タリ。臣ハ臣タリ」と言って、上下秩序の維持を重視したが、入塾に際しては、それほど身分を重視していない。身分制で孔子塾の選抜を行っていないのである。

＊

『論語』で述べられていることは、孔子が弟子たちと過ごしているときの言動で、ここから孔子塾の生活ぶりが自ずと伝わってくる。孔子はときどき弟子たちの人物評をしているが、その言葉からも彼らの人間味のある交わりが窺える。

謹直な顔回はよく褒められ、率直にものを言う一本気な子路はしょっちゅうたしなめられている。それにはそれ相応の根拠があり、当人はもちろん、読者にとっても同感できるものが多い。

孔子は、よく弟子たちと雑談していたようであるが、あるとき子路、曾皙《そうせき》〔曾子の父親〕、冉有《ぜんゆう》、公西華《こうせいか》〔公西が姓〕の四人としゃべっていた。孔子は、おまえたちは世に認められたら、いったいなにをやりたいのか、と訊ねた。

真っ先に答えたのが、例によって子路である。いかにも子路らしく、自分の得意とする政治の分野で活躍したい、と元気よく施策《しさく》を語った。冉有、公西華も、それぞれ自分の得意の分野で活躍したい、と抱負を語った。

孔子は、彼らの言葉に短くコメントしたが、こんどはこれまで黙って瑟《しつ》〔大琴〕を爪《つま》びいていた曾皙に、口を開くように促した。


対《こた》エテ曰ク、三子者《さんししゃ》ノ撰《せん》ニ異《こと》ナレリ。

子曰ク、何ンゾ傷《いた》マンヤ。亦各《おのおの》其ノ志ヲ言ウナリ。

曰ク、暮春ニハ春服《しゅんぷく》既ニ成リ、冠者《かんじゃ》五六人、童子《どうじ》六七人、沂《ぎ》ニ浴シ、舞雩《ぶう》ニ風《ふう》シ、詠ジテ帰ラン。

夫子《ふうし》喟然《きぜん》トシテ歎ジテ曰ク、吾ハ点《てん》ニ与《くみ》セン。

（先進第十一）


曾皙は答えて言った。「三人の方とは違いますので、……」

孔子は言った。「構わない。みんな自分の抱負を語ったのだ」

曾晳が言った。「春の暮には春服ができ上がっていて、若者五、六人、童子六、七人を引き連れ、沂水《ぎすい》で水浴びし、舞雩〔雨乞いの台〕で風に吹かれて、あとは詩でも吟じて帰りたいです」

孔子はふうっと溜息《ため》をついてから、言った。「わたしは点〔曾晳の名前。晳は字〕に賛成するよ」


このときは、孔子も正直に自分の気持ちを述べたのであろう。いつもは君子を育成するために、厳格なことを言っていたようであるが、雑談の折には、こんな本音を洩らすこともあったのである。こうした会話を見てくると、孔子はしばしば弟子たちと、自由闊達《かったつ》に座談を楽しんでいたことが見て取れる。

葉公《しょう》、孔子ヲ子路ニ問ウ。子路対《こた》エズ。子曰ク、女奚《なんじな》ンゾ曰《い》ワザル。其ノ人ト為《な》リヤ、憤リヲ発シテ食ヲ忘レ、楽シンデ以テ憂イヲ忘レ、老イノ将《まさ》ニ至ラントスルヲ知ラズ。（述而第七）

葉公〔楚の葉という地方の領主。孔子とやや親しい〕が、孔子はどんな人間か、と子路に訊ねた。子路は答えなかった。

孔子は言った。「おまえはどうして言わなかったのか。熱中すると食事も忘れ、〔学問や教育を」楽しんで憂いを忘れ、老いが近づいているのも知らない、とね」

ここでは、孔子は自分の人柄を自ら端的に述べている。単純な表現であるが、孔子の言いたいことがよく示されている。孔子は、世俗的な評価に捉われず、日々、真摯《しんし》に弟子たちと修養を積んでいた。この点にこそ自分の真価がある、と言いたかったのであろう。

7　孔子と信——民、信ナクンバ立タズ

為政者である君子は、徳を身に付けていなければならないが、孔子が最高の徳としたのは、仁である。最高の道徳理念である仁は、君子が身に付けておくべき徳であり、それは忠、孝、節などさまざまな形で表現される。仁の中核を形成する重要な要素が、信である。

宮崎市定によると、信という言葉は『論語』において、仁、礼に次いで多く出てきているという。信は、非常に重視されているのである。信が『論語』の中で最初に出てくるのは、弟子の曾《そう》子《し》〔姓は曾《そう》、名は参《しん》。有若とともに孔子の弟子たちのリーダー〕の言葉である。『論語』の最初に置かれている学而《がくじ》篇の、四番目の章句に見られる。

曾子曰ク、吾《われ》日ニ吾《わ》ガ身ヲ三省ス。人ノ為ニ謀《はか》リテ忠ナラザルカ。朋友ト交リテ信ナラザルカ。習ワザルヲ伝エシカ。（学而第一）

曾子は言った。「自分は日に何度となく反省する。人から相談を受けたときに誠意を尽くさなかったかどうか。友と交わったときに信義を尽くさなかったかどうか。十分習熟していないことを教えたかどうか」

『論語』の中のこの章句は、三省堂の「三省」という言葉の出典でもあり、非常に有名である。曾子は孔子の有力な弟子であり、その言葉が『論語』に多く採用されている以上、孔子の考えを正確に引き継いでいることは間違いない。

ここでは、忠、信という言葉が基本的な形で使われている。忠は、人間としての誠実さを指している。真心を尽くすの意で、心の中にある誠実さのことである。信は、信義、信頼、信用などの熟語として使われることが多いが、ここでは、友人に対するときの誠実さを指している。口から出す言葉が嘘であってはならない、という意味での誠実さである。信がにんべんに言であるのは、そのことと関係する。これに続く学而篇の五番目、六番目、七番目、八番目の章句にも、信という言葉が使われている。

『論語』の冒頭を飾る学而篇に、信という言葉がよく出てきているのである。このことから孔子や弟子たちが、学問以上に人間としての道徳性、とりわけ信を重視していたことがよくわかる。

宮崎市定は『論語』に頻出《ひんしゅつ》する言葉を数え出しているが、いちばん多いのは、孔子が最も大切にした仁で、九十七回出てきている。

次に多いのは、孔子が職業教育的に教えた礼で、七十五回。

その次に多いのが信で、三十八回。

その次が孝で、十八回。

同じく忠が、十八回。

宮崎市定はこれらの言葉の頻度を数えて、それぞれが頻度に相応した重要性を持っているのではないか、と推定している。信の三十八回は、かなり意味の重い頻度と言い得るであろう。

＊

信の三十八回には及ばないが、忠という言葉は『論語』に十八回出てきている。しかし、主君に対する忠の場合は、わずか三回に過ぎないという。宮崎市定はこのことからさらに一歩進めて、次のように述べている。

私は君に忠ということを一番先に言い出したのは、おそらく孔子だと思うのですが、しかし、この時はまだそんなに重きを置かれていない。これが後になると、おそらく孔子の意思に反して忠君という思想がだんだん重んじられてきた。中国の社会情勢がそういうふうになってきたためだと思います。

これに対して思いがけないのは、いまも読みました忠信の信という言葉が、実に三十八回出てきているのであります。この信という言葉は、言うまでもなく信義、あるいは信頼の信であります。君主に対して使えないこともないがむしろ人民と人民との間、国民同士の間の道徳だと思います。

（宮崎市定『論語の新しい読み方』一九六九年）

宮崎市定はここでは、信の重要性を強調している。しかも、信については、「君主に対して使えないこともないがむしろ人民と人民との間、国民同士の間の道徳だと思います」という風に、忠以上に普遍化して捉えている。この観点から言うと、孔子は、人間関係においては信を最も重視していたのである。このことは特に注目する必要がある。

『論語』の中で信の重要性が最も強調されているのが、次の章句である。


子貢《しこう》、政ヲ問ウ。

子曰ク、食ヲ足ラシメ、兵ヲ足ラシメ、民ハ之ヲ信ニス。

子貢曰ク、必ズ已《や》ムヲ得ズシテ去ラバ、斯《こ》ノ三者ニ於《おい》テ何ヲカ先ニセン。

曰ク、兵ヲ去ラン。

子貢曰ク、必ズ已ムヲ得ズシテ去ラバ、斯ノ二者ニ於テ何ヲカ先ニセン。

曰ク、食ヲ去ラン。古《いにしえ》ヨリ皆死アリ。民、信ナクンバ立タズ。


（顔淵第十二）


子貢が孔子に、政治について訊ねた。

孔子は言った。「食糧を十分確保し、軍備を充実させ、民には信〈信義〉を持たせることだ」

子貢が言った。「どうしてもやむを得ず除くとしたら、この三つのうち、なにを先に除きましょうか?」

孔子は言った。「軍備を除こう」

子貢が言った。「どうしてもやむを得ず除くとしたら、この二つのうち、なにを先に除きましょうか?」

孔子は言った。「食糧を除こう。人間は昔からみな死ぬことになっている。民に信がないと、国は成り立たない」

「戦国」前期とも言える当時〔春秋時代〕の政治情勢から言って、軍備が重要なことはわかり切ったことである。他国の侵略を受けて国〔周に分封《ぶんぽう》された国を指す〕が滅亡することは、なんとしても避けたい。しかし、孔子は軍備よりも、人々を飢え死にさせないことのほうがより大切だ、と見なした。人々を飢え死にさせないことは、為政者にとっては至上命令である。人々の生命を守ることは、国の存立を守ることよりも大切なのである。

人々の生命を守ることは大切であるが、しかし、孔子はそれ以上に、民に信がなくなることを恐れた。民が信をなくすることは、民が命を失うことよりも重大事だ、と極言しているのである。

このことから見ると、孔子が「民に信がないと、国は成り立たない」と述べているのは、相当に強い信念を持ってのことであろう。

ここで、「民、信ナクンバ立タズ」の意味を、改めて考えてみたい。

上に立つ為政者が民に信頼されないと、国はやっていけない、という解釈がある。現代の政治家が自分の信条として使っている場合は、この解釈が多い。政治家がそういう気迫で政治に取り組むのは殊勝な心掛けであり、それはそれで納得がいく。

孔子は君子の教育を行っていたので、上に立つ為政者は民に信頼される人間でなければならない、という風に解釈するのは十分に妥当である。しかし、この解釈には疑問も残る。

上に立つ為政者が民に信頼されないと、社会状況はひどい状況になる。それはその通りである。しかし、それは他国に滅亡させられるよりも、民が餓死するよりも、もっとひどい状況と言えるであろうか？

孔子が「民に信がないと、国は成り立たない」と述べているのは、かなり思い切った極論である。ここまで断言されると、信は、為政者だけの問題ではないように思われるのである。上に立つ為政者が民に信頼されない、というだけの話であれば、他国に滅亡させられることよりも、民がみな餓死することよりも、もっとひどい状況になる、とは必ずしも言えないであろう。

孔子は、人間性のない低劣な連中しか住んでいない国では、そこは人間の生きる世界とは言えない、という意味で、「民に信がないと、国は成り立たない」と、あえて極言したのではなかろうか？

民衆が幸せで平穏な生活を送るためには、その社会が真っ当な人間によって構成されていなければならない。孔子は、民衆自身の人間性〔信〕を生死の問題以上に重視しているのである。

民衆がみな信用できない卑劣な嘘つきや、詐欺師や強盗ばかりだと、その社会は敗戦国になることよりも、飢え死にすることよりも、さらにひどい野獣的世界になる。そんなところに生きても生きている値打ちがない。だからこそ、孔子は信念を持って、「人間は昔からみな死ぬことになっている。民に信がないと、国は成り立たない」と断言したのである。

人々が人間としての価値を失って、汚らしくあくどく生きているのでは、人間の国とは言えない。孔子の言葉は決して誇張ではない。孔子が民衆自身に信を求めたという解釈は、必ずしも通説にはなっていないが、こちらのほうが孔子の考えにより近いように思われる。

子曰ク、人ニシテ信ナクンバ、其ノ可ナルヲ知ラザルナリ。（為政第二）

孔子は言った。「人間に信がないと、人間として取るべきところがない」

この言葉を見ても、孔子の考えがよくわかる。孔子は本来、為政者に信を求めたのであるが、ひろく民衆自身にも信を求めているのである。信については、先に触れたように、宮崎市定が「君主に対して使えないこともないがむしろ人民と人民との間、国民同士の間の道徳だと思います」と述べている。これも、ここの解釈の有力な参考になるであろう。

8　孔子と忠――夫子《ふうし》ノ道ハ忠恕《ちゅうじょ》ノミ

孔子が重視した徳には、信のほかに忠がある。ここでは、『論語』における忠について検討してみよう。

子張、政ヲ問ウ。
子曰ク、之《これ》ニ処《お》リテ倦《う》ムコト無カレ。之ヲ行ウニ忠ヲ以テセヨ。
（顔淵第十二）

弟子の子張が政治について訊ねた。
孔子は言った。「日頃の仕事を怠けず、誠実に職務を行うがよい」

この場合の忠は、誠実に真心を尽くすという意味である。孔子は官職に就く人間の心得として、忠という言葉を口にした。この言葉は、非常に重要な内容を蔵している。上に立つ為政者に求められるのは、なにを措《お》いてもまず誠実さなのである。人格に誠実という基盤がなければ、立派な為政者〔君子〕になることはできない。汚職をしないことはもちろんである。

忠も、孔子がよく口にした言葉であった。先にも述べたように、宮崎市定によると、忠という字は『論語』に十八回も出てきている。

子曰ク、参《しん》ヤ、吾ガ道ハ一《いっ》以テ之ヲ貫ク。
曾子曰ク、唯《い》。
子出《い》ヅ。門人問イテ曰ク、何ノ謂《いい》ゾヤ。
曾子曰ク、夫子ノ道ハ忠恕《ちゅうじょ》ノミ。
（里仁第四）

孔子は言った。「参《しん》〔曾子の名〕よ、わたしの道は一つのことで貫かれているのだ」
曾子は言った。「はい」
孔子が部屋を出ていった。
門人が訊ねた。「どういう意味なんですか？」
曾子は言った。「先生の道は忠恕で貫かれているのだ」

孔子は曾子に、自分は一つのことを貫いてきた、とわが身を振り返って言った。高弟の曾子はすぐにその意味がわかったので、「はい」と答えたのであるが、周りの弟子たちにはそれがよくわからなかった。曾子は弟子からその意味を訊ねられたとき、孔子の歩んできた道は忠恕で貫かれている、と解説したのである。

曾子は孔子の言葉を解釈して、先生は忠恕を貫いて生きてきた、と弟子に説明した。本来的には、仁を貫いて生きてきたと言うべきところを、曾子は弟子たちにわかるように、仁の内容を忠恕と解説したのである。すなわち、孔子は一貫して、誠実と思いやりの心で人に接してきた、と説明したのである。忠恕の恕は、許すという意味もあるが、ここでは思いやりと取るのがよいであろう。恕は、孔子の重視した最も基本的な人間の美徳である。恕は仁の具体的な表れと言っても過言ではない。仁の精髄は忠恕なのである。

子貢問イテ曰ク、一言《いちげん》ニシテ以テ身ヲ終ウルマデ之ヲ行ウベキ者有リヤ。
子曰ク、其レ恕カ。己《おのれ》ノ欲セザル所、人ニ施スコト勿《なか》レ。
（衛霊公第十五）

子貢が訊ねた。「なにか一言で、終生守るに足る言葉はあるでしょうか？」
孔子は言った。「それは恕という言葉かな。自分がして欲しくないことは、人にしてはならない」

この場合も、恕は思いやりと解釈できる。他人も自分と同じ人間と見なして、思いやりの心で接するのである。仁の基本は、先にも述べたように、相手も同じ人間と見なすヒューマニズムである。相手を思いやるという意の恕は、仁とほとんど距離はない。孔子はさらに一歩踏み込んで、恕をわかりやすく説明している。「己ノ欲セザル所、人ニ施スコト勿レ」と具体的にその方法を示しているのである。

忠恕は、誠実と思いやりの心と解釈したが、忠信の場合と同じく、シノニム〔同義語〕を合わせた一つの言葉として解釈するのも可能であろう。宮崎市定は、「吾ガ道ハ一以テ之ヲ貫ク」と述べられている点から見て、忠恕は「真心という意味一つにとるのがいい」と主張している。これはこれで十分に納得できる。

ここで、再び忠の問題に戻ろう。

孔子がひとりの主君に終生仕えた人間でないことを考えれば、忠恕の忠が、ひとりの主君に対する忠、として使われていないことは明らかである。孔子は魯の国を去ったあと、自分を用いてくれる主君を求め続けた。これまでに仕えた魯の主君のことは、自分の祖国であるにもかかわらず、終生仕えるべき主君とは考えていない。

孔子は、主君に対する忠を決して軽視しているわけではない。しかし、その場合でも、あくまで社会契約論的な忠を求めているのであり、「二君に仕えず」的な、絶対的な忠を求めているのではないのである。

定公問ウ。君《きみ》、臣ヲ使イ、臣《しん》、君ニ事《つか》ウルハ、之ヲ如何《いかん》セン。
孔子対《こた》エテ曰ク、君ハ臣ヲ使ウニ礼ヲ以テシ、臣ハ君ニ事ウルニ忠ヲ以テス。（八佾第三）
魯の国の定公が訊ねた。「主君が臣下を使い、臣下が主君に仕えるときには、どのようにするのがいいでしょうか?」
孔子は答えた。「主君が臣下を使うときには礼〔礼儀〕を守り、臣下が主君に仕えるときには忠の心で行うべきです」

孔子は、臣下が主君に仕えるときの心構えとして、忠を挙げている。主君に仕えるときには、心からの誠を尽くすべきだ、と言っている。普遍的道徳としての忠を、君臣間に当てはめているのである。孔子は、臣下には主君に対する忠を求めているが、その前提として、主君が臣下に対して礼を守ることを求めている。主君のほうも臣下には礼をもって遇すべきだ、と述べているのである。君臣間の道徳はあくまでも相対的なものであり、縦の身分関係はまだ、孔子においては絶対的なものになっていない。

＊

主君が臣下に対して礼を守ることを求めるのは、「絶対服従」を求める専制主義を戒めているのであり、仁を求める孔子の考え方からすれば、当然のことであろう。君臣間の道徳が相対的なものである以上、主君も臣下に礼を尽くさねばならないのである。

しかし、もしも主君が臣下に礼を尽くさなかった場合には、どうなるのか？

この点については、孔子は明確には言及していない。あえて言うならば、主君に見切りをつけてその国を去る、というのが答えになるであろう。孔子自身はそのように行動しているのである。

この点を根本から考究すると、主君や国とはなにか、という問題に立ち至る。

この点については、思想的後継者の孟子〔姓は孟、名は軻《か》。戦国時代の思想家〕が、次のようにきっぱりと言い切っている。

民ヲ尊《たっと》シト為シ、社稷《しゃしょく》之ニ次ギ、君ヲ軽《かろ》シト為ス。（『孟子』尽心《じんしん》下）

民がいちばん大切であり、社稷〔国家〕は民の次に大切であり、君主はいちばん軽い。

孟子は、民があってこそ国家があり、国家があってこそ治める君主がある、と主張している。価値の順位は民、国家、君主である、と述べているのである。ここでは明確に民本主義を主張している。国家や君主は、民を幸せにするべき統治のシステムに過ぎない。軽重《けいちょう》を言うならば、根底にある民がいちばん重いのである。

下の者を思いやらない君主の、非情な専制を否定している。革命思想にも通ずるこの民本主義の主張は、昔の日本では万世一系の国情に合わないとして歓迎されなかった。中国から来る『孟子』を載せた船は、言い伝えに過ぎないが、必ず日本の神々に途中で転覆させられたという。

孟子が孔子の考えを正確に把握していたことは、まず間違いないであろう。孔子も同じように考えていたはずである。しかし、そうかと言って、孔子や孟子は、民に政権を渡せとは決して言っていない。あくまでも為政者に向かって、下々の者〔民〕に思いやりのある政治を行え、と説いているに過ぎない。孟子はさらに次のように述べている。

君ノ臣ヲ観ルコト犬馬《けんば》ノ如クナレバ、則チ臣ノ君ヲ観ルコト国人《くにびと》ノ如シ。君ノ臣ヲ観ルコト土芥《どかい》ノ如クナレバ、則チ臣ノ君ヲ観ルコト寇讎《こうしゅう》ノ如シ。（『孟子』離婁《りろう》下）

主君が臣下を犬や馬のように見るならば、臣下は主君をそこらの路傍の人のように見るであろう。主君が臣下を土や芥《あくた》のように見るならば、臣下は主君を仇敵と同じように見るであろう。

孟子は、主君が臣下に対して礼を守ることを、厳しく求めている。儒教の始祖である孔子は、君臣間の道徳を相対的に見ていた。硬直化した縦の身分関係は、後世になってできたものである。王朝支配を維持するために、宮崎市定が述べているように「おそらく孔子の意思に反して」、絶対服従を要求するものになったのである。

孔子の時代には、社会契約論的な君臣関係が普通であった。したがって、忠は契約時において求められるものであり、君臣関係がなくなると、なおも礼を尽くすべきことは当然であるが、君臣関係としての忠は無用に近い。

後世の儒教は、忠、孝、節の倫理道徳を、「絶対服従」すべきものとして説くことになるが、孔子自身は、そのような硬直化した倫理を説いていないのである。こうした孔子の考え方は、ある意味で近代的でさえあり、封建道徳の忠とは、明らかにかけ離れている。孔子は、決して教条主義の道学者ではなかった。

＊

この問題に関してさらに言うと、孔子はかなり思い切った発言をしている。それは篤《あつ》い友情で有名な「管鮑《かんぽう》の交わり」〔管仲と鮑叔牙《ほうしゅくが》の友情〕の管仲の評価においてである。

管仲は貧しい少年時代の親友である鮑叔牙〔鮑叔ともいう。斉《せい》の桓公の側近〕のとりなしで、斉の宰相《さいしょう》に取り立てられた。管仲の才能を認めた鮑叔牙の無私の友情が光る。

子路曰ク、桓公ノ公子糾《きゅう》ヲ殺ストキ、召忽《しょうこつ》ハ之ニ死シ、管仲ハ死セズ。曰ク、未ダ仁ナラザルカ。子曰ク、桓公諸侯ヲ九合《きゅうごう》スルニ兵車ヲ以テセザルハ、管仲ノ力ナリ。其ノ仁ニ如《し》カンヤ。其ノ仁ニ如カンヤ。（憲問第十四）

子路が言った。「斉の桓公〔春秋五覇の最初の人〕が公子の糾を後継争いで殺したとき、召忽は主君に殉《じゅん》じて自殺したのに、管仲は死にませんでした」。続けて言った。「仁とは言えないのではないでしょうか？」

孔子は言った。「桓公が、諸侯を何度も会盟《かいめい》させた〔その結果、桓公は天下の覇者となり、盟主として中国を統一した〕とき、武力を用いることがなかったのは、管仲の力なのだ。彼の仁に及ぶ者がいるだろうか。そんな者がいるだろうか」

最後の「其ノ仁ニ如カンヤ」の解釈は、いろいろな説があって、訳すのは難しい。甚だしくは「如《いか》ンゾ其《それ》仁ナランヤ」と読んで、「どうして仁であろうか」と解釈するものまであるが、それは管仲が二君に仕えたことに強い抵抗感があるからであろう。

しかし、孔子が管仲を高く評価しているのは間違いないので、ここでは先の訳のように解釈することにする。孔子は、主君を殺した仇《かたき》〔桓公〕に仕えた管仲の行為を是認しているのである。

孔子は別のところで、「管仲は礼をわきまえていない」と批判もしているが、総体的には、管仲を認めている。『論語』には、先の話に続いて子貢の質問が採用されている。これから見ると、孔子は間違いなく管仲を高く評価している。

子貢曰ク、管仲ハ仁者ニ非ザルカ。桓公公子糾《きゅう》ヲ殺ストキ、死スル能ワズ。マタ之ヲ相《たす》ク。子曰ク、管仲桓公ヲ相ケテ、諸侯ニ覇タラシメ、天下ヲ一匡《いっきょう》シテ、民今ニ到ルマデ其ノ賜《たまもの》ヲ受ク。管仲微《なか》リセバ、吾《われ》其レ被《ひ》髪《はっさ》左衽《じん》セン。豈匹夫匹婦《あにひっぷ》ノ諒《まこと》ヲ為スヤ、自ラ溝瀆《こうとく》ニ縊《くび》レテ之ヲ知ル莫《な》キガ若《ごと》クナランヤ。（憲問第十四）

子貢が言った。「管仲は仁者ではありませんね？　桓公が公子の糾を殺したとき、殉じて死ぬことができませんでした。その上、宰相となって、桓公〔主君の仇〕を補佐しているんです」孔子は言った。「管仲は宰相となって、桓公を諸侯の上に立つ覇者とならしめ、天下を統一した。それで、民は現在に至るまでその恩恵を受けている。もし管仲がいなかったなら、われわれはざんばら髪のままで、着物を左前に着ていただろう。〔天下が乱れて文化が破壊され、狄《い》夷《てき》の風習になっていただろう〕そこらの男女が小さな義理のために首をくくり、ドブの中でだれにも知られずに死んでいくようなことを、管仲ほどの人物がするだろうか」

この発言には、孔子の大局観と現実主義が見事に表れている。孔子の考えは、明らかに封建道徳の忠とは異なったものであり、管仲が主君を替えて〔二君に仕えて〕大事業を成し遂げたことを、非常に高く評価しているのである。孔子にとっては、大事業を成し遂げた行為こそが大切であり、小人《しょうじん》の義理は大局的には問題にしていない。形式論で済まさずに、現実をリアリスティックに見据えている。

ここに、孔子の豪気な大局観が見て取れるのである。

＊

管仲の行いと対照的なのが、『忠臣蔵』の赤穂《あこう》義士の吉良《きら》邸討ち入りである。現代人の観点で四十七士の行為を軽々に批判することはできない。しかし、主君の仇討ちとはいえ、大勢の他人を殺傷したテロ行為が称讃されるのは、全員が切腹させられたものの、なにかすっきりしないところが残る。

そもそも四十七士の多くの者は、殿様の浅野内匠頭《たくみのかみ》とはそれほど強い人間的繋がりがあったわけではない。殿様と直接話したことのない身分の低い家来も多かった。それに、浅野内匠頭にしても、決して立派な殿様ではなかった。幕府隠密《おんみつ》の調査では、昼間から女色にふけって「淫乱無道」と報告されている。四十七士の面々は、殿様がどんな人間であるかほとんど知らず、ただただ「忠」という名分のために、自分と関係のない大勢の他人を殺傷し、自分の大切な命を棄て、さらには家族をも悲惨な生活に追いやったのである。

リーダーの大石内蔵助《くらのすけ》には、別に政治的な意図もあったようであるが、四十七士の多くの者は、「命を捨てて、忠義を尽くしたい」とか、「主君の仇を討たないと、武士としての面目が立たない」とか、そうしたことばかりを思っていた。彼らは、ある意味では、「忠」を絶対視する封建道徳に縛られていたのである。

道家《どうか》の荘子《そうし》は、「君子ハ名ニ殉《じゅん》ズ」〔小人ハ財ニ殉ズ〕と冷笑的に述べているが、四十七士は「忠」という名分に殉じたことになる。殿様の実態を知らない彼らは、ただただ「忠」という名分によって、大勢の他人を殺傷したのである。

忠の行為は美しく、かつ尊い。このこと自体は、当然、称讃されるべきであろう。しかし、行為そのものの善悪は、あくまで客観的に、冷徹に吟味する必要がある。忠の行為の裏側で、敵も味方もどれだけ悲惨な犠牲が生じていたか、その点の事実の検証が大切なのである。行為の中身は、「忠」の化粧によって正当化されてはならない。

この点がしばしば「いい加減」にされ、どんな行為をしたかが無視されて、忠ばかりが称讃される傾向が見られる。武士道にしても、一歩道を誤ると、「君子は名に殉ず」に陥りかねないのである。

赤穂義士の過激な忠至上主義は、多くの人々を悲惨な目に遭わせてしまった。しかし、彼らの「忠」は、これまで見てきたように、孔子の考えとは直接には繋がらない。孔子は、封建道徳が要求するような絶対的な、ある意味では盲信的な、過激な忠は求めていないのである。

9　孔子と孝

孔子が大切にした倫理道徳の基本は、孝悌《こうてい》の道である。孔子は、孝悌については折に触れて説いている。

子曰ク、弟子《ていし》、入リテハ則チ孝、出デテハ則チ弟《てい》〔悌〕。謹ンデ信アリ。汎《ひろ》ク衆ヲ愛シテ、仁ニ親シム。行イテ余力アラバ、則チ以テ文ヲ学べ。（学而第一）

孔子は言った。「若い者は家では孝行を尽くし、外に出ては年長者を大切にせよ。言動を慎んで信頼される人間になれ。広く人々を愛して、仁に親しめ。そのあと余力があれば、学問〔詩、書、礼、楽〕を学ぶがよい」

この章句では、孔子は若者たちにまず最初に孝を勧め、そして悌を勧めている。孝悌が人間にとってはいちばん大切なことなのである。そのあと、信頼できる人間になることを求め、広く人々を愛して、仁に親しむことを求めている。そうした基本的な倫理道徳を身に付けることが、君子となる第一の要件なのである。学問を学ぶのはそれからあとでよい。

孔子は学問を非常に重視したが、この場合のように、学問以上に人間性の形成を重視した言葉を残している。孔子は学問の師ではあるが、それ以上に、人間性を高める修養を勧めた人生の師であった。人間を人間たらしめる人倫の確立を重視したのである。

孔子にとって教育の窮極の目的は、弟子たちに人間性に満ちた人格〔人徳〕を形成させることであった。仁者の育成をめざしたのである。為政者となる君子はまず、人間性に満ちた立派な人格を持っていなければならない。でき得る限り、仁に近づかなければならない。

仁に近づく具体的行為として孔子が挙げたのが、孝悌の道である。

孔子は孝について説明するとき、観念的な言葉を使って抽象的論議に深入りすることはしなかった。極めて単純に、自然な言葉で話していることが多い。孔子が孝についてどのように語っているか、見ていってみよう。

孟武白、孝ヲ問ウ。
子曰ク、父母ハ唯《ただ》其ノ疾《しつ》ヲ之《これ》憂ウ。　　　　（為政第二）

孟武白が孔子に、孝とはどういうものかを訊ねた。
孔子は言った。「父母はなによりも子供の病気を心配するものです」

孟武白は三桓氏の一門で、権勢を誇った家老であった。父親は孟懿子《いし》〔魯の有力三家老の孟孫氏。懿は諱《いみな》〕で、祖父は孟釐子《きし》である。祖父はなかなかの人物であったようで、臨終の折に息子を枕元に呼んで、まだ若かった孔子に師事《しじ》するように遺言した。孟懿子は父親の遺言に従って孔子に師事したが、弟子としてはそれほどの者ではなかったようである。

孟懿子の息子の孟武白は、あまり健康には恵まれていなかったらしく、孔子は彼に対して、病気のことで親に心配を掛けるな、と言っている。孔子は孟武白の質問に、病気にならないことがいちばんの親孝行だ、と具体的に答えているのである。親に心配を掛けないことがいちばんの親孝行だ、とはいかにも平凡な回答であるが、確かに具体的ではある。

子遊《しゆう》、孝ヲ問ウ。
子曰ク、今ノ孝ハ是《これよ》能ク養ウヲ謂《い》ウ。犬馬ニ至ルマデ、皆能ク養ウコトアリ。敬セズンバ、何ヲ以テ別《わか》タンヤ。（為政第二）

子遊が孔子に、孝とはどういうものかを訊ねた。

孔子は言った。「近頃の孝行は親を養うだけのことを言うようだが、養うだけのことなら犬や馬だって養うことはできる。親を敬《うやま》うという気持ちがなかったら、なにをもって区別をするのか」

この章句では、孔子は孝行する場合の心掛けを具体的に説明している。ただ単に親を養っているだけでは、本当の孝行とは言えない。心の籠《こ》もった孝行でなければ、家畜を飼うのと違いがないではないか、と諭《さと》しているのである。

子夏《しか》、孝ヲ問ウ。子曰ク、色難《かた》シ。事有レバ、弟子《ていし》其ノ労ニ服シ、酒食有レバ、先生ニ饌《せん》ス。曾《すなわ》チ是ヲ以テ孝ト為スカ。
（為政第二）

子夏が孔子に、孝とはどういうものかを訊ねた。

孔子は言った。「親に対してつねに優《やさ》しい表情をしているのは難しい。用事があれば、若者がそれを行い、酒や食べ物があると、まず年長者に差し上げるものだが、こんなことをしただけで、親孝行と言うことができるだろうか」

この章句では、親に接するときの表情や態度〔色〕を問題にしている。子供は親に対して、気持ちの籠《こ》もった態度を取らねばならないのに、しばしばそのことを忘れてしまう。同じ世話をしても、表情がつんけんと険《けわ》しかったならば、孝とは言い難いのである。ただ親を養っているだけで、敬愛の表情や態度を欠くのでは、親孝行の心が表に見えてこない。それでは、本当の親孝行とは言えない。

孔子は、親を養っているときには、いつも気持ちの籠もった態度で接しなければならない、と戒めているのである。表情や態度にも気を付けるように、と弟子たちに具体的に注意を与えている。「色難シ」とは、非常にいいところを突いている。

親に対しても、礼を失してはならない。親には敬愛の籠もった表情や態度で接することが、まさに礼なのである。孝は、礼という「形」をとってこそ完成する。仁〔孝〕は、礼と表裏一体でなければならない。孔子はここで、非常に重要なことを教示しているのである。

＊

孔子が孝について語るのは、日常的なことが多いが、中には、具体的に見えながら抽象的要素を含んだものもある。それが次の章句である。

子曰ク、父在《いま》ストキハ、其ノ志ヲ観《み》、父没スルトキハ、其ノ行イヲ観ル。三年父ノ道ヲ改ムル無キハ、孝ト謂《い》ウベシ。（学而第一）

孔子は言った。「父親の存命中は、父親の意思を注意して見てそれに従い、父親の死後は、生前のやり方を思い出す。三年間父親のしきたりを守っているならば、孝と言うことができるだろう」

ここで使われている「観ル」は、観察の観であり、注意して見るということである。要するに、父親の存命中は父親の意思を察して行動し、父親の死後も少なくとも三年間、父親のしきたりを守る。それが親孝行だ、と孔子は教えているのである。

孔子が孝について述べていることは、おおむね納得のいくものであるが、この章句になると、いささか困惑せざるを得ない。いまの時代からすると、あまりにも守旧的過ぎるのである。

孟懿子《いし》、孝ヲ問ウ。
子曰ク、違《たが》ウ無カレ。
（為政第二）

孟懿子〔前出〕が孝とはどういうことかを訊ねた。
孔子は言った。「違わないようにすることです」

孟懿子は孔子の弟子筋ではあるが、身分的には孔子より上である。孔子はあまり多くを語りたくない気分であったのか、ごく簡単な返事しかしなかった。孔子の言った「違ウ無カレ」という言葉については、このあと御者《ぎよしや》をしていた弟子の樊遅《はんち》が、帰り道にその意味を訊ねている。その問いに対して、孔子は「父の生前も、死んだときの葬式も、その後の祭祀も、すべて礼から逸れないように行動せよ、ということだ」と答えている。これも先の章句の、父親のしきたりを守れ、ということと内容はほぼ同じである。これを見ると、孔子はどこまでも礼を重んじることを求めており、個人の独立独歩を当然としている現代人の感覚からすると、この言葉は旧弊《きゆうへい》〔旧いしきたりの弊害〕と言わざるを得ないであろう。

もちろん、父親が真っ当な人間である場合、孔子の教えはそれほど悪いとも言えない。良き線路が敷かれているならば、その上を走り続けても、べつにまずくはないのである。本来的には独立した個人が自らの頭で考えて、走る方向を決定すべきなのであるが、父親が良き線路を敷いているのであれば、その上を走っても構わない。

しかし、父親が悪人である場合、孔子の考え方には重大な問題が残る。

*

これと関連して思い起こされるのが、孟子の言葉である。後世、孔子の思想をよく継承して亜《あ》聖《せい》〔聖人に次ぐ聖人〕と称された孟子は、孔子よりほぼ二百年後に、この問題について見解を示している。

堯《ぎょう》、舜《しゅん》は古代の伝説上の聖天子であるが、とりわけ舜は親孝行で有名であった。舜の父親は盲目なのに性悪《しょうわる》で、継母は口やかましく、異母弟は傲慢であった。彼らは舜を殺そうとさえしたが、舜はよく彼らに仕えたという。

さて、そうした舜の父親が殺人を犯したと仮定した場合、天子である舜は、そんな父親にどのように対処するであろうか？

この極限的な質問に対して、孟子は「天子といえども、法を曲げて父親を無罪にはできない」と述べ、父親が処罰されることに対しては、舜は次のように処理するであろう、と推定している。

舜、天下ヲ棄ツルコト、ナオ敝蹝《へいし》ヲ棄ツルガゴトキナリ。窃《ひそ》カニ負イテ逃レ、海浜《かいひん》ニ遵《したが》イテ処《お》リ、終身訢然《きんぜん》トシテ、楽シンデ天下ヲ忘レン。（『孟子』尽心上）

舜は、天子の位を弊履《へいり》〔履きつぶしの靴〕のごとく投げ棄てるだろう。密かに父親を背負って逃れ、どこかの海辺に隠棲して、生涯喜んで父親に仕え、その暮らしを楽しんで、天下のことは意に掛けないだろう。

孟子はこの問答で、舜は天子の地位を棄ててまで孝を行うだろうと述べ、父親に孝を尽くすことのほうが、天下を治めることよりも大切である、と言い切っている。自分の父親の殺人に責任を感じての辞任ということであれば、舜の行為は理解できなくもない。また、名誉や地位に恋々《れんれん》としないという観点からするならば、立派と言うこともできる。

孟子は、こんな極端な仮説を立てて、舜の親孝行を称讃しているのである。しかし、天下を治めるべき天子の責務を簡単に放棄してもいいのかという問題や、性悪な父親をそこまでかばってもいいのかという問題が、どうしても疑問として残る。

さらに言うならば、舜の父親の殺人が、自己防衛的なやむを得ない殺人であったのか、酷薄非情な殺人であったのか、その点も考慮されねばならないであろう。自己防衛の殺人であったのであれば、舜の親孝行はそれなりに納得がいく。親と子の関係で、情が法の冷淡さを容認できない場合、苦渋の選択として舜の行為もあり得る。

一方、酷薄非情な殺人であったのであれば、現代人の感覚からすると、刑法上の扱いがどうなるかは別にして、舜の行為はもう立派に犯人隠匿《いんとく》罪である。舜の親孝行を手放しで是認することはできない。極言すれば、舜は天子でありながら、私情で勝手な行動をしたことになるのである。全般的に言って、孟子は、性悪な舜の父親が酷薄非情な殺人を行った場合も含めて、舜の親孝行を全面的に肯定しているのである。

そうであるならば、この孟子の見解は、孝を絶対視する孝至上主義、と言っても過言ではないであろう。孟子は極論でもって、孝の「絶対性」を強烈に主張しているのである。

孔子は「親ハ親タリ。子ハ子タリ」と述べているが、孝はその前提として「親ハ親タリ」が担保されていなければ、一方的なものになる。子供に対して、一方的に孝だけを求めると、それは非人間的なものに陥りやすい。

後世になると、君主権の強化〔忠至上主義〕という流れと並行して、孝至上主義の孟子の説が主流となった。「親ハ親タリ」が守られなくても、子供は「子ハ子タリ」で親孝行を尽くすべきだ、というのが封建時代の孝の実態となったのである。子供はどんな親に対しても、黙って言うことを聞かなければならない。

それは義理の親にまで適用され、後世になると、姑《しゅうとめ》の嫁いびりが日常的に横行した。上の者がどんな理不尽なことを命じても、下の者は黙ってそれに従うべきだ、というのが封建道徳の孝なのである。孝至上主義は、封建時代には「空気」となって猛威を振るい、子供を、親に絶対的に服従させた。親がどんなひどい人間であろうと、そんなことは問題にせず、とにもかくにも子供は親に孝行を尽くせ、と強要したのである。

抽象名詞となった「孝」は、非人間的な絶対命令と化して、長年のあいだ社会の底辺にいる多くの人々を虐《しいた》げ苦しめた。具体的な状況、条件を無視して、一般論の孝を押し付けるのは、もはや不条理と言わざるを得ない。以前の日本に存在した尊属殺人罪〔自分または配偶者の、父母や祖父母など直系尊属を殺す罪。普通の殺人罪より罪が重く、刑罰は死刑または無期懲役〕が廃止されたのは、当然のことである。

自然の情としての親への思いやりであるはずの孝が、封建時代においては、親への絶対服従に変質してしまっていた。絶対服従を強要する孝が、自然の情としての孝に取り憑《つ》いていたのである。絶対服従を強要する孝至上主義は、いつしか「これが目に入らぬか」と言われると、ただひれ伏すしかない葵《あおい》のご紋《もん》と化した。

孟子は孝を「絶対化」し、規制力の強い社会規範になる素地をつくったのである。知らぬ間に封建道徳の形成に加担している。

孝は、後世、その「名」を持ち出されると絶対服従しなければならない強制装置と化した。自然の情としての孝が、知らぬ間に、封建体制を維持するための「支配の道具」にすり替わっていたのである。

封建道徳と化した孝は、主君の命令が絶対であった忠と並んで、人々の意識を支配した。

＊

『論語』の開巻第一の章句は、先に見た「学ンデ時ニ之ヲ習ウ、亦説《またよろこ》バシカラズヤ。……」であるが、第二の章句は有子〔姓は有《ゆう》。名は若《じゃく》。曾子とともに孔子の弟子たちのリーダー〕の言葉である。

有子曰ク、其ノ人ト為《な》リヤ孝弟ニシテ、上《かみ》ヲ犯スヲ好ム者ハ鮮《すくな》シ。上ヲ犯スヲ好マズシテ乱ヲ作《な》スヲ好ム者ハ、未ダ之《これ》有ラザルナリ。君子ハ本《もと》ヲ務ム。本立チテ道生ズ。孝弟ナル者ハ、

其レ仁ノ本《もと》タルカ。（学而第二）

有子は言った。「その人となりが孝悌であって上を犯すことを好む人間は、まずいない。上を犯すことを好まないで乱をなすことを好む人間は、いたためしがない。君子は物事の根本に力を注ぐものだ。根本がしっかり立っていると、道は自然にできてくる。孝悌こそ、仁の根本ではなかろうか」

有子によると、親や目上の者を敬う孝悌こそが、仁の根本ということになる。孝悌は、仁の中核なのである。この言葉が『論語』の二番目の章句として採用されていることは、有子グループが『論語』の編纂に深く関わっていたことを推測させるし、また有子の述べていることが、孔子の教えそのものとして、受け入れられていたことも推測させる。有子が「孝悌こそ、仁の根本ではなかろうか」と述べているのは、孔子の見解を体《たい》してのことであろう。

しかし、有子のこの発言には大きな問題点が含まれている。それは、孝悌の道を説いたときに、一歩歩《ほ》を進めて、孝悌が、身分〔階級〕の上下関係を維持する有力な手段となる、と提唱していることである。

有子のこの言葉は、親子の上下関係を君臣の上下関係に移行させており、そのことによって、政治イデオロギーの領域に踏み込んでいる。有子はやや露骨に、孝悌が「上を犯す」「乱をなす」ことを抑止するのに有効である、と論点を移しているのである。

この論法からすると、孝悌を守る人間であれば、「上を犯す」「乱をなす」ことのない従順な人間になるのであり、そのまま主君に忠を尽くす臣になる。孝悌が、君臣関係の忠に直結するのである。有子の言葉は、王朝支配者にとっては甚だ都合のいい説明であり、封建王朝の政治イデオロギー形成の下地となった。

後年、漢の武帝は儒学の大家董仲舒《とうちゅうじょ》の建策を受けると、渡りに舟とばかりに儒教を国教とした。それ以後、中国の歴代王朝はこぞって、孝と忠を推奨する儒教を崇拝し、「乱をなすことを好む人間」を作り出さないように儒教を利用した。

本来は自然の情である忠、孝、節の徳目が、自然の情の部分に乗っかって、知らず知らずのうちに、「絶対服従」を強いる非人間的な封建道徳と化していった。このカラクリによって、儒教は、封建王朝の政治イデオロギーとして、強固な地位を確立したのである。

10　孔子と法家

孔子の考えでは、仁は情と密接な関係を持っている。近親の者に篤い情を持つことが、仁の源泉となる。この点について、孔子は次のように述べている。

子曰ク、……君子親《しん》ニ篤《あつ》ケレバ、則チ民《たみ》仁ニ興《おこ》リ、故旧ヲ遺《わす》レザレバ、則チ民偸《うす》カラズ。（泰伯第八）

孔子は言った。「……君子〔為政者〕が、近親の者に篤い情を持っていれば、民はその仁に感化され、昔の友達を見棄てないならば、民も薄情でなくなる」

現代社会の通念から言うと、誤解を生じかねない言葉ではあるが、素直に考えるなら当然のことであろう。情実によって悪いことをしない以上、近親の者に篤い情を持つのは大切なことである。仁の根源にあるのは親に対する孝であるが、親はただちに肉親の親《しん》に通ずる。親に対する愛情があれば、その愛情は近親の者にも広がっていく。

仁の根源には孝があり、その延長線上に悌《てい》〔兄や目上の者を敬う〕がある。その愛情はさらに広く近親の者すべてに対する愛情となり、さらには周りの人々にも広がっていく。孔子は、親子の情愛を極めて重要視した。そのことを示す格好の実例が、次の会話である。

葉公《しょう》、孔子ニ語《つ》ゲテ曰ク、吾ガ党ニ直躬《ちょくきゅう》ナル者有リ。其ノ父羊ヲ攘《ぬす》ミテ、子之ヲ証セリ。孔子曰ク、吾ガ党ノ直ナル者ハ、之ニ異ナレリ。父ハ子ノ為ニ隠シ、子ハ父ノ為ニ隠ス。直其ノ中《うち》ニ在リ。

（子路第十三）

葉公〔前出〕が孔子に話した。「わたしの村〔党は、五百軒の集落〕に正直者の躬という者がおります。その男の父親が羊を盗んだ〔紛《まぎ》れ込んできた羊をねこばばした〕とき、息子であるその男はそのことを証言したのです」

孔子は言った。「わたしの村の正直者はそんなのとは違います。父は子供をかばって隠してやり、子供は父をかばって隠してやります。正直というのはその中にあるのです」

これは、法学においてもよく問題にされる有名なもので、それだけに重大な内容を含んでいる。何人《なんぴと》も法の下《もと》には平等、という法治主義の根幹に関わる問題であるからである。

孔子は直躬の行為を、人情の根本である孝に反するものと見なした。いくら正直な行為と言っても、そんなものは本当の正直とは言えない。孝を裏切るところに正直は存在しないのである。

この場合、孔子はあくまで「直」の実態を問題にしている。親不孝の正直なんかは、あってはならないのである。孔子の考えでは、孝より優先した規範はあり得ない。古代中国の父系家族制のもとで成立した儒教倫理は、あくまで慣習法を基本として秩序を守っている。そうしたものが精錬されて、礼に集約されていった。

法治国家においても、肉親が犯人を隠したり証拠を隠滅した場合には、刑法上の処罰を免除されることが多い。中国では、伝統的に儒教的発想が根強く残っており、この考え方が一般的であるように思われる。

ところが、その中国においてさえも、文化大革命の時代には「孔子批判」の嵐が吹き荒れ、封建道徳の一掃を急ぐあまり、子供が親を毛主席〔毛沢東〕に背く守旧派として告発する場面がしばしば見られた。これは、熱にうかされた青少年の未熟な行動として、別に考えなければならない問題もあるが、彼らが親孝行を投げ捨てたことは、それまでの孝の考え方に深刻な打撃を与えた。表面的にせよ、孝は毛主席〔マルクス主義〕によって否定されたと言える。

だが、それはあまりにも過激な行動であり、いまではそのことが反省されて、徐々に孔子の教えが見直されている。儒教倫理は知らぬ間に封建道徳と化していたのであるが、孝〔儒教倫理〕そのものを、旧い封建道徳として否定することはできない。自然の情としての孝まで否定するのでは、人間性の荒廃と言わざるを得ないであろう。孝は、いつの時代であろうと、大切にしなければならない人の道なのである。

＊

孝を重視する儒教の教えは、政治イデオロギーの側面から見ると、孝の「私《わたくし》」性が弱点となる。孟子が舜の親孝行を論じたのが、そのことをよく示している。孝至上主義には、公《おおやけ》よりも私を優先する側面があり、この点が君主からすると、極めて不都合なのである。

この弱点を衝《つ》いて真っ向から儒家に対立したのが、法家の韓非子《かんぴし》〔韓非。戦国時代の思想家。孟子の百年後の人〕であった。先の直躬の話に戻ると、韓非子は孔子の考えを批判して、次のように自説を展開している。


楚の国に直躬《ちょくきゅう》という者がいて、その父がよその羊を盗んだ。直躬はこれを役人に通報した。宰相は、その子〔直躬〕を殺せと命じた。君に対しては正直であるが、父に対してはよろしくない、と見なしたからである。だから、報いとして処罰した。

これで見ると、君に忠である臣は、父には好ましくない不孝者なのである。

魯の国の者が主君に従って戦《いくさ》に出、三戦して三度とも脱走した。仲尼《ちゅうじ》〔孔子〕がその理由を訊ねた。相手は答えた。わたしには年老いた父がいて、わたしが死ぬと、養う者がおりません。仲尼は孝行者と認め、上に推挙した。

これで見ると、父に孝子である者は、君には不忠者なのである。

かくして、宰相が直躬を処刑してからは、楚の国では犯罪が通報されず、仲尼が脱走者を称揚してからは、魯の国の民は平気で降伏したり脱走したりするようになった。

君の利と臣の利とはこのように違いがあるのである。

（『韓非子』五蠹《ごと》第四十九）

『韓非子』の五蠹篇〔五蠹とは、国に害を与える五つのキクイムシ〕に出てくる直躬は、『論語』に出てくる直躬とは違って、為政者に自慢されるどころか、逆に処刑されている。事実はおそらく『論語』のほうが近いであろうが、韓非子は自分の持説を展開するために、あえてこのように話を作り変えたのである。直躬は、『論語』のときの人物と別人であっても構わないが、この直躬は不孝者として処刑されており、その行為が為政者から糾弾されている。

五蠹篇の「直躬説話」で韓非子が説いているところは、すこしばかりひねりがあり、順を追って考えてみる必要がある。正直者の直躬が父の盗みを役人に通報したところ、宰相は直躬を不孝者と見なして処刑した。その結果、楚の国では犯罪が通報されなくなり、泥棒が増えた。

この場合、宰相が直躬を処刑したということは、言い換えると、人間は親不孝であってはならない、と発信しているのである。宰相は『論語』の葉公《しょうこう》とは逆に、直躬の正直を評価せず、不孝を咎《とが》めて孝を推奨している。したがって、直躬は公《おおやけ》の正義のために親の犯罪行為を通報したにもかかわらず、親不孝の部分を問題にされて、処刑されてしまった。その結果、楚の国では犯罪が通報されなくなり、泥棒が増えたというのである。

宰相は孝を重んじて直躬を処刑したのはいいが、その結果は芳しくなかった。これは失政と言うべきであろう。韓非子の持ち出した「直躬説話」では、韓非子は明らかに、孝の重視〔宰相の処置〕が統治の障害になる、と主張しているのである。

＊

魯の国の脱走者の説話では、さらに明確に孝を否定している。

魯の国の者が戦場から三度も脱走した。孔子がその理由を聞くと、自分には年老いた父がいて、自分が死ぬと養う者がいなくなるからだ、と答えた。孔子は相手を孝行者と認めて、上に推挙した。その結果、魯の国の民は平気で降伏したり脱走したりするようになったという。

ここに出てくる孔子は、もちろん韓非子の創作であり、事実そのものではない。孔子が孝を重視したのはその通りであるが、そのことが極端に誇張されているのである。この例から見ると、国を守るときには、親の養育を優先する孝は障害物となる。

韓非子が魯の「脱走者説話」を持ち出した意図は、明らかに孝の否定にある。君主の安定した統治に対しては、孝は障害物なのである。

韓非子がこの二つの説話で主張していることは、親に対する孝と、主君に対する忠とは、互いに利害が相反するということである。

儒家は、孝悌であれば「上を犯す」「乱をなす」ことはないと見なしたが、これは孝悌が忠と融合していることを意味する。

それに対して、韓非子は、「直躬説話」「脱走者説話」において、私〔孝〕と公〔忠〕を両立し得ない対立物として論じ、私〔孝〕を否定している。公か私か、の二者択一を迫って、公〔忠〕至上主義に誘導しているのである。

韓非子の主張は、一見すると、明快で説得力があるが、孟子が孝至上主義を説くために持ち出した舜の話と同じく、一種の極論である。韓非子は、自説の忠至上主義を説くために、私〔孝〕

と公〔忠〕の利害が対立する極端な事例を、わざと設定しているのである。

しかし、極端な例示をもって、公か私か、と判断を迫るのは、トリッキーな論法と言わざるを得ない。二者択一を迫るやり方は、問題が明確に示されるので、納得されやすい。明白に敵か味方かを設定し、相手の弱点を威勢よく叩《たた》くと、その点ばかりがクローズアップされて、相手をうまうまと全否定することができる。公か私か、と二者択一を迫り、孝の弱点を極端な事例で叩いて、私〔孝〕の欠陥を全面的に断罪するのである。

韓非子は自分の作った「直躬説話」「脱走者説話」を例にして、私〔孝〕の重視は公の統治にとっては有害である、と主張した。これで、孝というものを全否定しているのである。

一つの問題点を取り出し、相手の弱点を大袈裟《おおげさ》に言い立てて、それで相手の主張の全体を否定するのは、すぐにはおかしいとわからないだけに、詭弁《きべん》に近い。孝子ならみんながみんな脱走する、というわけでもないのに、それを一般化して述べているのである。韓非子のこうした詭弁に近い弁論には、一種の人間としての「いい加減」さが潜んでいると言わざるを得ないであろう。

公の統治がうまくいかないと、君主の支配は安定しない。

韓非子は「一万乗の戦車を有する大国の君主の地位を危うくする者は、一千乗の戦車を有する卿《けい》、大夫《たいふ》である」と述べているだけに、虎視眈々《たんたん》と君主の地位を窺《うかが》う豪族〔卿、大夫〕の力を削《そ》ぎたかった。そのためにこそ、彼ら〔宰相ら〕が宗族《そうぞく》〔一族〕の求心力維持のために利用している孝を否定したのである。

韓非子の主張の骨子は、孝〔私〕は君主の安定した支配体制〔公〕とは両立しない、ということである。君主の統治においては、孝、とりわけ豪族の重視する孝は、統治の障害物となる、と見なしたのである。

＊

韓非子のめざす究極の目的は、君主権の「絶対化」であった。そのことは、韓非子の次の言葉からよくわかる。

わたしの聞くところでは、臣は君に仕え、子は父に仕え、妻は夫に仕える。この三つのことが秩序正しく行われていれば、天下は治まり、三つのことが正しく行われなければ、天下は乱れる。これが天下の常道である。名君も賢臣もこれに背くことはできない。すなわち、君主が賢明でなかろうとも、臣はあえてこれを侵《おか》さないのである。　（『韓非子』忠孝第五十一）

これこそ、韓非子が舌鋒《ぜっぽう》鋭く自説を主張した『韓非子』の核心である。だれも君主の地位に取って代わってはならない。どんなに立派な臣であろうとも、君主に取って代わってはならない。たとえ君主がどんなに愚昧《ぐまい》であろうとも、君主は君主である。君臣の地位の異動は世の乱れの原因となるので、絶対に許してはならない。韓非子のめざしたものは、君主の地位の「絶対化」以外のなにものでもないのである。

韓非子は国の秩序維持に役立つ側面から、ここでは忠、孝、節〔貞節〕をちゃんと認めている。

しかし、それは君主の権力維持に役立つ視点からでしかない。そもそも「臣は君に仕え、子は父に仕え、妻は夫に仕えるものである。この三つのことが秩序正しく行われていれば、天下は治まり、三つのことが正しく行われなければ、天下は乱れる。これが天下の常道である」と述べる韓非子の主張は、自分の持ち出した「直躬説話」「脱走者説話」で、孝を否定していることと矛盾する。

一方では孝を否定しているのに、都合がいいときには、知らん顔をして忠とともに孝を主張する。これはどう考えても、ご都合主義としか言いようがない。韓非子が忠、孝、節を口にするのは、一種の便法に過ぎない。忠〔公〕の妨げとなる孝〔私〕は否定しているのである。要するに、韓非子にとっては、君主の地位を絶対化することこそが、本音なのである。

君主の地位の絶対化という観点から、韓非子は儒家が是認する禅譲《ぜんじょう》〔堯《ぎょう》が徳のある舜《しゅん》に天子の位を譲った〕や、放伐《ほうばつ》〔殷の湯王《とうおう》が夏の暴君桀《けつ》を放逐。周の武王が殷の暴君紂《ちゅう》を討伐〕を、天下の秩序を乱した愚挙《ぐきょ》として徹底的に批判している。韓非子の主張からすると、堯から舜への禅譲なんか、あってはならないことである。堯が生きているうちに舜に天子の位を譲ると、天子は一人しか存在し得ないのであるから、堯は舜の臣になってしまう。

こんな逆立ちの事態は秩序を乱す原因になる。ましてや、放伐〔暴力革命〕は秩序維持の観点からすると、絶対に許してはならないことである。

韓非子は、地位、階級の固定化こそが世の乱れを防ぐ最善の方法である、と強硬に主張した。秦王の政《せい》〔のちの始皇帝〕に「ああ、わたしはこの人と会って、親しく交わることができるなら、死んでも悔いはない」と言わしめた所以《ゆえん》である。

歴史的事実としては、秦王の政は韓非子の考えを採用し、冷徹に臣下を頤使《いし》して、富国強兵政策を遂行した。その結果、秦王の政は戦国の世を制覇し、秦帝国の始皇帝となったのである。

しかしながら、韓非子〔法家〕の思想は強烈な突破力を持ってはいるものの、所詮は、一時的に猛烈な効力を発揮する劇薬に過ぎない。

秦帝国は戦国時代に終止符を打ち、天下統一を成し遂げたのではあるが、賦役《ふえき》をとめどなく重くし、支配のための刑罰は苛酷なままであった。冷徹に権力を行使するのみで、仁義に基づく政治の部分がないと、政権は長続きはしない。事実、秦帝国はわずか十五年で瓦解した。

韓非子は荀子《じゅんし》〔戦国時代の儒家。孟子の性善説に対して性悪説を主張し、礼の重要性を説く〕に就いて儒学を学んではいたが、彼が忠、孝、節の道徳を、統治の手段以外で、どこまで信じていたかは甚だ疑問である。韓非子は支配のために利用できると見ると、忠、孝、節を口にし、その道徳を「絶対服従」の道具とした。韓非子は、君主の権力を絶対化しようとして、地位、階級の固定化を要求し、下の者にはひたすら「絶対服従」を求めたのである。

例えば、韓非子は次のような寓話《ぐうわ》を述べている。

主君が昼寝をしているのを見た冠《かんむり》役人が、気を遣《つか》って衣《ころも》を掛けた。これに対して、主君は喜んだものの、冠役人と衣役人を、ともに容赦なく処罰した。それは、冠役人がしたことを越権行為と見なし、衣役人を職務怠慢と見なしたからである。……

秩序維持のためには、情状酌量すべき事情は無視して厳正に処罰すべきだ、というのが韓非子の思想であった。韓非子は、下の者には法令を厳守して、越権行為や職務怠慢を絶対に行わないように求めた。そこには情は存在しないのである。

＊

それに比べると、孟子の孝至上主義はまだしも情〔私〕を含んでおり、韓非子が極めて非情に、下の者を制御しようとしたのとは異なる。

儒家は、タテマエ的には、情のある徳治主義で国を治めようとした。

子曰ク、之ヲ道《みちび》クニ政ヲ以テシ、之ヲ斉《ととのう》ルニ刑ヲ以テスレバ、民免《まぬが》レテ恥無シ。之ヲ道クニ徳ヲ以テシ、之ヲ斉ルニ礼ヲ以テスレバ、恥有リテ且《か》ツ格《ただ》シ。（為政第二）

孔子は言った。「民を導くに当たって政治権力を用い、それに従わない者を刑罰で処罰すると、民は法網をくぐって刑罰を免れさえすればいいと思い、恥じるところがない。これに反し、徳治主義で導き、礼〔礼儀〕で秩序を保つようにすれば、民は恥を知るようになり、心掛けも正しくなるのだ」

孔子はこのように述べて、強制的な法律や禁令による他律的な、権力主義的な政治を否定した。権力で押さえ込み、刑罰で締め付ける社会では、民はいくら悪いことをしても、法網に引っ掛かりさえしなければ罪にならない、と思ってしまう。それでは、民は刑罰を恐れているだけで、隙があると、いつでも悪いことをするのである。

これは、現代社会によく見られる社会病理でもある。いまの悪党には、罪を犯しても、証拠さえなければそれで無罪になる、と考える者が少なくない。法網を潜《くぐ》り抜けることができさえすれば、それでなんの心の痛みも感じないのである。上に立つ為政者が職権を乱用して汚職を行い、自分の懐《ふところ》を肥やすのであれば、治められる民のほうも利己的な方向に走り、法網をくぐる破廉恥な人間になっていく。

この現象は現代社会においても、多くの国々で見られる。

汚職の横行する社会は、とても人間性に満ちた健全な社会とは言えない。いつ民衆の不満が噴《ふ》き出し、社会秩序が崩壊するかわからない。つねに破局的混乱に陥る危険性を孕《はら》んでいる。

儒家の説いた忠、孝、節も、結果的には、封建王朝に「支配の道具」として利用されたのではあるが、韓非子のような非情の法家の思想とは、決定的に異なる。忠、孝、節には、自然の情としての部分があるからである。

孔子の思想は、人間への信頼を基本に置いており、それゆえにこそ、さまざまな問題を孕みつつも、二千年にわたって封建王朝の政治イデオロギーであり続けた。

孔子の思想には、なんと言っても徳治主義を求める理想〔仁〕があり、自然の情としての忠、孝、節の部分を残している。そのことによって、儒教を支柱とする封建王朝は、長きにわたって政治的柔構造を形成し得たのである。

11　孔子と道家

世を捨てた隠者は当然ながら、政治にこだわり続ける孔子に批判的であった。隠者が孔子に対して冷淡であったことは、何度か『論語』の中で触れられている。孔子は晩年、祖国の魯の国を追われ、英明な主君を求めて近隣諸国を回っていたが、次のエピソードはその頃のものと思われる。

長沮《ちょうそ》、桀溺《けつでき》、耦《ぐう》シテ耕ス。
孔子之ヲ過ギ、子路ヲシテ津《しん》ヲ問ワシム。
長沮曰ク、夫《か》ノ輿《よ》ヲ執《と》ル者ハ誰《たれ》ト為ス。
子路曰ク、孔丘ト為ス。
曰ク、是《これ》魯ノ孔丘カ。
曰ク、是ナリ。
曰ク、是ナラバ津ヲ知ラン。
桀溺ニ問ウ。

桀溺曰ク、子ハ誰ト為ス。

曰ク、仲由《ちゅうゆう》ト為ス。

是魯ノ孔丘ノ徒カ。

対《こた》エテ曰ク、然《しか》リ。

曰ク、滔々《とうとう》タル者、天下皆之ナリ。而《しこ》ウシテ誰カ以テ之ヲ易《か》エン。且而《かつなんじ》、其ノ人ヲ辟《さ》クルノ士ニ従ワンヨリ、豈《あに》世ヲ辟クルノ士ニ従ウニ若《し》カンヤ。耰《ゆう》シテ輟《や》メズ。

子路行キテ以テ告グ。

夫子《ふうし》憮然《ぶぜん》トシテ曰ク、鳥獣ハ与《とも》ニ群《むれ》ヲ同ジクス可カラズ。吾、斯《こ》ノ人ノ徒ト与ニスルニ非《あら》ズシテ、誰ト与ニセン。天下道有ラバ、丘与ニ易エズ。

（微子第十八）

長沮と桀溺が並んで畑で種まきをしていた。

そこに孔子の馬車が通り掛かった。孔子は子路に渡し場を訊ねさせた。

すると、「車の上で手綱《たづな》を執《と》っているのはだれかね?」と、長沮が逆に訊ね返した。

「孔丘〔孔子〕です」

「魯の孔丘か?」

「そうです」

「それなら、渡し場を知っているだろう」

子路は仕方なく桀溺に訊ねた。

「あんたはだれだ?」と、桀溺が反問した。

「仲由〔子路の姓名〕です」

「魯の孔丘の仲間か？」

「そうです」

「世の中は川のように滔々《とうとう》と流れて、だれもみな流されている。だれがこれを変えられるものか。あんたも、人〔主君〕を選《よ》り好みしている者の弟子になっているよりも、いっそ世の中を避けている者の弟子になったほうがいいんじゃないのか」

桀溺はそう言ったきり、種まきを続けるばかりだった。

子路が戻ってきて、このことを孔子に報告した。

すると、孔子は憮然《ぶぜん》として言った。「鳥獣とはいっしょに暮らすことはできない。わたしは、この世の人たちといっしょに暮らさなくて、だれといっしょに暮らせようか。天下に道があれば、自分だって変えようとは思わないだろう」

孔子の名はこんな田舎にまで知れ渡っていたようであるが、隠者の長沮はそんな孔子を快く思っていなかったらしく、子路にそっけなく答えている。偉い先生なのだから、わしらに聞くこともないだろう、と皮肉っぽく突き放しているのである。俗世で東奔西走している孔子のことを軽蔑している。

桀溺のほうはすこしはましで、子路に自分の立場から助言を与えている。

いまのようなご時勢では、なにをやっても無駄だ。時代の流れには逆らえないんだ。主君を探し歩いても、ろくなことにはならないよ。
桀溺はこれだけ言って、それ以上は相手になる気もなさそうであった。子路に助言を与えたものの、一方ではすでに見限っているのである。子路は引き返して、孔子にこれまでのことを報告した。孔子のほうも、彼らと話し合う気はなかった。

長沮と桀溺は、完全に世を捨てた隠者と思われるが、孔子は彼らを「鳥獣といっしょに暮らす」者と見なし、人間社会を見捨てることのできない自分の立場と、はっきり区別している。この場合、孔子は、自分と隠者との考え方の差を、明確に認識していたのである。

*

『論語』の微子篇では、このエピソードをしるした章句の前後の章句にも、隠者についての記述がある。

一つのエピソードは次のごとくである。このときも、子路が随行している。

子路は孔子の一行から遅れてしまった。ひとりの老人に出くわして、先生を見なかったか、と訊ねた。老人が言った。「骨の折れる仕事もせず、五穀《ごこく》の区別もつかない者が、なにが先生だ」

そうは言ったものの、その老人は子路を自分の家に泊め、親切にもてなした。ふたりの息子にも子路に挨拶させた。

子路は翌日、孔子にそのことを報告した。すると、孔子は「隠者に違いない」と言い、子路に引き返していって、もう一度会ってくるように命じた。子路が行くと、もうその老人は家にいなかった。それで、子路はふたりの息子に言った。

「仕官しないと、義は果たせないのです。長幼の秩序が無視できないのであれば〔きみたちふたりは昨晩、長幼の秩序を守って、ちゃんとわたしに挨拶したではないか〕、なおさら君臣の義は無視できないのです。きみたちは自分の身を汚《けが》したくないばかりに、大倫《たいりん》〔君臣の義、父子の親、夫婦の別、長幼の序、朋友の信。すなわち五倫。ここでは君臣の義をさす〕を乱しているのです。君子が仕官するのは、人間たる者の義を果たすためです。ただ、その理想がすぐに実現できないことは承知しています」

子路の言葉は、もちろん孔子の意に添ったものであろう。ここで述べられていることは、孔子の考えと見なして差しつかえない。

ここでは、いっきょに君子の心得が前面に出てきている。孔子は、主君に絶対服従せよ、というような教条的忠は説いていないが、君子たる者は立派な主君のもとで自分の任務を果たすべきだ、とは考えていたのである。現実に生きている人々を幸せにすることが、君子の使命なのである。孔子は、君子たる者は政治に取り組んで、そのことを実現しなければならない、と考えていた。その大任に当たってこそ、義を果たしたと言い得るのである。

子路のほうはさらに一歩踏み込んで、その任務を果たさなければ大倫を乱す、とまで言っている。この場面では、孔子の考えが子路の口を通してではあるが、率直に表現されている。君子は仕官することを通じてこそ、人間社会と向き合うことができ、いま現在生きている人々を幸せにすることができるのである。

仕官しないのは大倫を乱す、とまで言うのはあまりにも強引であるが、孔子の学団はもともと君子養成の学問塾であり、仕官することを前提にしている以上、そうした考え方をするのもよくわかる。

しかし、先にも見たように、孔子は「邦ニ道無クシテ穀《こく》スルハ恥ナリ」と述べたり、「天下ニ道有レバ則チ見《あらわ》レ、道無ケレバ則チ隠《かく》ル」と述べたりしている。孔子は、必ずしも「大倫」を絶対視しているわけではない。正しい政治が行われていないときには、退いて隠遁《いんとん》するのがよいのである。

こうしたことから見ると、孔子の「大倫」観は非常に大まかなものである。君子たる者はなにがなんでも主君に仕えよ、と言っているわけではない。一本気な子路の、この場合の強引な勧告は、いささか勇み足の気味がある。

*

『論語』の微子篇には、このほかにも隠者が登場する。

楚ノ狂接輿《せつよ》、歌イテ孔子ヲ過ギテ曰ク、鳳《ほう》ヤ鳳ヤ、何《なん》ゾ徳ノ衰エタル。往ク者ハ諫《いさ》ム可《べ》カラズ。来《きた》ル者ハ猶《なお》追ウ可シ。已《や》ミナン已ミナン。今ノ政ニ従ウ者ハ殆《あやう》シ。孔子下《くだ》リテ、之ト言ワント欲ス。趨《はし》リテ之ヲ辟《さ》ケ、之ト言ウヲ得ズ。

（微子第十八）

楚の国の狂人を装った接輿が、歌をうたいながら孔子の車のそばを通り過ぎた。

鳳《おおとり》よ、鳳よ。
こんな世に現れるとは、おまえの徳も衰えたことよ。
過ぎたことは仕方がない。
これからでも遅くない。
やめておけ、やめておけ。
いまどき政治は危ないぞ。

孔子は車から降りて、彼と話そうとしたが、相手は小走りに逃げていき、話すことはできなかった。

接輿というのは、おそらくは渾名《あだな》で、名士の車に近づいてくる奇行の人物であったと思われる。狂人を装っているが、一種の隠者であろう。

鳳は太平の世に現れる吉祥《きつしょう》の鳥で、この場合は孔子を指している。しかし、現実は荒廃した世の中であり、孔子は間が悪いときに生まれたことになる。こんなひどい社会では、孔子がいくら頑張ってもどうにもならない。いまのご時世で政治に手を出すと、どんなひどい目に遭うかわからないぞ。接輿は歌に託して、「やめておけ」と暗に忠告しているのである。

孔子は接輿からもっと話を聞こうと思ったが、相手は孔子と話す気持ちを持っていなかった。

隠者の接輿は、桀溺が子路に勧めたように、孔子に隠遁を勧めている。

隠者は、無為《むい》自然〔自然のままで、人為的なことはしない〕の生活を至上とする道家《どうか》の走《はし》りと思われる。当時、内乱と戦争に明け暮れた乱世に絶望して、表舞台から退いて隠者となった者があちこちにいたようである。長沮、桀溺や、この接輿などは、そういった人物であろう。

権力闘争の渦巻く醜悪な政治の世界に身を置いているのでは、平穏な幸せは得られない。乱世において一身の幸福を求めるには、隠者の生活を選択するのがいちばんいいのである。争いの世界から身を引いておれば、危険を避けることができる。

俗世の価値観から脱却してしまえば、自由で安らかな世界が待っている。

しかし、孔子にはその選択ができなかった。「わたしは、この世の人たちといっしょに暮らさなくて、だれといっしょに暮らせようか」と言わざるを得ないのである。人々を幸せにすることを放置して、自分のみの幸せを考えることはできなかった。それに対して、隠者は孔子の政治活動への執着を愚かだと見なし、白い目で見ているのである。

*

道家の荘子《そうし》（荘周《そうしゅう》。戦国時代の思想家。孟子とほぼ同時代人）は、老子の流れを汲む老荘思想の祖述家である。無為自然の思想をいろいろな説話を通じて、ダイナミックに、魅力的に叙述している。

荘子は孔子の死後二百年の人なので、自著の『荘子』において、孔子や、子路、子貢、顔回などの弟子を、劇のキャストのように登場させて論じている。孔子らの人物形象を、自分に都合よく創作しているのは、『韓非子』の場合と同じである。

荘子は『論語』の「接輿説話」を持ち出し、接輿が孔子の行動を諷したことを述べたあと、続けて次のように述べている。

いまのような乱世にあっては、人はただ刑罰から免れるだけでありがたい、としなければならないのだ。幸福は地に落ちた羽《はね》を拾い上げることよりもたやすい。それなのに、世の中の人々は、羽より軽いその幸せを拾い上げるすべを知らない。

禍の苦痛は大地より重いのに、それを避けるすべを知らないのだ。この乱世に徳をもって人を教化しようとするなど、そんなことはやめておけ、やめておけ。広い大地を、線で区切って走る〔窮屈な規範に縛られる〕など、危ない、危ない。

この乱世で怪我をしないためには、馬鹿でいるのがいちばんいいのだ。猪突《ちょとつ》猛進しないで回り道をすれば、転んで傷を受けることもない。

（『荘子』「内篇」人間世篇第四）

確かに、荘子が言うように、名利に走ったり、窮屈な道徳に縛られたりして生きるより、乱世においては、隠遁生活で自由に生きるほうが遥かに幸せであろう。名誉や巨万の富を求める欲望を捨てて、世俗の価値観から脱すれば、心安らかな自由の世界に生きることができるのである。

帰リナンイザ
田園将《まさ》ニ蕪《あ》レナントス

胡《なん》ゾ帰ラザル　（陶淵明『帰去来辞《ききょらいのじ》』）

これこそまさに後年の田園詩人が述べた、脱俗の晴朗な心境である。
陶淵明《とうえんめい》〔陶潜《せん》。字は淵明。晋代の自然詩人。県令を八十余日で辞し、田園生活を送る〕は、これに続けて、これまで心を形〔身体〕の役《えき》〔下僕〕として俗世を生きてきたが、これからは酒と菊を愛して自由な生活を送ろう、と爽快な心で詠《うた》っている。この辞《じ》〔長詩の一種〕には、齷齪《あくせく》とした世俗生活から脱出するときの、喜びに満ちた解放感が溢《あふ》れている。

荘子も、陶淵明も、自己を他者に支配されず、自由に生きることを求めた。彼らにおいては、いま生きている自分は、なにものにも束縛されない絶対的な存在なのである。他者は関係ない。自分が、人類の理想や道徳を実現するための「手段」となることを拒否している。

荘子は、「小人ハ財ニ殉《じゅん》ジ、君子ハ名ニ殉ズ」と明快に断じている。つまらない人間は財にこだわるし、君子は「名」にこだわるが、荘子に言わせると、それは愚か極まることなのである。

比干《ひかん》〔殷の紂王の暴虐を諫《いさ》めた〕が胸を割《さ》かれ、伍子胥《ごししょ》〔父兄が楚の平王に殺され、仇を討つと、墓を暴いて死体に鞭うち復讐した。のち呉王夫差に仕え、讒言《ざんげん》により殺される〕が目玉をえぐり取られたのは、忠にこだわっての禍《わざわい》である。

直躬が父親の盗みを証言し〔それで、処刑された〕、尾生《びせい》が溺死《できし》した〔「尾生の信」の話。女と橋の下で会う約束をし、雨で増水しても待ち続けて溺死した〕のは、信にこだわった悲劇である。

荘子は例を引いて具体的に説明しているが、これも一種の「説話」と言うべきであろう。完全に事実そのものとは言えない。荘子はこうした例を示し、「君子たる者は言葉を正しく使用し、行動は必ず道徳的であるべきだ」などと言っているから、「このような禍を受けたり、危険に陥ったりするのだ」と断じている。これは、明らかに孔子を始祖とする儒家に対する批判であろう。荘子は「名」にとらわれた行為を愚かだ、と決めつけているのである。

*

忠、孝、節、それに信、義などの徳目は、人間性を形成する大切な徳目であり、孔子は繰り返しその重要性を説いている。そうした徳目を磨き上げることが、孔子塾の最も重要な教育目標であった。

それに対して、老荘思想は、無為《むい》自然〔人為的なことはしない〕を理想としている。荘子は世俗の価値観に背をむけ、自分に圧力をかけてくる道徳〔忠、孝、節、信、義などの「名」〕そのものを否定しているのである。どんなに立派な「名」であろうと、自分を従属させるもの〔人為〕はすべて拒絶する。どんな高邁《こうまい》な人類の理想であろうと、自分がその実現のための手段〔犠牲〕になることは容認しない。現代では、愛国、革命、聖戦といった「名」のために命を投げ出す者が大勢いるが、荘子はそんな行為を愚かなことだ、と嘲笑するのである。

荘子にとっては、なにものにも拘束されず、自由に、安らかに生きることが最上なのである。

乱世に生きる人間にとっては、醜悪な現実から逃避し、自然の中で争いのない平穏な日々を暮らし、自分のために生きる、というのがいちばん幸せなのであろう。

世の中にある「名」に縛られていると、本当の幸せを摑《つか》むことはできない。世俗の名声を浅ましく求める愚かさは、だれにでもすぐにわかることであるが、荘子はさらに一歩進めて、崇高なものも含め、すべての「名」を拒絶する。老子、荘子らの道家は、なにかのために奉仕して、自分がその犠牲になることを拒絶するのである。

彼らは自己の絶対的自由を求めて、無為自然の生き方を選ぶ。「名」に束縛されて自由を失い、さらには生命まで失うのは、愚の骨頂《こっちょう》ということになる。人間本来の生を生き抜いてこそ、幸せに生きたことになるのである。

「名」に従属すると自由を失う、という考えは、人生の真実の重要な側面である。これはこれで一つの偉大な思想であり得るであろう。「名」は恐ろしい落とし穴を秘めているからである。

しかしながら、自己の絶対的自由は、あくまでも理想の桃源郷に住む個人に可能な話であって、いったん現実社会に目を向けるならば、話は別になってくる。乱世にあっては、いつ戦乱に巻き込まれるかわからない。それにまた、現実社会には、強者に虐《しいた》げられ、社会の底辺で呻吟《しんぎん》している弱者が無数に存在する。

人々は苦しい生活の中で救いを求めている。そのことに目もくれず、自分ひとり無為自然に生きるのを賢明な生き方と言うのであれば、孔子はそれを是認しないであろう。自己の絶対的自由を求める考え方では、人間性の究極の理想である仁は否定されることになる。仁は、恕《じょ》（思いやり」であり、人々の苦しみと無関係であることはできない。

孔子は、自分ひとりが幸せになる道を選ぶことができなかった。自分も含め、この世に生きるすべての人々が幸せに暮らすことのできる社会を、なんとかしてつくり出そうと願った。

無為自然に生きることは、言い方を変えると、他人の不幸に目をつむることでしかない。冷淡な「傍観者」であることは、自分だけの幸せを願う利己主義と、ほとんど隣り合わせなのである。孔子は「鳥獣とはいっしょに暮らすことはできない」と言い切り、より人間的な社会をつくり出すために、あえて政治に立ち向かおうとしたのである。この点について、吉川幸次郎は次のように述べている。


人間の人間に対する愛情、それを以《も》って道徳の基礎とすることは、おおむねの倫理説、乃至《ないし》は宗教の、一致するところであるであろう。いいかえれば、ひとり孔子の教えばかりの、専《もっぱ》らにするところでは、ないであろう。ただ孔子の教えには、他の教えには必ずしも見られない、少なくとも必ずしも強調されない、二つの特殊な面がある。

一つは政治の重視であり、また一つは学問と知識の重視である。もうすこしくわしくいえば、前者は、愛情の最高の表現は政治にあるとすることであり、後者は愛情は必ず思慮を伴うことによって完成するとすることである。

（吉川幸次郎『中国の知恵』一九五三年）


孔子が政治を重視したのは、政治が、人間に対する愛情の実現に最も有効であるからである。

そのために、孔子はさまざまな苦労を厭《いと》わず、自分の理想の実現のために努力した。現実社会を動かす政治の世界に入るために、晩年に至っても英明な主君を求め続けて、諸国を放浪した。

そこまで自分を駆り立てることができたのは、人間を信じる心があったからである。孔子は、まさに人間性〔仁〕というものを信じ切った楽観主義者であった。この点は、最終的には、孟子によって「性善説」として総括されている。「人皆《みな》人ニ忍ビザルノ心有リ」が、それである。人間はだれしもみな、他人の不幸を見て平気でいられない惻隠《そくいん》〔可哀想に思う〕の情を持っている、と孟子は「性善説」を説明する。幼児がよちよち歩いて井戸〔囲いのない井戸〕に落ちかかっているのを見ると、どんな悪人でもハッとして〔怵惕《じゅってき》〕思わず助けようとする。そこにはなんの打算もない。人間の心の奥には、知らないうちに人間性が潜んでいるのである。これが、怵《じゅっ》惕惻隠《てきそくいん》の心である。人間にはみな怵惕惻隠の心があるという前提がなければ、孔子の、人間を信じる心も成り立たないであろう。

＊

子曰ク、無為ニシテ治マル者ハ、ソレ舜ナルカ。ソレ何ヲカ為スヤ。己《おのれ》ヲ恭《うやうや》シクシ、正シク南面スルノミ。

（衛霊公第十五）

孔子は言った。「無為にして世が治まったのは、舜ぐらいなものだ。いったいなにをしたか。身を正して南面〔天子の座にいる〕していただけだ」

ここに見られる無為は、法家の権力主義とは異なる。孔子は、「絶対服従」を強制する権力主義の政治を否定している。権力主義の政治の対極にあるのが、ここで言う「無為」の徳治政治なのである。

孟子は権力主義の政治である覇道《はどう》を否定し、徳をもって治める王道《おうどう》を説いているが、もちろん、王道政治は徳治政治〔仁政〕と異ならない。

孔子は、徳治政治の極限を、舜の政治において見た。徳のある舜が存在するだけで、天下はよく治まっていたのである。徳治政治が行われると、人々はその徳に感化されて、悪事をなさない真っ当な人間になり、自ずと世は治まる。これは一種の神話であり、究極の理想であるが、孔子はそれを信じていた。

一方、老子も徳治政治と似た無為の政治を説いている。「我無為《むい》ニシテ、民自《おのず》カラ化ス」が、それである。老子は「わたしが無為〔統治（人為）をしない〕であると、民は自然と感化されて、悪いことは行わない」と嘯《うそぶ》いているのである。この点だけを見ると、老子の考えは、孔子とそれほど異ならないように見える。しかし、道家の無為自然は徹底的に人間の力を加えないことであり、孔子の言う舜の無為とは大いに異なる。

孔子の述べている舜の政治は、あくまでも非情な権力主義の対極にある徳治政治の「無為」であり、社会との関わりを絶つところの無為とは、完全に内容が異なる。舜のほうは、徳治政治という人為を尽くし、その結果として「無為にして世が治まる」ということになっているのである。

上に立つ為政者が徳を積み、立派な君子となって、人々のために思いやりのある政治を行う。

その結果、汚職、苛斂誅求《かれんちゅうきゅう》〔きびしく租税を取り立てる〕とは無縁の政治が行われ、人々を虐げることのない社会ができる。そうなると、人々のほうも心掛けのよい真っ当な人間になる。おそらくはこうした政治の結果、舜の世は泰平無事に治まった、ということになるのであろう。これが、舜の「無為にして世が治まる」である。

孔子の言う舜の無為の政治は、最高の徳治政治にほかならない。それは、まさに人為〔仁政〕の極致としての「無為」なのである。理想主義的に過ぎるとも言えるが、孔子自身はあくまでも徳治政治を求め続けていたのである。

12　孔子と墨家

儒家に対して意外に強敵なのが、墨家《ぼっか》である。墨子〔墨翟《ぼくてき》。戦国時代の思想家。孟子の百年前の人〕がその代表で、兼愛《けんあい》と非攻《ひこう》〔侵略戦争に反対する〕を主張した。孔子の没後、墨家の活動が活発になったと言われている。孔子が存命していた頃はまだ墨家が出現していなかったので、当然ながら『論語』には墨家についての記述はない。それでは、墨子はなにを主張していたのであろうか？

兼ネテ相《あい》愛シ、交々《こもごも》相利ス。
みなが互いに愛し合い、みなが互いに利益を与え合うべきだ。
（『墨子』兼愛中篇）

この「兼愛交利《こうり》」が、墨子の大本《おおもと》になる主張である。これは現代人から見ても、非常に納得のいく人間性に富んだ説と言える。墨子の主張には、自由、平等、博愛の精神が満ち溢れており、当時、多くの人々の共感を得ていた。一時的には、儒墨と併称されるほどの勢力を持った時期もあったという。墨子は兼愛について、次のように説明している。

若《も》シ天下ヲシテ兼ネテ相愛シ、人ヲ愛スルコト其ノ身ヲ愛スルガ若《ごと》クナラシメバ、猶《なお》不孝ノ者有ルカ。父兄ト君トヲ視ルコト其ノ身ノ若クナレバ、悪《いず》クンゾ不孝ヲ施《な》サン。猶不慈ノ者有ルカ。子弟ト臣トヲ視ルコト其ノ身ノ若クナレバ、悪クンゾ不慈ヲ施サン。故ニ不孝、不慈ハ有ルコト亡《な》シ。（『墨子』兼愛上篇）

もし天下の人々を、自分と他人を同じように愛させ、他人を愛するのをわが身を愛するのと同じにさせれば、それでも不孝の者がいるであろうか。

父兄や主君を見るのがわが身を見るのと同じであれば、どうして親不孝をするであろうか。慈《いつく》しむ心〔愛情〕を持たない者がいるであろうか。

子弟や臣下を見るのがわが身を見るのと同じであれば、どうして慈愛のないことを行うであろうか。

ゆえに、このようにすれば〔兼愛すれば〕、不孝や不慈の者はいなくなるのである。

墨子が兼愛を述べるとき、身分の上下関係をまったく問題にしていない。他人を自分と同じように愛せよ、と単純明快に主張しているのである。世の中のすべての人々が自分と他人を同じように愛するなら、親は子を慈しみ、子は親に孝養を尽くすであろう。主君は臣下を礼遇〔礼儀を尽くして接する〕し、臣下は主君に忠義を尽くすであろう。これは非常にわかりやすい議論である。

自分と他人を同じように愛することができるなら、こんなに素晴らしいことはない。人間社会は万々歳である。しかし、現実の人間はほとんどの人間がそんな風にはしない。そこで、その現実に対処するために、さまざまな考えが出てくる。

他人への思いやりが必要なことは、孔子も恕《じょ》を説いており、「己《おのれ》ノ欲セザル所、人ニ施スコト勿レ」と具体的に説明している。これも一つの方法である。他者を思いやる人間でなければならないことは、儒家はみな心得ている。

孟子は民本主義を唱えて、民に対する思いやりの重要性を述べている。さらには、「主君が臣下を土や芥《あくた》のように見るならば、臣下は主君を仇敵と同じように見るであろう」と、主君が臣下を礼遇すべきことを説いている。

こうして見ると、墨子が「自分と他人を同じように愛せよ」と言っていることは、一見、儒家の言っていることと似かよっているように思われる。しかし、孔子の思想的後継者とも言うべき孟子は、当時の墨家の勢いに危機感を抱いていたのか、驚くほど強烈に墨家を非難しているのである。

＊

孟子は、墨子の主張のどこを問題にしているのか？

墨氏ハ兼愛ス。是《これ》父ヲ無《な》ミスルナリ。父ヲ無ミシ君ヲ無ミスルハ、是禽獣《きんじゅう》ナリ。

（『孟子』滕文公《とうぶんこう》下篇）

墨子は兼愛を説いている。これは父への愛を他人への愛と同一視し、父をないがしろにするものである。父をないがしろにし、君をないがしろにするのは、禽獣の行いである。

孟子は、墨子の基本理念である兼愛を禽獣の行いと同じである、と露骨に決めつけている。孟子からすると、父親に対する孝は、他人への愛と同じであってはならないのである。自分の父親への愛が、遠くの見ず知らずの人間に対する愛と同じ重さであることは、絶対にあってはならない。

孝至上主義者とも言うべき孟子からすると、父親への愛〔孝〕は、特別に大切にされるべきものなのである。多くの人に対する愛の中の一つ、と言うわけにはいかない。

孝を見知らぬ他人への愛と同一視する墨子の兼愛は、裏を返せば、孝の深い意味を否定するものである。そのことを考えると、孟子が墨子の兼愛を「禽獣」とののしって、激しく非難した意味がよくわかる。孟子は、墨子が孝の深い意味を無視していることに反撥しているのである。

＊

墨子は孟子より百年前の人なので、孟子とは論争していないが、孔子をはじめ儒家に対しては、かなり辛辣《しんらつ》な批判を行っている。孟子が猛烈に反撥するだけの悪口を、すでに述べているのである。『墨子』においても、『韓非子』や『荘子』で見られるように、自分の主張に都合のよい説話が創作されている。孔子や弟子たちが登場するが、彼らはやはり一種のキャストであって、事実とは限らない。

次の話は『墨子』の記述である。

斉の景公が晏子《あんし》〔晏嬰《えい》。景公に仕えた名宰相〕に、孔子のことを訊ねた。晏子は答えなかった。景公がまた訊ねた。晏子はまた答えなかった。そこで、景公は「みんな孔子のことを賢人と言っている。おまえはどうして答えないのか?」と答えを迫った。

すると、晏子はやっと答えた。「賢人ならば、他国に行ったときには、君臣を融和させるものです。孔某〔孔子〕は楚の国に行ったとき、白《はく》公の謀反に手を貸し、もうすこしのところで楚王は殺されるところでした。これでは、賢人とは言えません」

白公の反乱のときには、晏子はとっくに死んでいたので、この話は明らかに墨子の創作である。しかし、孔子の行動には、こんなことを言われる要素もあったのであろう。

次もやはり斉の景公の話であるが、こちらの晏子の言い分については、事実の部分があった可能性もある。景公が晏子に、孔子を召し抱えたものかどうかを訊ねた。それに対して、晏子は次のように答えている。


それはいけません。そもそも儒者は傲慢で自分勝手です。だから、下の者を教化することができません。音楽を好んで人を淫靡《いんび》〔みだら〕にしています。だから、親しく治めさせてはなりません。……葬礼を重んじて、いつまでも哀悼を尽くします。だから、民に気を配ることができません。……孔某は、容儀を飾り立てて世を惑わし、弦歌鼓舞して人々を集めています。

階《きざはし》を昇り降りする礼式を煩雑にして儀礼と称し、立ち居振る舞いの行儀をやかましく言って、それを人々に勧めています。……邪道を飾り立てて世の君主を惑わせ、音楽を盛んに演奏して愚民を淫靡にしています。その道は世の中の模範にはできず、その学問は人々を導くことができません。……

（『墨子』非儒下篇）

晏子の進言で、斉の景公は孔子を召し抱えるのを取りやめたという。晏子の言っていることがすべて事実であったかどうかはわからないが、晏子の話にはそれなりの説得力がある。『史記』の「孔子世家」でも、ここの晏子の進言の場面が要領よく記述されている。司馬遷は『墨子』の記述を大筋で信用して、史料として採用したのであろう。それならば、晏子の進言の内容は事実である可能性がある。

墨子の話は、当たらずと言えども遠からずで、儒家がのちに「礼儀三百、威儀三千」と評されたことからもわかるように、儒家が礼にこだわり過ぎる点をよく突いている。

墨子はこのほかにも、儒家が働きもせずに、金持ちに寄生したり、葬式屋をしたりして飯を食っている、と批判している。一方的な攻撃口調の嫌いはあるが、それなりに儒家の泣きどころを押さえているのである。

＊

孔子自身の行動についても、墨子は「説話」を用いて厳しく非難している。例えば、季孫氏の者が主君に反乱して関所から逃れようとしたとき、魯の司寇《しこう》であった孔子は、閂《かんぬき》を引き抜いて逃がしてやったという。この話も、孔子が主君に忠ではない人間だ、と故意に誹謗《ひぼう》するために創作した可能性がある。孔子が楚国に行った折、白公の反乱に手を貸した、という先の話と同類である。

孔子は確かに、主君に謀反した人物に仕えようとしたことがあった。墨子はその点をすくい取って、孔子を反逆者に手を貸す人物に仕立て上げたかったのであろう。それにまた、陳蔡《ちんさい》の厄《やく》〔前出〕で食糧が尽きてしまったとき、孔子の様子は次のようであった、と述べている。

孔某が陳蔡の国境で困窮したとき、アカザの葉っぱの汁だけで十日間食事をした。子路が豚を煮て持ってくると、孔某は、肉をどこから手に入れたかを聞かないで食べた。子路が他人の衣服を奪って酒を買ってくると、孔某は、酒をどこから手に入れたかを聞かないで飲んだ。

魯の哀公が孔某を招待したとき、敷物が正しく敷かれていなければ、そこに座らなかった。肉の切り目が正しく切れていなければ、それを食べなかった。

子路は進み出て訊ねた。

「どうして陳蔡のときと違うのですか?」

孔某は言った。

「よし、おまえに話してやろう。あのときはおまえとともに、生きるのに精一杯だった。いまはおまえとともに義をなすのに懸命なのだ」

いったい飢えて困窮すれば、他人の物を奪ってでも身を生かそうとしたのに、満ち足りると、心にもない行為で自らを飾っている。汚《けが》らわしくて虚偽なること、これ以上のものがあろうか。

（『墨子』非儒下篇）

真偽のほどはわからないが、墨子はこのように言って、孔子の行動が矛盾した「いい加減」なものであることを、容赦なく非難している。墨子の作った説話は、批判の仕方がいささか粗雑ではあるが、事実である可能性もなくはない。墨子はこの説話を根拠にして、孔子を信用できない人物だ、と断じているのである。

ある一面の欠点を誇張し、それでもって相手の全体を叩くやり方は、韓非子の議論とよく似ている。どちらにもこじつけの気味があるのである。陳蔡の厄のときのことに関しては、『論語』では次のように記述されている。

陳ニ在リテ糧ヲ絶ツ。従者病《や》ミテ、能《よ》ク興《た》ツモノ莫《な》シ。
子路慍《うら》ミ、見《まみ》エテ曰ク、君子モ亦《また》窮スルコト有ルカ。
子曰ク、君子固《もと》ヨリ窮ス。小人《しょうじん》窮スレバ斯《すなわ》チ濫《らん》ス。

（衛霊公第十五）

陳で食糧がなくなった。お供の弟子たちは飢えて病み衰え、だれも起《た》ち上がれなかった。
子路が苛《いら》立って孔子に言った。「君子でも窮地に陥ることがあるのですか？」
孔子は言った。「君子でも、もちろん、窮地に陥ることはある。ただ、小人〔つまらぬ人間〕

は窮地に陥ると、取り乱すのだ」

孔子の一行は厳しい兵糧攻めに遭ったのであるが、孔子はそんなときにも泰然自若《たいぜんじじゃく》としていた。子路の詰問《きつもん》に対して、孔子は、こんなときには小人は取り乱すものだが、君子はじたばたしない、と答えている。君子だって窮地に陥ることはある。ただし、そのときの対処いかんで、小人との差が出てくるのである。

孔子は、人間の値打ちは危機的状態に陥ったときの対応でわかる、と言いたかったのであろう。墨子が非難しているような子路の掠奪行為は、もちろん『論語』には出てこない。しかし、孔子が「非礼は聞かず」ということにして、陳蔡の厄をうまくしのいだ可能性も、絶対にないとは言い切れない。墨子の非難は、ある部分で的《まと》を射《い》ているところがあるかもしれない。しかし、そのことで孔子の人格、思想を全面否定することはできないであろう。

＊

墨子の思想は、兼愛が中心であるが、もう一つは非攻〔非戦論〕である。

非攻は、兼愛の具体的行動と言うことができる。戦争に反対するという行動において、兼愛の本領が遺憾なく発揮されるのである。墨子は次のように言う。

一人を殺せば、不義と言い、必ず死罪となる。この論理で行くと、十人を殺せば、十の不義を重ねたことになり、必ず十の死罪となる。百人を殺せば、百の不義を重ねたことになり、必ず百の死罪となる。こんなことはみんな知っていて、殺人は不義だと言う。ところが、他国を侵略して大量に殺人を行うと、だれもそれを非難しないどころか、称讃して正義とさえ言う。それが不義であることが全然わかっていない。墨子はこのように言って、義と不義の区別が乱れている現実を問題にした。これは侵略戦争を行う者を非難しているのである。

チャップリン映画では、ヒトラーの侵略戦争を諷刺して、これと似たセリフが使われている。一人を殺せば殺人者だが、百万人を殺せば英雄だ、とチャップリンが扮《ふん》する男が言うのである。ところが、墨子はチャップリンより二千五百年も前に、この問題を提起しているのである。墨子は、侵略戦争を正義の美名で飾る国を非難した。そして、戦国時代の軍事大国である斉、楚、越などを、戦争を好む国として激しく非難した。

ここで注目すべきは、墨家の一党が侵略戦争を放置できないとして、侵略されそうな小国の救援に自ら赴いたことである。「墨守」という言葉は、いまは「頑固に守って改めない」という意味で使われているが、もともとは墨家の一党が、小国の城〔城壁に囲まれたまち〕をかたく守ったことを指しているのである。墨家の凄《すご》さはその行動力と言わなければならない。

非攻は兼愛の精神に基づいた具体的行動であり、墨家の一党は兼愛ゆえに、危機に陥った小国を救援するのである。墨家の一党は、生命を賭《と》して小国を救援しながらも、報酬は受け取らない。ここに、兼愛の道義的偉大さが見て取れる。兼愛の極限は「無償性」であり、それはまさに義そのものである。

しかし、兼愛は崇高な精神ではあるが、生命を賭した無償の行為は、そう簡単に実行できるものではない。大勢の無辜《むこ》の民が苦しむ危機的状況に迫られてこそ、生命を賭した行為者が出現する。

兼愛非攻は、戦国時代の非常時でこそ必要とされた。安定期に入ると、人々は命を落とす可能性のある極端な行動が取れなくなるのである。日本でも江戸時代には、飢饉の際に、義侠心のある者が磔《はりつけ》を覚悟して、年貢を軽減するように直訴《じきそ》に及んだが、そんな極端な行動は、よほど切羽《せっぱ》詰《つ》まった状況でないと、実行できるものではない。

中国でも、秦漢以後は、生命を賭した墨家の行為は見られなくなった。戦国時代の終焉《しゅうえん》とともに、墨家の一党は忽然《こつぜん》と姿を消したのである。

そもそも非攻は崇高な行為ではあるけれども、すべての弟子たちに犠牲を伴う行動を要求できるものではない。見ず知らずの他人のために生命を投げ出すのは、あまりにも極端であり、人情に反するとさえ言える。

孟子は、兼愛を主張して孝を軽視する墨子を、痛烈に批判した。地下に眠る孔子にしても、思いは同じのはずである。兼愛非攻は、だれにでも要求できる倫理ではない。儒家からすると、それは人情の限界を超えている。普通の人間にとっては、あまりにも極端過ぎるのである。

その問題は残るとしても、墨家の一党の崇高な精神は、城を防衛する軍事技術の高さと相俟《ま》って、やはり高く評価しなければならないであろう。

無償の行為のできる人間は、なんと言っても尊敬に値する。墨家の一党はまさしく、命を賭けた実《じつ》そのものの人間であった。口先の言葉より「実」行動を重視した魯迅は、そんな墨家の一党を好んだ。封建道徳に化していく儒教に比べると、墨家の思想は、孝悌などの上下秩序に捉《とら》われないだけに、遥かに潔《いさぎよ》いところがある。魯迅は、歴史小説集『故事新編』に収められた『非攻』の中で、墨子たちを素朴な実行者として、好意的に描き出している。

13 『論語』の名言拾遺——巧言令色、鮮《すくな》シ仁

孔子の言行は多岐《たき》にわたっている。『論語』を読んでいると、納得のいく味わい深い文章が多くあり、どこまで引用してもキリがない。それに、断片的言行録ということもあって、体系的に並べていくことはかなり困難である。それぞれの章句を自由に選択して、自分なりにじっくりと咀嚼《そしやく》していくのも、もちろん、読者の自由である。
『論語』の中には、孔子の面目躍如《めんもくやくじよ》たる素晴らしい文句が数多く見られる。以下、これまでに触れていない章句を見ていこう。

子曰ク、巧言令色、鮮《すくな》シ仁。（学而第一）

孔子は言った。「口先がうまくて愛想《あいそ》がいいばかりの人間は、あまり仁がない」

これは学而篇の三番目の章句で、孔子の言葉として最も有名なものである。簡潔な表現で、見事に厭《いと》うべき悪《あ》しき人間の性格を示している。孔子は、お上手を言ったりお世辞笑いをするような人間には、仁〔人間性〕がない、と断じているのである。この言葉は口調がよく、簡潔に要点

を示しているので、日本でも多くの人々に親しまれている。ひと言《こと》「巧言令色、鮮《すくな》シ仁」と言えば、それでただちに意味のわかる箴言《しんげん》〔短い教訓の言葉〕となっている。

これの延長線上で言えば、孔子は、弁舌爽《さわ》やかにしゃべる人間を高く評価しないのである。言葉には、信〔まこと〕が内蔵されていなければならない。中身のないことを調子よくしゃべる人間は、最終的には信用を失っていく。とりわけ、政治を行う為政者は、言葉に実《じつ》がなければならない。勇ましい政策を扇動的に言い立てるだけでは、本物の君子とは言えないのである。言葉の重さを、それがもたらす結果も含めて、しっかりと見極める必要がある。

子曰ク、剛毅《ごうき》木訥《ぼくとつ》、仁ニ近シ。（子路第十三）

孔子は言った。「意志が強くて飾り気のない人間は、仁に近い」

子曰ク、君子ハ言ニ訥《とつ》ニシテ、行イニ敏ナランコトヲ欲ス。（里仁第四）

孔子は言った。「君子は口が重く、行動は敏捷《びんしょう》であって欲しい」

この二つの章句は、先の「巧言令色、鮮シ仁」とほぼ同じ内容で、反対側から尊重すべき性格を示したものである。

巧言令色の正反対が、剛毅朴訥である。孔子は、そういう人物のほうがほんとうは人間的である、と述べているのである。口が重く、行動は敏捷というのも、剛毅朴訥と同じである。孔子は口のうまいうわべだけの人間を信用せず、あくまで実際の行動を見て、その人物を評価した。

いまの時代は、テレビ出演して能弁にしゃべる政治家がもてはやされるが、アメリカ大統領の元スピーチライターが興味深いことを述べている。

歴代大統領の就任演説をすべて調べてみると、「史上最低の大統領たちが最高に雄弁であることがわかった」と言うのである。これは、孔子の言っていることが、時代と地域を大きく隔てて、奇《く》しくも符合していることを証明している。

最近では、テレビなどで調子よくしゃべる口達者な人間が政治家になっているが、これでは、「小人」による政治が横行する事態になりかねない。主権者である民衆は、実《じつ》のある真っ当な人間を選ぶ見識を、しっかり持たなければならないのである。

子曰ク、士、道ニ志シテ悪衣悪食《あくいあくしょく》ヲ恥ズル者ハ、未《いま》ダ与《とも》ニ議スルニ足ラザルナリ。

（里仁第四）

孔子は言った。「士（君子に近い）たる者が、いやしくも道に志しながら、衣食の粗末なことを恥ずかしく思うようでは、まだ共に語るに足りない」

子曰ク、敝《やぶ》レタル縕袍《おんぽう》ヲ衣《き》テ、狐貉《こかく》ヲ衣ル者ト立チテ、恥ジザル者ハ其レ由《ゆう》ナルカ。

（子罕第九）

孔子は言った。「破れた綿入れを着て、狐や貉《むじな》の立派な毛皮を着た連中と並んで立っても、引け目を感じずに堂々としておれるのは、由〔子路の名。子路は字〕だろうな」

この二つの章句からは、孔子が外見の華やかさや立身出世を、第一義的に考えていないことがよくわかる。先ほどの剛毅朴訥という言葉は、具体的にはこんな形で見ることができるのである。あとのほうの章句では、子路が名指しで褒《ほ》められている。子路は豪傑肌の快男児で、立派な衣服で着飾る必要なんかすこしもなかった。

＊

孔子は実行を重んじたが、それと同時に、中庸《ちゅうよう》〔かたよらず、過不及がない〕を大切にした。過激な行動や無思慮な行動を嫌ったのである。

子曰ク、中庸ノ徳為《た》ルヤ、其レ至レルカナ。民鮮《すくな》キコト久シ。（雍也《ようや》第六）

孔子は言った。「中庸の徳というのは、人格として最高のものだろうね。いまや民にそれがなくなってから久しいが」

この言葉から推測されるように、孔子はあくまで十分に状況を見定め、総合的にバランスよく事柄の是非〔行動の中身〕を判断するように求めた。孟子も、次のように孔子のことを評している。

仲尼《ちゆうじ》〔孔子の字〕ハ已甚《はなは》ダシキコトヲ為《な》サザル者ナリ。（『孟子』離婁《りろう》下）

孔子は極端な行為をしない人間であった。

さすがに孟子だけのことはあって、孔子の本質を的確に指摘している。

四書五経《ししよごきよう》の「四書」は、宋代の大学者朱子〔姓は朱、名は熹《き》〕が、儒教の最も重要な書として定めたものであるが、その中に『中庸』が入っている。朱子は『論語』『孟子』のほかに、『礼記《らいき》』の「大学」「中庸」の二篇を加えたのである。このことから見ても、中庸が、孔子の教えとして重要であったことがわかる。

最晩年、隣国の斉《せい》で弑逆《しいぎやく》事件が起きたとき、孔子は沐浴《もくよく》して身を潔め、魯国の哀公に謁見《えつけん》した。斉の国では景公が後継者をしっかりと決めないままに没し、この機に乗じて家臣が主君の座を乗っ取ろうとしていたのである。それで、孔子はその逆賊を討伐する軍を出すように進言した。

しかし、魯の国の哀公は有力者の三家老に話すようにと言うだけで、孔子の意見を採らなかった。三家老も同じく消極的な反応であった。

孔子は帰ってきたあと、弟子たちに「自分も大夫《たいふ》の末席に連なっている以上、進言せずにはおれなかったのだ」と言ったが、このあと孔子がどのような行動に出たかは、記録にはない。おそらく、孔子はこれ以上の行動には出なかったのであろう。微妙なところであるが、深く考えさせられる問題である。

子貢、友を問ウ。
子曰ク、忠告シテ之ヲ善導シ、不可ナレバ則チ止ム。自ラ辱《はずか》シメラルルコトナカレ。
（顔淵第十二）

子貢が、友人とどのように付き合っていくかを訊ねた。
孔子は言った。「良心的に忠告してよい方向に導いていく。聞き入れられなければ、それまでだ。無理に押し付けて恥辱を受けることはない」

ここでは友人関係について述べているが、孔子の中庸の考えがよく見て取れる。深追いすることを戒めているのである。これまで見てきたように、孔子は君臣関係においても、友人の場合と同じように一定の距離を保っている。

孔子は現実をよく見て生きており、「名」のために度を超えた行為に走る、というようなことはしなかった。孔子塾は、学問を身に付けた立派な人格の人材を、世に送り出す教育機関であって、ひとりの主君に「絶対服従」的に仕えるといった、極端な封建道徳は教授していない。孔子塾から巣立った弟子たちは、社会契約論的に自由に主君を選び、誠を尽くすという意味での忠を守って、主君に仕えたのである。

＊

孔子は若い頃から孜々《しし》として学問に励み、学問の修得については自負するところがあった。小さな村にも自分のように忠信〔誠実〕である人間はいるであろうが、自分ほど学問を好む者はいないだろう、と言っている。また、次のようにも述べている。

子曰ク、吾嘗《かつ》テ終日食《くら》ワズ、終夜寝《い》ネズ、以テ思ウ。益無シ。学ブニ如《し》カザルナリ。（衛霊公第十五）

孔子は言った。「わたしはかつて一日中飯も食べず、一晩中眠りもとらずに考えに考えた。しかし、なにも得るところがなかった。学問をするのには及ばない」

いくら思索にふけっても、知識や考える材料を十分に持っていないと、それは空回りに終わってしまう。孔子は、考えるだけでどこまでのことがわかるか、と徹底的に考え抜いた。しかし、結局のところは、得るところはなかったという。学問に励むのには及ばない、とつくづくと思い知ったのである。

子曰ク、学ビテ思ワザレバ、則チ罔《くら》シ。思イテ学バザレバ、則チ殆《あやう》シ。（為政第二）

孔子は言った。「ただ学ぶだけで、内容を自分なりにしっかり吟味しないと、その知識は確かなものにならない。自分ひとりで考えるだけで、学問をしないと、独断に陥ってしまう」

先生から教えを受けたり、知識を詰め込んだりするだけでいいかと言うと、それはよくない。それでは学問を身に付けたことにはならない。孔子は、知識や学問が吟味されず無批判的に吸収された状態では、「その知識は確かなものにならない」と断じている。これは情報が過剰にまで多い現代においては、非常に重要な指摘と言える。知識や情報を得るだけでは、上滑りのもので終わり、本物の学問とはならないのである。

その反対に、思索にふけるだけでもよくない。孔子は、自分で考えるだけでは「独断に陥ってしまう」と言っている。知識や学問に裏付けられていない思いつきの議論は、非常に危ういのである。

孔子は、客観的な知識や学問と、主体的な思索が表裏一体となるべきだ、と説いている。このことは、学問に従事する人間が、当然、心得ておくべき基本であろう。

＊

孔子は抽象的思惟《しい》に深入りしなかった。基本的傾向として、孔子は抽象的な議論を弄《ろう》していない。それに、非現実的なことも話すのをあまり好まなかった。

樊遅《はんち》、知ヲ問ウ。
子曰ク、民ノ義ヲ務メ、鬼神ヲ敬シテ之ヲ遠ザクルハ、知ト謂《い》ウベシ。（雍也第六）

樊遅が、知とはどういうものかを訊ねた。

孔子は言った。「民が義とするところに力を尽くし、鬼神〔死者の霊魂や神々〕を敬して遠ざけておく。それなら知と言うことができるだろう」

孔子は、まず民に気配りしている。上に立つ為政者は、民の義とするものをしっかりと行うように勧めている。その上で、鬼神のような現実から離れたものに対しては、それに振り回されることは避けるように勧めている。鬼神に礼を尽くすことは厭《いと》わないが、それはそれだけのことである。現実社会に生きている人間のほうが大切なのである。知者とは、そのことを知っている者である。孔子の確固とした現実主義は、次の言葉に集約されている。

子ハ怪力乱神ヲ語ラズ。（述而第七）

孔子は、怪異、暴力、乱倫、超自然のことは口にしなかった。

この言葉は、孔子がつねに現実社会に生きる人間の幸せを求め、その問題からはみ出たものには、ほとんど興味を示さなかったことを示している。怪異なことは平常の人間生活から出てくるものではないし、暴力、乱倫、超自然のことは、孔子が口にしたくない問題であった。

季路《きろ》、鬼神ニ事《つか》エンコトヲ問ウ。

子曰ク、未《いま》ダ人ニ事ウルコト能ワズ。焉《いずく》ンゾ鬼《き》ニ事エンヤ。

曰ク、敢《あ》エテ死ヲ問ウ。

曰ク、未ダ生ヲ知ラズ。焉ンゾ死ヲ知ランヤ。（先進第十一）

子路〔季路〕が、どのように鬼神に仕えたらよいかを訊ねた。

孔子は言った。「いまだに人間によく仕えることができないのに、どうして鬼神に仕えることができようか」

子路が言った。「あえて聞きますが、死とはなんでしょうか？」

孔子は言った。「いまだに生をよく知らないのに、どうして死がわかろうか」


孔子は、子路がいかに鬼神に仕えるべきかを訊ねたとき、鬼神のことより現実の人間のことのほうがより大切だ、と答えている。孔子はあくまで現実の人間を問題にしているのである。子路がさらに突っ込んで、死とはどういうものかを訊ねると、いまを生きることのほうが死の問題より大切だ、と答えている。孔子は、死そのものは問題にしていない。死は、生の結果いかんによって意味が定まるのである。孔子の考えでは、君子はまずもって現実社会でよき政治を行い、そのことによって理想の実現に努めるべきで、死はそのあとの話ということになる。極論すれば、死を抽象的に論じても意味がないというのが、孔子の見解と言うことができるであろう。

＊

孔子は、人間の現世の生を重視した。したがって、それぞれの人間は、それぞれ努力して自己の生を充実させるべきだ、と考えていた。人間は、きちんと主体性を持って生きることが大切なのである。それゆえ、孔子は弟子たちに自発性を強く要求した。

子曰ク、之ヲ如何《いかん》セン之ヲ如何セント曰《い》ワザル者ハ、吾之ヲ如何トモスル末《な》キノミ。（衛霊公第十五）

孔子は言った。「どうしようかどうしようかと言わない者は、自分だってどうしようもない」

孔子は、自分から積極的に求めてこない弟子には教えてやらない、とはっきりと宣言している。やる気のない者には、手を差し伸べて手取り足取りして教えない、と言い放っているのである。

子曰ク、憤《ふん》セズンバ啓セズ。悱《ひ》セズンバ発セズ。一隅《いちぐう》ヲ挙ゲテ三隅ヲ以テ反《はん》セズンバ、則チ復《また》セザルナリ。（述而第七）

孔子は言った。「意味がわからなくて苛立っているほどでないと、意味を解説してやらない。口に言い表せなくてもどかしがっているほどでないと、教えてやらない。一隅を取り上げて示すと、あとの三隅は類推して反問するくらいでないと、もう繰り返しては教えてやらない」

この章句も、孔子の教育方針を明確に示したものである。本来は、これが教育の本道と言うべきであろう。孔子は、言うべきことを言っている。

孔子塾で行っているのは、ある意味でエリート教育であり、それがそのまま現代の教育に通用するとは限らない。しかし、教育の原点は、あくまでも本人の自発性を引き出すことにある。いまの教育現場においても、さまざまな工夫を凝《こ》らして、この教育の原点に立ち戻る必要がある。管理主義や命令主義、それにまた、点数主義にあぐらをかいてはならない。孔子が弟子たちに自発性を求めていることは、『論語』の章句を読んでいると、ほかにもいろいろな形で示されている。現代人も改めて、自発性の大切さを再認識する必要がある。

孔子の理想とする徳治主義〔仁政〕は、それぞれの人間に徳治を受け止める主体性がないと、成り立たない。治められる民の側にもそれなりの主体性が育成されていないと、徳治主義そのものは成り立たないのである。「君子の徳は風、小人の徳は草」と言い、「草は風を当てると必ずなびく」と言っても、それは民の側に自分からなびいていく主体性がないと、本物の徳治にはなり得ないのである。そのことから言うと、孔子は、限りなく人間の可能性を信じていた。

子曰ク、性、相近シ。習イ、相遠シ。（陽貨第十七）

孔子は言った。「先天的な素質では、あまり違いはない。違いは、生活している中で差が出てくるのだ」

人間は生まれによって運命が決められているのではない。生き方によって、それぞれの人間の差が出てくるのである。

孔子は主体性、自発性を非常に重視した。自分で自分の運命を決めていくことが可能である、と見なしていたのである。無頼《ぶらい》であった子路がついに孔子の高弟となったのは、まさにその証《あかし》である。孔子は、人間は主体的に自分を成長させ得ると考えており、弟子たちには機会あるごとに学習するように励ましている。

子曰ク、故《ふる》キヲ温《たず》ネテ、新シキヲ知レバ、以テ師ト為《な》ルベシ。（為政第二）

孔子は言った。「古い事柄を学習して、そこから新しい意義を見出していくならば、人の師となることができる」

子曰ク、三人行エバ、必ズ我ガ師アリ。其ノ善ナル者ヲ択《えら》ンデ之ニ従イ、其ノ不善ナル者ハ之ヲ改ム。（述而第七）

孔子は言った。「三人で行動すれば、かならず手本となるものがある。よい行いがあれば、そのよいところを採ってそれに従い、よくない行いがあれば、それを改めていくのだ」

子曰ク、君子ハ人ノ美ヲ成シテ、人ノ悪ヲ成サズ。小人《しょうじん》ハ之ニ反ス。（顔淵第十二）

孔子は言った。「君子は他人のよいところを成し遂げさせ、他人の悪いところを成り立たせないようにする。小人はこの反対だ」

これらの章句は、どんな場合でも、どこからでも、学習の機会が得られることを述べている。若い頃に困窮した生活を送った孔子は、このように努力して自分を成長させたのであろう。これは、まさに実感から出た言葉と言うことができる。

＊

子曰ク、君子ハ器《うつわ》ナラズ。（為政第二）

孔子は言った。「君子は器〔一つの用途しかない道具〕ではない」

この「君子ハ器ナラズ」の章句は、君子は一つのことしかできない専門バカであってはならない、と戒めたものである。いまでは一種の箴言《しんげん》になっている。孔子は、上に立つ為政者はしっかりした大局観を持つべきで、小さなことにこだわり過ぎてはならない、と教えているのである。

君子は、専門的なことを担当する者を統括し、大局を見て総合的に判断できる人間でなければならない。大勢《たいせい》を見誤ると、小さなことをいちいち積み上げても、予期せぬ方向に進んでしまう。これがいちばん罪が重いのである。そのことから言えば、「君子ハ器ナラズ」は、いまなお有効な名言と言うことができるであろう。

ただし、この言葉が、のちの中国社会に大きな弊害をもたらすことになったことも、指摘しておかなければならない。弱点は弱点として知っておく必要がある。

後世、科挙に及第した君子〔高級官僚〕は、その要求された儒教中心の試験内容から言って、必然的に儒教的ジェネラリスト、すなわち文学的教養人になった。その結果、地方のこまごました行政は、君子の下にいる胥吏《しょり》〔下級官吏〕に任せきりになる傾向が生じた。こうなると、「君子」の、行政能力の欠如と地方事情の無知につけ込む胥吏が、野放図《のほうず》に跋扈《ばっこ》しても不思議ではない。

しかし、孔子が君子に、大きな視点に立って全局を摑《つか》む人間になることを求めていること自体は、いまなお重要性を失っていない。上に立つ為政者の人間的器量は、あくまで大きくなければならないのである。この点については、孔子は次のようにも述べている。

子曰ク、君子ハ小知《しょうち》セシム可《べ》カラズシテ、大受《だいじゅ》セシム可キナリ。小人ハ大受セシム可カラズシテ、小知セシム可キナリ。（衛霊公第十五）

孔子は言った。君子は、小さなことはいちいちわからせることはできないが、大きな仕事は任すことができる。小人は、大きな仕事は任すことができないが、小さなことはわからせることができる。

君子は、大局を見た行動ができなければならない。小人は、小さなことばかり見ているので、大仕事をさせることはできない。孔子は、上に立つ為政者が小さな事柄に、いちいちこだわらないように戒めているのである。

子曰ク、群居終日ナルモ、義ニ及バズ。好ミテ小慧《しょうけい》ヲ行ウ。難キカナ。（衛霊公第十五）

孔子は言った。「日がな一日、大勢の者が集まっているが、だれも義に言及しない。得意げに小ざかしいことばかり言っている。これでは、真っ当なことはできない」

議論をしても、小ざかしいことばかり言って、根本的な問題を語らないようでは、話にならない。小理屈の評論家は、所詮《しょせん》、小人に過ぎない。一局面の問題を論じ立てて、自己の主張を正当化するのは、品性に欠ける。「一斑《いっぱん》もて全豹《ぜんぴょう》を評す」は、小人の論法に過ぎないのである。

子曰ク、君子ハ和シテ、同ゼズ。小人ハ同ジテ、和セズ。（子路第十三）

孔子は言った。「君子は人と仲良くするが、付和雷同はしない。小人は付和雷同するが、本当の友達関係は築けない」

これは有名な文句であるだけに、味わい深い内容を持っている。この場合も、孔子は、君子はしっかりと判断のできる人間でなければならない、と教えているのである。ただ単に他人と仲良くせよと言っているのではない。仲良くはするが、そこには自分の判断が入っていなければならないのである。義から逸《そ》れて他人と仲良くしているのでは、その人間は君子ではない。行動に折り目をつける君子とは反対に、知識も人間性も持たない小人〔民衆〕は、いとも簡単に付和雷同する。

この孔子の言葉は、まさに現代人に発せられたような、意味深い内容を含んでいる。ナチスドイツも、軍国日本も、文革中国も、すべて付和雷同した民衆の積極的な賛同によって推進された。そこには、「同ゼズ」の君子が存在しなかった。あるいは、存在し得なかったと言うべきかもしれない。それは、付和雷同した民衆がそうさせなかったのである。君子であり得たのは、極めて少数の者でしかない。

民主主義国家になった以上、これからの世の中は、政治を動かす民衆が「小人」から脱皮して、自分で社会の動きを正しく判断できる「君子」に、生まれ変わらなければならないのである。成熟した民主主義は、民衆が知識と人間性を身に付け、「和シテ同ゼズ」の見識を持った君子に成長してこそ成り立つ。このことを、現代人はしっかりと認識する必要がある。

周りの者と仲良くするが、付和雷同はしないというのは、自分で判断のできる見識が形成されていないと実現しない。民衆が知識と人間性を身に付けていない社会であるならば、「同ゼズ」の君子は排除されて、ついには、戦争をも含む悲惨な事態に突入することになるのである。

＊

子曰ク、吾《われ》十有五ニシテ学ニ志ス。三十ニシテ立ツ。四十ニシテ惑《まど》ワズ。五十ニシテ天命ヲ知ル。六十ニシテ耳順《したが》ウ。七十ニシテ心ノ欲スル所ニ従エドモ、矩《のり》ヲ踰《こ》エズ。（為政第二）

孔子は言った。「自分は十五歳で学問の道を志した。三十歳で〔礼など学問をよく修得して〕独立できる人間になった。四十歳で心に惑いがなくなった。五十歳で天が自分に与えた使命を知った。六十歳でなにを聞いても、〔頑固でなく〕素直に聞けるようになった。七十歳で思いのまま行動しても、人の道から逸《そ》れることはなくなった」

この章句では、孔子は簡潔に自分の一生を総括している。孔子にとって、それらの年が大きな節目であったことが改めて推測される。孔子は相当の自信を持って、自分の人生の歩みを、このように要約したのであろう。

これより、十五歳を志学、三十歳を而立《じりつ》、四十歳を不惑《ふわく》、五十歳を知命《ちめい》、六十歳を耳順《じじゅん》、七十歳を従心《じゅうしん》、と呼ぶ異称ができた。日本では、このうち三十歳の而立、四十歳の不惑が特に有名である。

子、川ノ上《ほとり》ニ在《あ》リテ曰ク、逝《ゆ》ク者ハ斯《か》クノ如キカナ、昼夜ヲ舎《お》カズ。（子罕《しかん》第九）

孔子は川のほとりに立って言った。「過ぎ去っていくものは、みんなこの川の流れと同じだな。昼も夜もとどまることがない」

この章句は、川上《せんじょう》の嘆《たん》と言われているものである。孔子は、一刻も休むことなく流れ続ける川の水を見て、一種の感慨を催したのであろう。人間も世の中も、滔《とう》々《とう》と流れる川の水のように移り変っていく。自分の人生も同じことである。孔子はこのとき、ちらと自分の老いを覚えたのかもしれない。しかし、孔子は日常的には、「老いが近づいているのも知らない」と言うほど、学問や教育に熱中して暮らしていた。

子曰ク、朝《あした》ニ道ヲ聞カバ、夕《ゆうべ》ニ死ストモ可ナリ。（里仁第四）

孔子は言った。「朝に人の生きるべき真理がわかれば、夕方に死んでも構わない」

孔子は、終生の目的として、人間性の最高の境地である仁を求めた。その仁に到達できるのであれば、もう死んでも構わない、と思っていたのである。それほどまでに仁の境地を切望した気持ちを、孔子はこのように表現した。この言葉には、孔子の理想と覚悟が凝縮して示されている。けだし至言と言うべきであろう。

14　顔回とその死

孔子塾は為政者の養成を目的にしていたが、それは決して富や栄達を求める為政者の養成ではなかった。あるべき姿としての為政者、すなわち立派な人格を備えた「君子」の養成をめざしていたのである。

結果的に俸禄を得て栄達することは、なんら否定されるべきではない。為政者を養成している以上、孔子は弟子たちがしかるべき地位を得ることをむしろ望んでいたであろう。弟子たちが理想を実現するために現実の政治世界で活躍することは、大いに歓迎すべきことなのである。

しかし、富や栄達のために仕官を志望するのであれば、いかに有能であろうとも、そんな者は卑しむべき人間と言わなければならない。孔子は才気走った秀才よりも、むしろ人徳を備えた地味な人物をより高く評価した。

その典型が、徳行第一と謳《うた》われた顔回《がんかい》（回は名。字は子淵《しえん》）である。孔子は極めて高く顔回のことを評価し、彼が死んだときには、傍目《はため》を憚《はばか》らずに泣き悲しんだ。

顔淵死ス。

子曰ク、噫《ああ》、天、予《よ》ヲ喪《ほろ》ボセリ。天、予ヲ喪ボセリ。（先進第十一）
顔回が死んだ。
孔子は言った。「ああ、天は私の運命を奪ってしまった。天は私の運命を奪ってしまった」

顔淵死ス。

子、之ヲ哭《こく》シテ慟《どう》ス。

従者曰ク、子慟セリ。

曰ク、慟スルコト有ルカ。夫《か》ノ人ノ為ニ慟スルニ非ズシテ誰《た》ガ為ニカセン。（先進第十一）

顔回が死んだ。

孔子は哭礼〔声をあげて泣く〕して、さらに慟哭〔身体を震わせて泣く〕した。

あとでお供の弟子が言った。「先生は慟哭されましたね？」

孔子は言った。「わたしは慟哭したか。あいつのために慟哭しないで、いったいだれのために慟哭しよう」


孔子にここまで言わせるのは、顔回が非常に聡明で、愛情を注ぐに足る誠実な人間であったからである。しかも、顔回は早逝《そうせい》した。享年四十一。孔子が礼からはみ出して慟哭するに至るとは、想像を絶する悲しみと言わなければならない。自分の後継者は顔回だ、と密かに思っていたのであろう。

孔子の弟子のうちでも、子路は率直にものを言う豪傑肌の快男児であったし、子貢は経営手腕のある賢明な実務家であった。

孔子の学団には、孔門十哲と称される優秀な弟子たちがいて、十名の者がそれぞれ得意の科目で名を挙げられている。それは徳行、言語〔外交等での言論〕、政事〔政治〕、文学〔広く学問を指す〕の四科に分けて述べられている。

顔回は最初に名が出てくるが、言語、政事、文学といった専門分野での逸材としてではなく、徳行といういかにも地味な科目で名を挙げられている。そうは言いながら、顔回は抜群の秀才であった。子貢は賢明な実務家で、孔子塾を経済的に支えた有能な人材であるが、その彼でさえも、顔回には一目も二目も置いている。

子、子貢ニ謂《い》イテ曰ク、女《なんじ》ト回トハ、孰《いず》レカ愈《まさ》レル。対《こた》エテ曰ク、賜《し》ヤ何《なん》ゾ敢エテ回ヲ望マン。回ヤ、一ヲ聞イテ以テ十ヲ知ル。賜ヤ、一ヲ聞イテ以テ二ヲ知ルノミ。子曰ク、如カ弗《し》《ざ》ルナリ。吾ト女ト如カ弗ルナリ。

（公冶長第五）

孔子が子貢に言った。「おまえと回〔顔回〕とでは、どちらがすぐれていると思うかね？」子貢が答えて言った。「賜〔子貢の名。子貢は字〕は回〔顔回〕に及びもつきません。回は一を聞いて十を知ります。賜は一を聞いて二を知るだけです」孔子は言った。「及ばないな。わたしとおまえとは顔回に及ばない」

孔子にここまで言わせる顔回は、相当に聡明であったように思われる。子貢も彼の貨殖《かしよく》に長《た》けた働きから言うと、頭の切れる秀才であったはずであるが、顔回は彼より遥かに優秀だ、と彼自身が認めているのである。孔子も、自分以上だと認めている。「一を聞いて十を知る」という言葉は、ここから出ているのである。

ところが、顔回は聡明であるにもかかわらず、自分に備わっている才能を表には出さなかった。

子曰ク、吾、回ト言ウ。終日違《たが》ワザルコト愚ナルガ如シ。退《しりぞ》キテ其ノ私ヲ省《かえりみ》レバ、亦以テ発スルニ足レリ。回ヤ愚ナラズ。（為政第二）

孔子は言った。「わたしが回〔顔回〕と話していると、彼は一日中おとなしく聞いているだけで、馬鹿みたいだ。ところが、わたしの前から退いたあとの私生活を観察すると、わたしの言ったことをちゃんと理解している。あれは馬鹿じゃない」

子曰ク、之ニ語《つ》ゲテ惰《おこた》ラザル者ハ、其レ回ナルカ。（子罕第九）

孔子は言った。「私が教えたことを怠けずに実行するのは、それは回だな」

子、顔淵ヲ謂《い》ウ。曰ク、惜シイカナ。吾、其ノ進ムヲ見ルモ、未ダ其ノ止《や》ムヲ見ザルナリ。（子罕第九）

孔子が死んだ顔回のことを言った。「ほんとうに惜しいことをした。わたしは彼が進んで努力をするのを見たが、同じところに留《とど》まっているのは見たことがない」

以上、三つの孔子の言葉から、顔回が非常に謙虚で、日々努力を怠らない真面目な人物であったことがよくわかる。

哀公問ウ。弟子《ていし》孰《いずれ》カ学ヲ好ムト為ス。

孔子対《こた》エテ曰ク、顔回トイウ者有リ。学ヲ好ミ、怒リヲ遷《うつ》サズ、過チヲ弐《ふたたび》セズ。不幸短命ニシテ死セリ。今ヤ則チ亡《な》シ。未《いま》ダ学ヲ好ム者ヲ聞カザルナリ。（雍《よう》也《や》第六）

魯の国の哀公が訊ねた。「あなたの弟子の中で、だれがいちばん学問に熱心でしょうか?」

孔子は言った。「顔回という者がおりました。学問を好んで、感情的に怒ることもなく、過ちは二度と繰り返しませんでした。不幸にも短命で死にました。いまはもういません。顔回亡きあとは、まだ学問を好む人間のことは聞いておりません」

孔子は、孔子塾で為政者を養成していたが、どちらかと言えば、学問一筋の顔回のような真面目な人間を、最も好んだのである。

＊

顔回は日夜、貧乏な生活の中で孜々《しし》として学問に励んでいた。孔子は、純粋に学問を愛している地道な努力家の顔回を愛した。

子曰ク、賢ナルカナ回ヤ。一箪《いったん》ノ食《し》、一瓢《いっぴょう》ノ飲《いん》、陋巷《ろうこう》ニ在リ。人ハ其ノ憂《うれ》イニ堪《た》エズ。回ヤ、其ノ楽シミヲ改メズ。賢ナルカナ、回ヤ。

（雍也第六）

孔子は言った。「偉いやつだなあ、回〔顔回〕は。わりご〔竹で編んだ小箱〕一杯の飯と、ひさご〔瓢箪を割った椀〕一椀の飲み物で食事し、路地裏に住んでいる。ほかの者なら、その辛《つら》さに堪えられないだろう。ところが、回は学問に励む自分の楽しみを改めない。偉いやつだなあ、回は」

これは、ほんとうにしみじみと顔回の徳行を讃えた言葉である。顔回は貧乏を厭わず、ひたすら学問に励んでいたのであるが、孔子は顔回のそんな姿を見て、よほど感じ入ったのであろう。ここで用いられている「賢」は、単に賢いという以上に、人間的に立派であることを意味する。徳行を最大限に評価する孔子からすると、顔回が、聡明である上に努力を怠らない真面目な人物であり、かつ非常に謙虚であるところが、気に入っていたのであろう。孔子は、理想の人間像を顔回に見出していたのである。

子曰ク、疏食《そし》ヲ飯《くら》イ、水ヲ飲ミ、肱《ひじ》ヲ曲ゲテ之ヲ枕トス。楽シミ其ノ中《うち》ニ在リ。不義ニシテ

富ミ且ツ尊キハ、我ニ於《お》イテ浮雲ノ如シ。（述而第七）

孔子は言った。「粗末な飯を食べ、水を飲み、肘《ひじ》を曲げて枕にする。楽しみはそういう貧しい生活の中にもある。義に背いて富や栄達を得ることは、自分にとっては浮雲〔遠くて無関係なもの〕のようなものだ」

もちろん、孔子自身、ここで言うように富や栄達を無理には求めなかった。中年期に魯の司寇《しこう》などの要職に就いた経験もあるが、結局のところは、淡々とした心境に至っているのである。もともと孔子は、「君子は腹いっぱい食べることや、快適な家に住むことを求めないものだ」と言って、貧困を気にしなかった。人間性を失って富や栄達を得るくらいなら、貧乏暮らしの中で楽しみを見出すほうがいいのである。

そんな孔子の理想を体現したのが、まさに顔回であった。顔回は、弁舌爽《さわ》やかな才人ではない。孔子は弟子を評価するとき、才能よりも人格を優先した。顔回の謹直な人柄は、次の章句において最もよく表れている。

顔淵仁ヲ問ウ。
子曰ク、己《おのれ》ニ克《か》チテ礼ニ復《かえ》ルヲ、仁ト為ス。一日己ニ克チテ礼ニ復レバ、天下仁ニ帰セン。仁ヲ為スハ、己ニ由ル。人ニ由ランヤ。
顔淵曰ク、其ノ目《もく》ヲ請《こ》イ問ウ。

子曰ク、非礼ハ視ルコト勿《な》カレ。非礼ハ聴クコト勿カレ。非礼ハ言ウコト勿カレ。非礼ハ動クコト勿カレ。

顔淵曰ク、回、不敏ナリト雖《いえど》モ、請ウ斯《こ》ノ語ヲ事トセン。（顔淵第十二）

顔回が、仁とはどういうものか訊ねた。

孔子は言った。「私欲を克服して礼に立ち返るのが仁なのだ。一日私欲を克服して礼に立ち返るならば、天下はみな仁に靡《なび》く。仁を行うのは自分からするのだ。他人にやらされるものではない」

顔回が言った。「実践の要領を教えて下さい」

孔子は言った。「礼に外《はず》れたことは見るな。礼に外れたことは聞くな。礼に外れたことは言うな。礼に外れたことは行うな」

顔回が言った。「回は至らぬ者ではありますが、いまのお言葉をしっかりと守りたいと思います」

この章句においては、孔子の言葉も顔回の対応も、あまりにも紋切り型で、一読したところでは、それほど興味を引かない。孔子は、朝から晩まで礼に外れた行動をしないように求めているし、顔回は、それをそのままありがたく受け止めているのである。孔子は孔子でなにか堅苦しいし、顔回は顔回で殊勝《しゆしよう》過ぎる。

しかし、この言葉にこそ、孔子の教えの真髄が表現されているのである。孔子は顔回に、仁は礼に根ざしている、と言い聞かせたのである。

礼についてもう一度説明しておくと、礼は、宗法《そうほう》〔前出〕上の祭祀儀礼の作法であり、同時に家父長制を基礎とする上下秩序の社会規範〔礼儀正しさと連係〕でもある。次元の高い礼儀、と考えることも可能であろう。

礼に外《はず》れた仁は、あり得ない。孔子の言葉を言い換えるならば、仁は礼という形に則《のっと》って表現される、ということになる。孔子はここで、仁が礼と不可分の関係にあることを示したのである。

孔子においては、仁は礼と表裏一体の関係にある。したがって、突き詰めて言うと、「克《こっ》己《き》復《ふく》礼《れい》」〔己ニ克チテ礼ニ復ル〕こそが、仁の真髄なのである。

孔子は愛弟子に、そのことをはっきりと説明した。それゆえに、顔回は心底から重大な意味を感じ取り、孔子の言葉を謹んで受け止めたのである。

孔子は弟子の樊遅《はんち》に、仁とはどういうものかを問われたとき、「人を愛することだ」と答えている。また他の機会に彼から同じ質問を受けたとき、「仁者は困難なことを先に実行し、それによって得られる収穫は後回しにする。これだと仁と言えるだろう」と答えている。

高弟の子貢に同じ質問を受けたときには、「自分が身を立てようと思ったら、人の身を立ててやる。自分が出世したいと思ったら、人を出世させてやる。身近なわが身のことを例にとって、自分のことと同じように他人のことを思いやるのだ。これが仁に近づく方法と言えるだろう」と答えている。孔子は弟子に仁について問われたとき、それぞれ具体的に、他人への思いやりの大切さを説いている。

ところが、顔回には「克己復礼」という、やや抽象的な言葉を使って答えている。孔子は顔回に対しては、奥義《おうぎ》を説き聞かせるかのように、「己ニ克チテ礼ニ復ル」という言葉で、仁の真髄を示したのである。

顔回の誠実さは本物であり、孔子は彼に全幅の信頼を寄せていた。顔回が亡くなったときの異常とも言える深い悲しみが、そのことをよく示している。

孔子が最愛の弟子に示した、仁とはなにかの究極の答えが「克己復礼」であったということは、礼が特別に重要な意味を持つことを、明確に示している。孔子はあくまでも礼至上主義者なのである。孔子は、孝悌〔家父長制による上下秩序〕を基盤とする礼からは、決して逸《そ》れない。

古代中国の父系家族制社会で形成された守旧的な礼が、封建道徳の基盤を形成していたことを考えると、礼至上主義者の側面を持つ孔子の思想は、時代的限界を内包している、と言わざるを得ないであろう。

それにもかかわらず、人間性の確立を基本的に成し遂げた孔子の偉大さは、やはり否定することはできないのである。

15　孔子の気迫——惟《ただ》仁者ノミ能《よ》ク人ヲ好ミ、能ク人ヲ悪《にく》ム

孔子はただの聖人君子ではない。孔子は、やるべきときには断固とした行動を取っている。それは政敵の少正卯《ぼう》を弾圧したときや、斉との講和会議で、魯の定公の介添え役を務めたときの果敢な行動を見れば、事の是非は別にして、よくわかる。弟子たちもそのことを知っていて、孔子のことを次のように評している。

子ハ温《おん》ナレド厲《はげ》シ。威アリテ猛《たけ》カラズ。恭《きょう》ニシテ安シ。（述而第七）

先生は穏和だが激しいところがあった。威厳はあるが恐ろしくはなかった。恭《うやうや》しいが窮屈ではなかった。

弟子たちは、孔子は「穏和だが激しいところがあった」と言っている。孔子は総体的に穏やかな人柄であったが、一方では激しいところがあった。身近にいた弟子たちが、そのことを率直に証言しているのである。

子貢問イテ曰ク、郷人《きょうじん》皆之《これ》ヲ好《この》マバ何如《いかん》。

子曰ク、未《いま》ダ可ナラザルナリ。

郷人皆之ヲ悪《にく》マバ、何如。

子曰ク、未ダ可ナラザルナリ。郷人ノ善キ者之ヲ好ミ、其ノ善カラザル者之ヲ悪マンニハ如《し》カズ。


（子路第十三）


子貢が訊ねた。「村の者がみんなその人を好んだら、いかがでしょうか？」

孔子は言った。「まだよいとは言えない」

「村の者がみんなその人を憎んだら、いかがでしょうか？」

「まだよいとは言えない。村のよい者がその人を好み、村の悪い者がその人を憎む、という人間には及ばないね」


これは、頂門《ちょうもん》の一針《いっしん》とも言うべき鋭い指摘である。普通は、みんなに評判のいい人物を高く評価するものである。しかし、孔子はそれには賛成しない。まだそれでは十分ではないのである。みんなに嫌われている人物も、もちろんよくない。よい人たちがその人物を好み、悪い者たちがその人物を憎む、という人物でないと、孔子は高い評価を下さないのである。

孔子は、民衆の人気をそのまま鵜《う》呑《の》みにはしない。みんながよく言っていても、その人物をそのまま支持しない。みんなが悪く言っていても、もちろん、その人物をそのまま支持しない。必ず立ち止まって、自分でその人物を判断するのである。

先に見た「君子ハ和シテ同ゼズ」の意味が、ここでは具体的に説明されている。付和雷同せず、民衆の人気に一歩距離を置くのである。自分の考えでしっかり判断しないと、本物は選別できない。人々は往々にして、みんなに好《す》かれている人間を最良の人間と思ってしまうが、それが必ずしも正しいとは限らないのである。

子曰ク、衆《しゅう》之ヲ悪《にく》ムモ必ズ察ス。衆之ヲ好《よみ》スルモ必ズ察ス。（衛霊公第十五）

孔子は言った。「大勢の者がその人物を憎んでいても、必ずその人物の本当のところを見て取る。大勢の者がその人物を褒めそやしても、必ずその人物の本当のところを見て取るのだ」

この言葉も、まさに付和雷同を戒めたものである。この指摘は、孔子の鋭さであり、激しさでもある。孔子のこうした公正な態度は、どの社会、どの国家の人間であろうと、心して学ぶべきであろう。

子曰ク、惟《ただ》仁者ノミ能《よ》ク人ヲ好ミ、能ク人ヲ悪《にく》ム。（里仁第四）

孔子は言った。「ただ仁者のみが、きちんと人を愛することができ、きちんと人を憎むことができる」

孔子は、善悪を峻別《しゅんべつ》すべきことの大切さを、このような形で述べている。

公正を心掛けるのは当然のことである。その上、善と悪に対処するときには、それぞれきっちりとした態度で臨むべきだ、と述べているのである。そんなとき、好き嫌いが出ても構わない。この言葉は、弟子たちが孔子には激しいところがあった、と評したことに符合する。弟子たちが師の激しさを指摘するのも、大いにうなずける。

豊かな感情は、豊かな人間性から生ずる。したがって、最高の人間性を備えた仁者のみが、「きちんと人を愛することができ、きちんと人を憎むことができる」のである。

そのことを逆から言うと、仁者は、他人との関係、社会との関係を「いい加減」に済まさない、ということになるであろう。孔子は弟子たちに、八方美人にはならず、理非曲直をはっきりと見抜く人間になることを求めているのである。

子曰ク、紫ノ朱ヲ奪ウヲ悪《にく》ム。鄭声《ていせい》ノ雅楽ヲ乱《みだ》ルヲ悪ム。利口ノ邦家《ほうか》ヲ覆《くつがえ》ス者ヲ悪ム。

（陽貨第十七）

孔子は言った。「紫〔間色〕が流行して、朱〔正色〕の地位を奪うのが許せない。鄭の国の淫《みだ》らな音楽が流行して、雅楽〔礼にかなった音楽。クラシック〕を乱すのが許せない。口先のうまい人間が国を滅ぼそうとしているのが許せない」

孔子は、紛《まぎ》らわしい中間色は秩序を乱す基になるので、ひどく嫌った。

音楽についても、鄭の国のものは、現代で言えば、ルンバのような扇情的な響きがあったのであろう。孔子は好まなかった。孔子は、音楽が知らず知らずのうちに、人の心に大きな影響を与えることを知っていたのである。「詩ニ興《おこ》リ、礼ニ立チ、楽《がく》ニ成ル」〔詩の教育で学問が始まり、礼の教育で一人前になり、音楽の教育で人格が完成する〕と言っているように、非常に音楽を重視した。孔子自身は、荘重な雅楽を好んだ。ちなみに、かつて斉の国で本格的な韶《しょう》〔舜が作ったという雅楽〕を聞いたとき、感動して「肉の味を知らず」の状態であったという。

孔子が口先のうまい人間を嫌ったことは、これまでに見てきたところで十分わかるが、色、音、言葉についても、どっち付かずのものや、調子のいい軽薄なものを否定しているのである。孔子は、あくまでも似て非なるものを嫌った。上っ面のいいエセ的存在を非常に憎んだのである。ここで思い出されるのが、郷愿《きょうげん》についての評言である。

子曰ク、郷原〔郷愿〕ハ徳ノ賊ナリ。（陽貨第十七）

孔子は言った。「村で君子らしく見せかけているエセ君子は、道徳の敵である」

孔子は、ごまかして君子面《づら》をしている人間を激しく憎んだ。中身がないのに、格好をつけるのが非常にうまい人間は、教養がないだけの人間よりも、偽装している分、より下劣なのである。孔子は、「郷愿」のように表面を取り繕《つくろ》って立派そうにしている人間を、悪質な人間と見なして、最も憎んだのである。

＊

子路君ニ事《つか》エンコトヲ問ウ。

子曰ク、欺《あざむ》クコト勿《なか》レ。而《しこう》シテ之ヲ犯セ。（憲問第四）

子路が主君に仕える心得を訊ねた。

孔子は言った。「主君に嘘を言ってはならない。場合によっては、あえて直言せよ」


これも非常に激しい言葉である。主君に対しては、真実を隠さずに言え、と言うのである。主君の歓心を買うためには、真実でない甘い言葉を発したくなるものだが、孔子はそれを戒めている。その上、場合によっては諫言《かんげん》せよとまで言っている。


或ヒト曰ク、徳ヲ以テ怨《うら》ミニ報イルハ、何如《いかん》。

子曰ク、何ヲ以テ徳ニ報イン。直《ちょく》ヲ以テ怨ミニ報イ、徳ヲ以テ徳ニ報イン。（憲問第十四）

ある人が言った。「徳〔恩恵〕でもって怨みに報いるのは、いかがでしょうか？」

孔子は言った。「それでは、なにで徳に報いるのか？　正直な心で怨みに報い、徳で徳に報いるのだ」


これも孔子の気迫をよく示している。『老子』に「怨ミニ報イルニ徳ヲ以テス」という文句があるが、この言葉自体は、当時すでに世の中で使用されていたようであり、孔子の言葉はそれを意識したものと思われる。

老子〔老子の生年には諸説がある〕は、事を穏便《おんびん》に済ませることによって心の安定を得ようとしているが、これは世渡りの知恵としては悪いものではない。しかし、社会が厳しい状況にあるとき、現実の真の姿に背を向けようとするのは、君子たる者には許されない。それは、物事を「いい加減」に済ませてしまう、ということに通ずるのである。

老子とは反対に、孔子は物事の理非曲直をしっかりと見ようとしている。これもある意味では激しいと言える。

子曰ク、……怨ミヲ匿《かく》シテ其ノ人ヲ友トスルハ、左《さ》丘明之ヲ恥ズ。丘モ亦之ヲ恥ズ。

（公冶長第五）

孔子は言った。「……怨みを隠して友達付き合いするのは、左丘明〔不詳〕はそれを恥とした。丘〔自分のこと。孔子の名前は丘〕もまたそれを恥とする」

孔子は「巧言令色、鮮シ仁」と言い、心にもないことを言うのに反対したが、友達付き合いの場合でも、表面を取りつくろって付き合うのを拒絶している。ごまかしになることを極力避けている。偽《いつわ》りのない生き方を求めているのである。

子曰ク、中行《ちゅうこう》ヲ得テ之ト与《とも》ニセズンバ、必ズヤ狂狷《きょうけん》カ。狂者ハ進ミテ取リ、狷者ハ為サザル所有リ。

（子路第十三）

孔子は言った。「中庸《ちゅうよう》を得た人物といっしょに行動できないのであれば、次は必ず狂者〔情熱的で、やり過ぎる人間〕か、狷者〔偏屈《へんくつ》な人間〕だ。狂者は積極的にやるし、狷者はきっぱりと断ることができる」

孔子は、礼を守る中庸を身に付けた人物を求めているのではあるが、もしそれが不可能であれば、必ず狂者か狷者を選ぶと言っている。この言葉も、物事の理非曲直をしっかりと見る精神の大切さを述べたものである。口先だけの人間、八方美人の人間を厭《いと》う気持ちを裏側から表現しているのが、この言葉である。

＊

宰予《さいよ》昼寝《い》ヌ。子曰ク、朽木《きゅうぼく》ハ雕《え》ルベカラズ。糞土《ふんど》ノ牆《しょう》ハ杇《ぬ》ルベカラズ。予《よ》ニ於イテカ何ゾ誅《せ》メン。子曰ク、始メ吾《われ》、人ニ於《お》ケルヤ、其ノ言《げん》ヲ聴キテ其ノ行イヲ信ゼリ。今吾、人ニ於ケルヤ、其ノ言ヲ聴キテ其ノ行イヲ観ル。予ニ於イテカ是ヲ改ム。

（公冶長第五）

宰予が昼間から部屋で寝ていた。

孔子は言った。「腐った木は彫《ほ》ることができない。糞《ふん》の混ざったもろい土の壁は上塗りができない。宰予には、叱ってもどうにもならんな」

孔子は言った。「以前は、わたしは他人に対して、その人の言うことを聞いたなら、その人の行いを信じたものだ。しかし、これからはその人の言うことを聞いたら、その人の行いをしっかり見ることにした。宰予のことがあって、わたしは方針を改めることにしたのだ」

弟子の宰予が昼間から部屋で寝ていたのを知り、孔子はかなり感情的になって、厳しく叱責した。宰予は弁舌の立つ有能な人物であったようで、孔門十哲では、言語部門で名前を挙げられている。そんな才人ではあるが、ときどきずる休みをしたようである。病気でもないのに、昼間から部屋で寝ているのでは、孔子が立腹するのも無理はない。

あるいは、孔子がこれほど怒るには、品行について問題があったのではないか、という説もある。自宅か宿舎かわからないが、昼間から女を部屋に引き入れていた、というのである。いずれにしても、孔子の発した「朽木ハ彫ルベカラズ」という言葉は、極めて厳しい叱責である。孔子が人格まで非難しているのであるから、宰予も相当に応えたであろう。

この言葉は、弟子の宰予をとがめたものではあるが、普遍性のある奥行きの深い比喩《ひゆ》になっている。ひとりの人間に対する比喩にとどまらず、さまざまな党組織、行政機関、企業等についても当てはまるのである。

長年にわたって一部の層が独裁権力を握っている社会は、必ず「腐った木は彫刻ができない」という深刻な事態に直面する。権力を握った者の周りでは、しばしばコネの悪用や、悪質な汚職が出現する。「権力は腐敗する。絶対権力は絶対的に腐敗する」という政治学の法則は、古今東西に通用する真理なのである。

しかも、「朽木ハ彫ルベカラズ」と述べたあと、孔子はさらに追い討ちを掛けて、「宰予のことがあって、わたしは方針を改めることにした」と言い、今後は実際の行動で人間を判断する、と宣言している。

孔子は、口先だけの人間をどこまでも否定し、佞人《ねいじん》〔口がうまくて実のない人間〕を徹底的に拒否しているのである。

＊

孔子はあくまでも、人間として「いい加減」でない、実《じつ》のある人間を求めた。政治を行う為政者は、言葉に「実」がなければならないのである。そして、その実はその人間の行動によって実証される、というのが孔子の考えであった。

子曰ク、其ノ以テスル所ヲ視、其ノ由ル所ヲ観、其ノ安ンズル所ヲ察スレバ、人焉《いずく》ンゾ廋《かく》サンヤ。人焉ンゾ廋サンヤ。〔為政第二〕

孔子は言った。「その人がなにをするかを見、どういう方法でするかを観察し、どうすれば満足するかを察すれば、その人はどうして自分を隠すことができようか。どうして自分を隠すことができようか」

子貢、君子ヲ問ウ。

子曰ク、先ズ行エ。其ノ言《げん》ハ而《しか》ル後ニ之ニ従ウ。（為政第二）

子貢が、君子とはどういうものかを訊ねた。

孔子は言った。「まず自分で実行せよ。言葉（言いたいこと）はそのあとでよろしい」


この二つの章句は、ともに言葉より行動を重視していることを示している。

孔子はこれまで見てきたように、言葉をその表面だけでは信用せず、行動（実）を重視した。言葉はその奥に内容がないときは、あてにならない「虚」でしかない。


子曰ク、辞ハ達スルノミ。（衛霊公第十五）

孔子は言った。「言葉は意味がはっきり通ずれば、それでよいのだ」


孔子は言葉については、意味がはっきり通ずる、という中身を大切に考えた。

この章句は、外交辞令に修飾語が多過ぎるのを批判したものだと言われているが、一般論としても立派に通用する。口先だけの言葉や美辞麗句は、「巧言令色、鮮シ仁」であり、中身のない無意味なものである。

子曰ク、君子ハ言ヲ以テ人ヲ挙ゲズ。人ヲ以テ言ヲ廃セズ。（衛霊公第十五）

孔子は言った。「君子は、口で立派なことを言うだけでは、その人間を登用しない。人物がよくないと言うだけで、よい意見を無視したりはしない」

孔子は、君子たる者は、言うことが立派なだけではその人物を登用しないものだ、と述べている。と同時に、つまらない人物がよいことを言った場合、その言葉を無視したりはしない、とも言っている。孔子は、事実をもって判断の根拠にするのである。

ここで、葉《しょう》公が自慢した直躬《ちょくきゅう》〔正直者の躬〕の話を再考してみよう。直躬の正直の中身が「父親を役所に訴えること」であるならば、正直という「名」の中身は、正直というよき美徳と合致しない。孔子は、直躬の正直は人情〔孝〕に反するものであって、そんなものは正直の「名」に値しない、と見なしたのである。孔子は、孝に反するような正直を容認しなかった。それゆえ、直躬の正直を「直」として受け入れなかったのである。

いかに正直がいいことであろうとも、それがもたらす実態が親不孝であるならば、そんな正直は容認することはできない。孔子はこの場合、「直」の中身を問題にしているのである。

孔子が抽象的世界より具体的な事実を重んじたことについては、高弟の子貢が次のように述懐している。

子貢曰ク、夫子《ふうし》ノ文章ハ得テ聞クベキナリ。夫子ノ性ト天道トヲ言ウハ、得テ聞クベカラザ

ルナリ。（公冶長第五）

子貢は言った。「先生が文章〔詩、書、礼、楽など学問の総称〕について語ったのは聞くことができた。しかし、先生が人間の本性《ほんせい》や天道〔天の意志〕について語ったのは、聞くことができなかった」

孔子は、抽象的世界を論ずる観念論〔宋代の朱子学がこうした論議をした代表〕よりも、実際的な学問を重んじた。具体的な事柄に即して、言葉の本当の意味を判断したのである。孔子は、言葉の抽象性が危険であることを、明確に認識していた。

孔子が抽象的思惟《しい》に深入りせず、できるだけ具体的な言動で弟子たちを教育しようとしたのは、言葉の抽象性の危うさを直感的に悟っていたからであろう。実事求是《じつじきゅうぜ》〔事実に基づいて、物事の真実を求める〕の考え方は、孔子の思想の根底に流れている。

しかしながら、後世の儒家は、封建王朝の支配者の意向に添って、忠、孝、節などの徳目〔名〕を、支配者側に有利なように解釈した。その結果、儒教は上位の者が下位の者に対して「絶対服従」を強要する封建道徳と化し、上下秩序を絶対視する封建道徳の支柱となったのである。

孔子の精神から逸《そ》れた儒教の徳目は、封建王朝の支配者に「支配の道具」として利用され、二千年ものあいだ封建道徳として君臨した。

名教《めいきょう》〔名分、徳目を重視する教え〕とも言われる儒教は、「名」の抽象性を権力者に利用される重大な弱点を抱えている。主君のためには正邪を問わず、生命を賭して忠を行へ、などというのは、孔子の仁の教えと大きく異なる。儒教は、「名」のひとり歩きを許す「いい加減」さを内包しているのである。この点は、あくまでも留意する必要があるであろう。

＊

そうした問題を抱えてはいるものの、孔子自身の偉大さは、そのことによって消失するわけではない。

孔子は礼、楽などの学問を教授しつつも、その間に、弟子たちが人間性に富んだ立派な人格を形成するように努めた。『論語』に見られる孔子の言動は、まさにその点が中心なのである。宮崎市定はこの点について、次のように述べている。

孔子の孔子たる所以は他の一面にある。孔子は多くの弟子を教育したが、単に有職故実の礼師たるに止まらず、偉大なる人生の師であって、人生の理想を弟子達に教えた。学問とは色々のことを知り、礼儀作法の外形を会得するのではない。真の人生を省察し、人格を陶冶することこそ学問の目的である。かかる高遠な理想の下に弟子の教育に当った。言い換えれば孔子に至って、初めて真の意味の学問が成立したのである。

（宮崎市定『東洋史上に於ける孔子の位置』一九三八年）

孔子は、礼至上主義者の側面を持ちながらも、自由闊達《かったつ》に、人間味溢れる教育活動を行った。

日常生活の中で、飽《あ》くことなく弟子たちに、「真の意味の学問」に基づく人間教育を施《ほどこ》したのである。本来の孔子の教えは、人情を十分に踏まえた最高の倫理道徳ということができるであろう。

孔子が最も高く評価した愛弟子の顔回は、師の孔子を身近に見て、次のように評している。

顔淵、喟然《きぜん》トシテ嘆ジテ曰ク、之ヲ仰ゲバ弥《いよいよ》高ク、之ヲ鑽《き》レバ弥《いよいよ》堅シ。之ヲ瞻《み》ルニ前ニ在リ。忽焉《こつえん》トシテ後ニ在リ。夫子《ふうし》、循循然《じゅんじゅんぜん》トシテ善ク人ヲ誘《いざな》ウ。我ヲ博スルニ文ヲ以テシ、我ヲ約スルニ礼ヲ以テス。罷《や》メント欲スレドモ能《あた》ワズ。既ニ吾ガ才ヲ竭《つ》クスモ、立ツ所有リテ卓《たく》爾《じ》タルガ如シ。之ニ従ワント欲スト雖《いえど》モ、由《よ》ル末《な》キノミ。（子罕第九）

顔回がふうっと溜息《ためいき》をついて、言った。「先生は仰げば仰ぐほど高く、切り込もうとすればするほど堅い。前にいるかと思うと、ふいと後ろに立っておられる。先生は順序立ててうまく人を導かれるんだ。学問で私の教養を高め、礼で私の教養を〔実践面で〕引き締めてくださる。学問を途中でやめようと思ったこともあるが、もうやめられないんだ。自分の才能を出し尽くして追いついたつもりでも、先生はあちらの高みにすくっと立っておられる。あとについて行こうと思っても、どうにもならないんだ」

孔子や賢明な子貢が一目も二目も置いた顔回が、こんどは孔子のことをこのように絶讃しているのである。

孔子の学問、人格はどこまでも高く、どこまでも堅固なのである。顔回ほどの聡明な弟子でさえも、師にやっと追いついたと思った瞬間、孔子はさらなる高みに立っている、と述懐する。孔子の偉大さが、顔回のこの感慨によって、ものの見事に表現されている。孔子は、類《たぐい》まれな大学者、思想家、教育者であり、骨太の精神的巨人であった。

孔子は弟子たちに学問を教授しつつ、人間を人間たらしめる道徳を培《つちか》った。あくまでも人間の可能性を信じて、君子を育成し続けた。

孔子は、礼至上主義者としての限界を有してはいるものの、飽くことなく人間性の確立をめざした偉大なる人類の師であった。

16　魯迅の孔子観──『現代支那に於ける孔子様』

儒教批判と言うと、いちばんに名が挙げられるのが魯迅である。

魯迅は一九一八年に発表した『狂人日記』によって文壇に登場し、礼教〔儒教〕は人食いの教えだ、と喝破《かつぱ》して、読者に強い衝撃を与えた。魯迅は後年になって、この作品を書いた意図は、「家族制度と礼教の弊害を暴露することにあった」と述べているが、まさしく『狂人日記』は、儒教を鮮烈に批判した最初の小説である。

そのことから言うと、魯迅は、儒教の始祖である孔子の正反対に位置する人物、と見なされても不思議はない。しかし、実を言うと、魯迅は、孔子に対してそれほど激しい反感を抱いていない。孔子自身に対しては、徹底的な批判を加えていないのである。魯迅が孔子を口にするときには、どちらかと言えば、やや距離を置いた軽妙なコメントが多い。ここで、魯迅が孔子をどのように見ていたか、その点をもうすこし詳しく見ていってみよう。それには、魯迅自身が語っている『現代支那に於ける孔子様』を見るのが、いちばんわかりやすい。

魯迅は最晩年の一九三四年に、日本の雑誌『改造』に依頼されて、日本語でこの文章を書いた。

ちなみに、魯迅は他の文章でも「支那」という言葉を使っているが、日本では、いまはこの言葉を使用しない。「ジャップ」と同じように、侮蔑《ぶべつ》の響きの残っている言葉は、できるだけ使わないのが相手国に対する礼儀であろう。

魯迅は日本に留学してきて、まずは嘉納治五郎《かのうじごろう》が清国留学生向きに開設した、東京牛込《うしごめ》の弘文学院に入学した。その頃のことを次のように語っている。


或日の事である。学監大久保先生が皆を集めて言ふには〔、〕君達は皆孔子の徒だから今日は御茶の水の孔子廟へ敬礼しに行かうと。

自分は大〔おおい〕に驚いた。孔子様と其の徒に愛想尽かしてしまつたから日本に来たのに〔、〕又おがむ事かと思って〔、〕暫く変な気持になつた事を記憶して居る。

さうして斯様〔かよう〕な感じをしたものは〔、〕決して自分一人でなかつたと思ふ。

（『現代支那に於ける孔子様』一九三四年）


この文章から、魯迅の孔子に対する基本的な気持ちが、よく読み取れる。すこしばかり諧謔味《かいぎゃくみ》のある文章であるが、実感が籠《こ》もっている。「孔子様と其の徒に愛想尽かしてしまつた」と言っている以上、魯迅が「孔子の徒」でなかったことは明らかであろう。中国人がみな「孔子の徒」と考えている日本人は、その代表が弘文学院の大久保先生であるが、大きな思い違いをしているのである。

魯迅はこの文章で、民衆が孔子をどんな風に見ているか、その点について極めてリアリスティックに現状を述べている。

　孔子様が死んだ後には運は割合よくなつたと云つてもよいと思ふ。もう八釜〔やかま〕しく言はないから〔、〕色々な権力者に色々な白粉〔おしろい〕で化粧され〔、〕段々いやになる程の高さまで祭り上げられた。

　併〔しか〕し後で舶来した釈迦様と比較すれば〔、〕実にみじめなものである。成程〔なるほど〕一県毎に聖廟〔せいびょう〕即ち文廟たるものある事はあるが〔、〕それは実に寂寞な零落な有様で〔、〕一般の庶民は決して敬礼しには行かない、行くなら仏寺か神廟である。若〔も〕し百姓などに孔子様はどんな人かと問へば〔、〕彼等は無論聖人だと答へるが〔、〕併しそれは権力者の蓄音機にすぎない。彼等も字を尊敬するが〔、〕併しそれは字を尊敬しなければ〔、〕雷様に打〔ち〕殺されるといふ迷信からである。


（『現代支那に於ける孔子様』一九三四年）


　魯迅が言うように、中国の民衆は孔子の祀《まつ》られている聖廟には寄り付かないのである。彼らは、周りの者が孔子のことを聖人と言っているから、自分も孔子のことを聖人と言っているに過ぎない。孔子の教えがどんなものであるか、その内容の正確なところはなにも知らないのである。

　詰〔つま〕り孔子様は支那に於いては権力者達によつてかつぎ上げられ、其の権力者や権力者にならう〔とする〕企〔て〕を持つ人達の聖人で〔、〕一般の民衆とは頗〔すこぶ〕る縁の遠いものである。

併しその権力者達も〔、〕聖廟に対しては矢張り一時的熱心に過ぎない。孔子を尊ぶ時にもう別な目的を持つて居たのだから〔、〕達成すればその道具は無論無用になり〔、〕失敗すればもう一層無用になるわけである。

三四十年前には権力者になる志望を持つもの、即ち役人になりたいものは〔、〕四書や五経を読み「八股《はっこ》文《ぶん》」〔科挙用の文体〕を練習して居たが〔、〕こんな書籍や文章を一括して〔、〕或る一部分の人々からは「敲門磚《こうもんせん》」と名付けられて居た。詰り文官試験に及第すれば同時に忘却され〔、〕丁度〔ちょうど〕門を叩く時に使ふ煉瓦〔レンガ〕の様なもので〔、〕門が開かれるとこれも投げすてられてしまふ。

併し実は孔子様自身も死んでしまつて以来〔、〕何時も「敲門磚」の役目を勤めて来たのであつた。

（『現代支那に於ける孔子様』一九三四年）

ここで、魯迅は明快に、孔子や儒教の果たした役割を説明している。高級官僚になることを志願する者にとっては、儒教はあくまで科挙に合格するための、そして出世するための「敲門磚」〔道具〕に過ぎないのである。封建王朝時代には、支配者も、その支配権力を執行する高級官僚も、儒教を自分たちの支配のための道具として利用していた。

支那に於ける一般の民衆、殊〔こと〕に所謂〔いわゆ〕る愚民〔他者が言うのを皮肉的に使っている〕なるものは〔、〕孔子様を聖人だと云ふが聖人と感じない、彼に対してはつつしむが親しまない。

併し自分はどうも〔、〕支那の愚民ほど孔子様を了解するものは世の中にあるまいと思ふ。成程孔子様は大変な国を治める方法を考案した、併しそれは皆な民衆を治めるもの、即ち権力者達の為めの考案で〔、〕民衆其者の為めに工夫した事が一向ない、「礼庶人に下らず」〔礼は、庶民には関係ない〕である。

権力者達丈〔だけ〕の聖人になり〔、〕遂に「敲門磚」になつても仕方がない。民衆とは相互に関係ないとは言へないが〔、〕何んの親みもないと云ふなら〔、〕恐らく先づ大〔い〕に譲歩した言〔い〕方であらう。

（『現代支那に於ける孔子様』一九三四年）

この文章では、魯迅は徹底的と言っていいほど、孔子が民衆の立場から離れていることを指摘している。魯迅は、孔子に激しい反感を抱いているのではないが、孔子と民衆のあいだに大きな溝があることを、リアリスティックに認めているのである。

中国の民衆もまた、そのことをよく心得ていて、聖廟には参拝に行かないのである。中国の民衆は孔子に対して、なんの親しみも感じていない。

*

中国の民衆は、孔子とほとんど接点がなく、かつ「何の親しみもない」関係にあるが、一方では、封建道徳と化した儒教の教えを身に付けている。彼らは儒教の教えを知らぬ間に受け入れて、「権力者の蓄音機」となっていたのである。

何度も言うようであるが、孔子の教えは、そのまま封建道徳とは一致しない。魯迅の儒教批判は、「封建道徳と化した儒教」に対する批判なのである。孔子の教えそのもの〔論語など〕を詳しく考究して、それを批判しているのではない。

儒教を尊んでいる支配者側にしても、孔子自身については、「儒教」を尊重するのと意味合いが異なる。孔子を表面上では大いに崇拝しているが、本気で尊敬しているわけではないのである。封建道徳と化した儒教の後光《ごこう》として、必要としているに過ぎない。これと同じことは、教会体制下のキリスト教においても見られる。

ドストエフスキーは『カラマーゾフの兄弟』の「大審問官」の章で、この問題を副主人公のイワンの口を借りて述べている。イワンの書いた叙事詩に登場する大審問官によると、教会の統治を安定させるためには、キリストさえも復活してくれては邪魔になる場合があるのである。

復活したキリストがスペインのセヴィリヤに現れ、さまざまな奇蹟を起こす。民衆は興奮してキリストに付き従う。しかし、その光景を目にしても、教会体制の一端を担う老人の大審問官は、現実の統治のことを考えざるを得ない。大審問官にとっては、現実社会を平穏に統治していくことが至上命令であり、キリストのこと以上に平穏な統治を大切にしなければならない立場にある。

民衆を安定的に治めていくには、餓《う》えずに済むパンを確保することがいちばん大事なのである。

そのためには、たとえ本物のキリストが復活してきたとしても、キリストの言動が教会の平穏な統治〔体制〕を揺るがす恐れがあるならば、あえて異端裁判に掛け、火刑に処せざるを得ない。大審問官はやむを得ず、そうした考えをキリストに伝えるのである。

この大審問官が行う教会の統治と、中国における儒教による支配体制とには、共通するところが一つある。それは、民衆を支配する統治者が、ともに本来の教祖を本気で尊崇しているわけではなく、体制の権威〔後光〕として必要としているに過ぎない、という点である。

もし孔丘、釈迦、イエス・キリストが生きているとしたら、それらの教徒たちは恐慌を免《まぬが》れないだろう。彼らの行為に対して、教祖先生がどれほど慨嘆《がいたん》するかわかったものではないからだ。

したがって、もし生きているとするならば、迫害されるだけである。

偉大な人物が化石となって、人々が彼を偉人と称するようになると、彼はすでに傀儡《かいらい》に変わっているのだ。

ある種の人間が偉大であるとか、卑小であるとか言うのは、自分のために利用できる効果の大小を指して言っているのである。

（『花なきバラ』一九二六年）

この指摘は、中国社会を凝視し続けてきた魯迅の重要なコメントである。

中国の王朝支配者は、孔子の教えをうまく封建道徳にすり替え、孔子本人については、封建道徳の後光として利用したに過ぎない。本意は、支配体制の維持なのである。

＊

魯迅晩年の中国の状況を見てみると、一九三一年の満州事変以後、中国本土に侵略してきた日本軍は奉天を占領し、さらに満州全土に軍事行動を拡大した。

翌年には、日本の傀儡《かいらい》政権である満州国を樹立し、さらにその翌年には、首都北京に近接する熱河省に侵入して、省都の承徳《しょうとく》を占領した。

こうした事態の深刻さは、立場を入れ替えて、その当時、中国軍が日本本土に侵略してきて、こんなことをしたと考えると、日本人にも容易に理解できるであろう。

しかし、蔣介石政権は「一面抵抗、一面交渉」と言いながら、抗日のほうは「いい加減」に行い、赤匪《せきひ》〔中国共産党〕討伐に主力を注いだ。その上、自己の政治体制を固めるために、一九三四年には、新生活運動なるものを提唱し、礼義廉恥をスローガンにして、儒教道徳を国民精神作興の軸に据えたのである。これは封建王朝や封建軍閥が儒教を利用して、権力基盤を固めようとしたのと同じパターンと言える。

そうした動きに応じて、日本軍の侵略の現実を脇に置き、いまは儒教を修めるべきだ、と真面目くさって主張する者がいた。それに対して、魯迅は痛烈な皮肉を投げ掛けている。

大なるは尊孔より大なるはなく、重要なることは崇儒《すうじゅ》より重要なるものはない。したがって、ただ尊孔崇儒でありさえすれば、どのような新朝〔新王朝。ここでは侵略者の日本〕に頭を下げても構わないのだ。新朝に対する言い方は、「逆に中国民族の心を征服する」というものである。

（『勘定』一九三四年）

この文章は一九三四年に書かれたものであるが、当時の状況と照らし合わせてみると、魯迅の「読経」〔経書を読むことの勧め〕批判は極めて痛烈である。

ここで述べられている「ただ尊孔崇儒でありさえすれば、どのような新朝に頭を下げても構わないのだ」という言葉は、明らかに、抗日に消極的な連中に対して発せられた皮肉である。儒教の倫理道徳を声高に叫ぶことによって、国家の危機を「いい加減」に済ませようとする動きを、魯迅は決して見逃さなかった。侵略者である日本軍が、着々と首都北京に迫っているときに、現実から目をそむけ、人間〔国民〕として「いい加減」な生き方をすることに、辛辣《しんらつ》な批判を加えたのである。

また、歴史小説集『故事新編』の『出関』や『起死』では、目前の国家の危機問題から逃げようとする連中を、痛烈に諷刺している。口舌《こうぜつ》の徒の中には、老荘の無為思想を引いて、消極主義を讃美する者もいるのである。それに対して、魯迅は次のようにコメントしている。

孔子と老子が争って、孔子が勝ち老子が敗れたというのが、わたしの意見である。老子は柔を尊んだ。「儒は柔なり」で、孔子も柔を尊んだ。だが、孔子が柔をもって進取したのに対して、老子は柔をもって退却した。

このカギは、孔子が「その為すべからざるを知って、しかもこれを為す」（できないとわかっていながら、しかもやっていく）で、事の大小を問わず、すべてを忽《ゆるが》せにしない実行家であったのに対して、老子のほうは「為すなくして、しかも為さざるなし」（なに一つしなくて、しかも、なに一つしないものはない）で、なに一つとしてしようとせず、いたずらに大言ばかり吐いている空言家であったことである。

（『出関の「関」』一九三五年）

国家が危機に瀕《ひん》しているとき、玄奥《げんおう》に見える口先だけの空論は不要であり、有害でさえある。したがって、そうした消極性を助長する無為思想に比べるならば、孔子の「義ヲ見テ為《せ》ザルハ勇ナキナリ」の思想は、極めて重要な意義を持つ。魯迅は、孔子が抽象論議に深入りせず、実際の行動を重視した点を高く評価しているのである。

国家の危機という現実を眼前にして、魯迅も、孔子と同じく「わたしは、この世の人たちといっしょに暮らさなくて、だれといっしょに暮らせようか」という立場を取った。魯迅の場合の「この世の人たち」は、もちろん、国家が危急存亡の危機に瀕している、いま現在の中国の、民衆（国民）である。

時代と社会状況は大きく異なるが、孔子も、魯迅も、それぞれの現実の中で、中国人がなすべきことをなす人間となることを、真剣に求めたのである。両者は、人間として大事なことを「いい加減」に済ませる人間を、決して許容しなかった。

孔子と魯迅は、中国人が、人間として「いい加減」でない、実《じつ》のある、真っ当な人間になることを願って、終生、ひたすら努力したのである。

Ⅱ

魯迅の偉業——国民性の改革

中国歴史地図（清末民初時代）

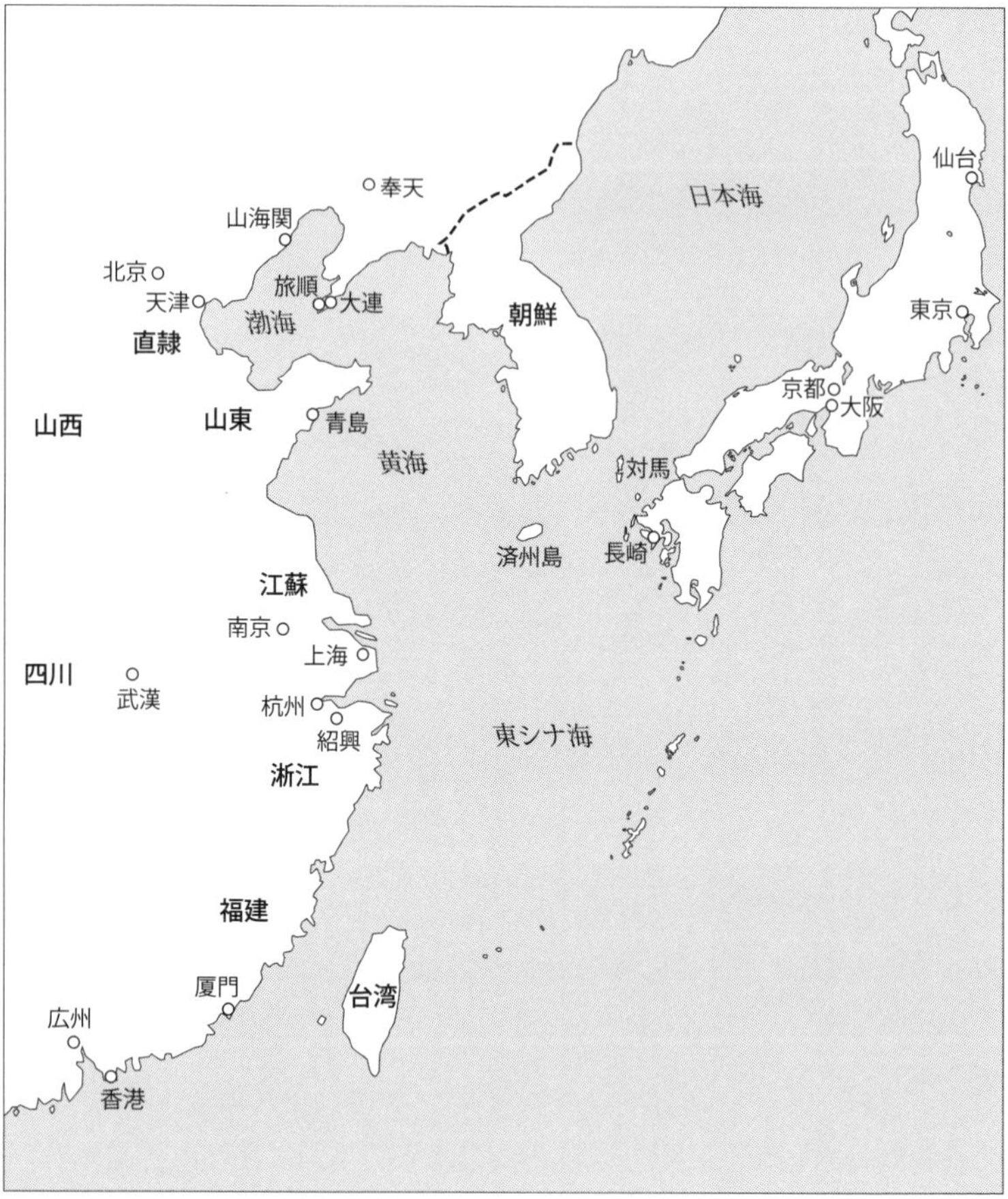

1　周家の没落

魯迅（一八八一〜一九三六）は、浙江省《せっこう》紹興《しょうこう》城内で生まれた。本名は周樹人《しゅうじゅじん》。弟は周作人と周建人である。紹興は、上海より汽車で数時間南行したところにある風光明媚《めいび》な土地で、紹興酒の産地としてひろく知られている。

幼少期の魯迅はかなり幸せだったように思われる。彼自身『著者自叙伝略』の中で、「聞いたところでは、わたしの幼い時分、家にはまだ四、五十畝《ムー》の水田があって、生活の心配はなかった」と述べている。このことからわかるように、魯迅は裕福な家庭に育った。中国の四、五十畝は約三ヘクタールで、日本式で言うとほぼ三町歩《ちょうぶ》に当たる。大地主とは言えないが、ちょっとした地主と言えるであろう。

周一族は、白壁に囲まれた一千坪あまりの新台門〔屋敷名〕に、みんなが同居して暮らしていた。清朝末期の典型的な封建的大家族である。魯迅の家は、表門から順に一棟ずつ五棟の家屋が並ぶ「五進」構造の中の一棟である。この屋敷の奥には百草園と呼ばれる大きな裏庭があり、いつも雑草が茂っていたが、ここが幼い魯迅の「楽園」であった。

十歳を過ぎた頃になると、魯迅は私塾に入れられ、四書五経を教わり、対句《ついく》の練習をさせられた。私塾の三味書屋《さんみしょおく》の裏にも庭があり、少年魯迅はここでも結構遊んだようである。蠟梅《ろうばい》の枝を折ったり、蟬の抜け殻を探し出したり、ハエを捕まえて蟻に食わせたり、夢中になって時を過ごした。生徒たちが裏庭に行ったままでいつまでも帰らないと、教室の先生が大声で叫ぶ。

「みんなどこに行ったんじゃ？」

先生の声がすると、塾生はひとりずつそっと教室に戻っていった。先生はジロリと睨んで、「勉強せい！」と言うだけである。

そこで、みんなはてんでに大声で本を読んだ。まるで鼎《かなえ》の沸くような騒ぎである。そのうち、先生が自分でも本の音読を始め出すと、子供たちはこっそり遊びにふけり、魯迅も好きな絵を描いた。……

まずはのんびりした塾生活と言うべきであろう。易経《えききょう》、詩経、書経、左伝、爾雅《じが》〔最古の字書〕、周礼《しゅらい》、儀礼《ぎらい》、それに科挙《かきょ》受験用の八股文《はっこぶん》、試帖詩《しちょうし》と、結構難しいものまで順次教わっていったようであるが、ここではまだ魯迅の生活に翳《かげ》りはない。このように、少年魯迅は無邪気に遊んだり、科挙受験に向けて塾に通ったり、あるいは良家のお坊っちゃんとして温かく遇されたりして、幸せな日々を過ごしていたのである。

しかし、この牧歌時代も、魯迅が十二歳の折、突然「大きな変事」に見舞われて、たちまちのうちに終焉《しゅうえん》した。

＊

魯迅の父親の周鳳儀《しゅうほうぎ》は、会稽《かいけい》県の生員《せいいん》であった。生員というのは、普通には秀才《しゅうさい》と呼ばれており、高級官僚採用の国家試験である科挙の予備段階合格者のことである。生員になってから、いよいよ本試験である三年に一度の省都での郷試《きょうし》を受験し、それに合格して挙人《きょじん》となる。さらに都の北京に行って、会試、殿試を受験し、進士《しんし》となる。魯迅誕生の折には、周鳳儀はまだ職に就いていない。魯迅は父親が二十二歳のときの子である。

周鳳儀は生員になったものの、それ以後は何度も郷試に失敗し、ついに挙人にはなれなかった。魯迅の母親は父親とは対照的に元気な女性で、健気《けなげ》に家事を切り盛りした。中国では夫婦別姓なので、結婚前の魯姓のままであり、魯瑞《ろずい》と言う。魯迅の筆名は母親の姓を使用したものと思われる。

魯瑞は夫より三歳年上で、紹興近辺の農村の出身であった。父親は挙人で、兄弟たちも秀才であった。当時としては抜群の環境に育ったと言うべきであろう。魯迅の説明によると、独学で本を読める程度の学力は身に付けていた。

魯迅が十一歳になったとき、これまで北京に在住していた祖父の周福清《しゅうふくせい》が帰省した。祖父は、進士に合格して中央高官となった人物であるが、結果的には、魯迅一家にとっては疫病神《やくびょうがみ》そのものであった。周福清は性狷介《けんかい》であったが、やはり親バカの例に洩れなかった。

郷試の浙江省主考官がたまたま彼の知人であったため、紹興の五軒の家から洋銀一万両の贈賄を頼まれ、その家の者の合格を依頼したのである。その依頼の手紙に、自分の息子の名前も書き加えた。本来、進士で中央高官ともあろう者が、こんな馬鹿げた仲介の労をとるはずもないのであるが、おそらく息子のことが頭の片隅にあって、つい魔が差したのであろう。

秘密を要するこの一件は、間抜けな使いの者の一言によって露見した。使いの者が蘇州の官船に行ったとき、主考官は副考官と打ち合わせ中で、なかなか返事がもらえなかった。それで、ついにしびれを切らして、船の外から大声で叫んだ。

「旦那さま、銀の手形にどうして受け取りをくださらんのですかのう？」

主考官は不穏当な言葉を聞くと、「けしからん！」と、色をなして怒った。彼は身の潔白を証するために、周福清から来た手紙をそのまま副考官に手渡して、封を切らせた。これによって、周福清の贈賄がたちまち表沙汰になった。

科挙の不正は国家の根幹を揺るがす大罪なので、清朝では斬首刑に処せられるのが原則であった。しかし、周福清の場合はかろうじて執行猶予が付いた。その結果、刑の執行は一年延ばしに見送られ、杭州の獄舎に七年間収監されたのち、釈放された。魯迅の父親の周鳳儀も、郷試受験中に逮捕された。間もなく釈放されたが、生員の資格は剝奪された。

一連の経過中、魯迅の一家は祖父の刑軽減のために八方手を尽くし、運動資金を用意するために水田の大半を手放した。

父親の病気が一家の困窮に拍車を掛けた。結核の父親は事件の翌年に喀血して床に伏し、さらに原因不明の水腫《すいしゅ》を患った。

わたしはかつて四年間あまり、しょっちゅう――ほとんど毎日、質屋と薬屋に出入りした。

年齢は忘れてしまったが、ともかく薬屋の帳場はわたしの背の高さと同じくらいあり、質屋のはわたしの背の倍の高さがあった。わたしは背の高さの倍もある帳場の外から衣服や髪飾りを手渡し、蔑《さげす》みのうちに金を受け取ると、さらにわたしの背の高さと同じ帳場に行って、長患いの父のために薬を買った。

家に帰ってからも、また別の用事で忙しかった。なぜなら、処方を書く医者がしごく有名で、そのため用いる補助薬も風変わりだったからである。

（中略）

しかし、わたしの父は結局、日ましに悪くなって、死んでしまった。

（『「吶喊」自序』一九二二年）

周鳳儀は魯迅が十五歳の折、ついに病没したのである。享年三十七歳。

父親の葬儀の借金などで、魯迅の家ではわずかに残った水田をすべて処分し、財産はほとんど残らなかった。魯迅はのちに、「まずまずの暮らしから貧窮の生活に陥った者なら、その過程でおそらく世間の人の本当の顔つきを見ることができただろう」と述べている。彼は世間の人、とりわけ近くにいる周一族の「本当の顔つき」を見せつけられたのである。

父親の死後、親族会議では魯迅一家に不利益なことが要求された。新たに屋敷〔新台門〕の再配分問題が論議され、魯迅一家にとっては悪条件が押し付けられたのである。封建的大家族のもとでは、一族の年長者の権威権力は絶大なものであり、この一件は少年魯迅にその重圧をもろに感じさせた。

封建的家族制度の支柱である礼教〔儒教〕は、孝悌などのタテマエは立派であるが、それが現実に機能するときには、上の者が立場の弱い下の者の権益を侵して自分の利益を得るための、隠れ蓑《みの》になる。世代が上の親族の者が、下の者に服従を強いた。嫁いびりと同質の弱者への圧迫が、儒教倫理の「名」のもとに行われていたのである。

この一件は氷山の一角であって、少年魯迅は一族同居の封建的小社会にあって、これに似たことをたくさん見聞きし、自分も何度か経験した。封建社会にあり勝ちな隠微ないじめや、陰口などの存在が、大人になりかかった少年魯迅の心を傷つけた。南京に行こうと決心したのも、「本当の顔つき」を見せつけられたこの土地から逃れ、異なる土地で別種の人々と生活したい、と願ったからである。たとえそこに住む人々が、「畜生、悪魔」であろうとも構わなかった。深い失意の果ての決心であった。

後年、魯迅は儒教批判を展開したが、それはまさにこの頃の経験が素地になっているのである。

2　少年魯迅の目覚め

一八九八年、十六歳のとき、魯迅は南京の江南水師《すいし》〔海軍〕学堂に入学した。戊戌《ぼじゅつ》の政変〔康《こう》有為《ゆうい》らの変法派が光緒《こうしょ》帝を担いで立憲君主制をめざしたが、西太后派のクーデターによって失敗〕の年である。

当時は科挙を受験して、秀才、挙人、進士となり、最後には中央の高級官僚になるというのが、理想的な出世コースであった。才能ある少年が毛唐《けとう》〔外人の蔑称〕のマネをする新式学校に入るというのは、やはりただ事ではない。

母親は旅銀八元を用意してくれたが、別れに際しては声を出して泣いた。十二歳で早くも屈辱的な負の遺産を背負った魯迅は、自ら進んで世俗の価値体系に背を向け、科挙の道を棄てた。彼の旧体制への反逆は、すでにこの頃より無意識のうちに準備されていたのである。

戊戌の政変の年とはいうものの、南京での学校生活は、中央政界の動きとは遠くかけ離れたものであった。古文〔漢文〕は相変わらず習わされた。これでは科挙の受験勉強と変わらない。目新しいのは英語であるが、これも教師の説明がなく、ただ日本の漢文の素読と同じように、ひたすら読ませるに過ぎなかった。「洋務」官僚の開設した新式学校であったが、まだ本式の近代教育にはほど遠い。この学校は魯迅の肌に合わず、重苦しい空気に嫌気が差して、たった半年で退学した。

この年の十月に、南京の江南陸師〔陸軍〕学堂に付設された礦務《こうむ》鉄路《てつろ》〔鉱山鉄道〕学堂に転校した。外国人教師の赴任が遅れたために、実際の開学は翌年の二月である。

礦務鉄路学堂は、魯迅ら二十四名が第一期生であった。ここでは英語に代わってドイツ語を学ばされた。これが後年習得した日本語とともに、魯迅の近代ヨーロッパの文学、思想を吸収する強力な武器となっていく。

さらに注目すべきは、物理、数学、地理、歴史、地質学、化学、図学といった近代科学が教授されたことである。ここではじめて、魯迅は科学的なものの考え方を知った。新しい人生の出発はここから始まったのである。魯迅は後年、「以前、医者の言ったことや処方はまだ覚えているが、いま知ったものと比較してみると、漢方医は意識的な、あるいは無意識的な騙《かた》りに過ぎない、と次第に悟るようになった」と述べている。新しい教科を学んで、ヨーロッパの近代科学の合理的思考を身に付けるに従って、魯迅はいよいよそのことを意識していった。

父親の病気を治すために質屋に通ってまで工面した金は、漢方医のわけのわからない処方によって、次々と持っていかれてしまった。

冬の蘆《あし》の根、三年霜を経たサトウキビはまだしも、コオロギの一対の場合は、「原配、すなわちもと同じ穴の中にいたものたるを要す」で、根拠は「いい加減」としか言いようがない。彼らの発想では、昆虫も貞節でなければならず、不倫をしたものなんかはもう薬になる資格がない、ということになる。しかし、そもそも薬効はそんな人間倫理と関係があるはずもない。

父親の水腫治療に勧められた「敗鼓皮丸」という丸薬にしても、破れた古い太鼓の皮でつくったもので、水腫は鼓脹《こちょう》〔腹部が膨張する病気の中医名〕だから、これを飲むと、腹部が破れ太鼓のようにへこむ、といったたわいもない理屈である。ほかにも、さんざんこうした類の薬を処方した揚句《あげく》、治療の兆しがさっぱり見えないと、漢方医の有名な先生は言った。「ひとつ、占ってもらったらどうじゃろう？　なにかの祟《たた》りということもある。……医は能《よ》く病気を癒《いや》すも、命を癒す能《あた》わずじゃ。そうじゃろう？　きっとこれは前世のことじゃて」

こんな調子で高額の診察費を持っていかれるのでは、のちになって、魯迅が騙りと決め付けるのも無理はない。科学的根拠のない、いい加減な処方を平気で行うこの漢方医のやり口は、中国の旧社会に存在する「いい加減」さ、さらには、ごまかし、欺瞞《ぎまん》の典型である。騙りとも言うべき漢方医の処方は、魯迅にとってはまさに親の仇《かたき》であった。

魯迅の一家は非科学的な治療によって、ますます貧窮の度を増した。魯迅がこうした「いい加減」さ、ごまかしに対して抱いた批判の精神は、新しい西洋の近代科学に触れたことによって、着実に形成されていった。

＊

魯迅はこの時期、思想面においてもスタートラインについた。

それは、礦務鉄路学堂の校長が新党〔変法派〕であったことから始まった。この校長は馬車に乗っているときは、いつも変法派の梁啓超《りょうけいちょう》編集の『時務報《じむほう》』を読んでいたという。学堂内には新聞雑誌の閲覧室も設けられており、『時務報』や、ルソー、モンテスキューの文章などを訳載した『訳書彙編《いへん》』等が置かれていた。

新党の校長が生徒に与えた影響は大きい。新しい本を読む風潮が流行し、魯迅は『天演論《てんえんろん》』に出会った。これはまさに運命的な出会いと言うことができる。『天演論』は、洋務人材の厳復《げんぷく》〈アダム・スミス『国富論』、モンテスキュー『法の精神』などを翻訳〉がハクスリーの『進化と倫理』を桐城派《とうじょうは》流の立派な古文で翻訳したもので、出版と同時に知識人のあいだに大きな反響を呼び起こした。

洋務派は本来、中体西用論〈精神は中国伝統の儒教、技術は西洋〉に基づいて、中国の学問思想〈儒教〉についてては自信を持っていたのであるが、厳復はそこから一歩前に進み、科学技術のみならず、精神面の「西学」も採り入れたのである。

とりわけ、日清戦争に敗北してからあとは、さらに積極的に「西学」を翻訳した。『天演論』の翻訳もその流れの中にある。『天演論』はハクスリーの『進化と倫理』を訳したものではあるが、厳復はスペンサー理論をコメントの形で導入し、生存競争、適者生存、自然淘汰《とうた》の考え方を人間社会に当てはめる社会ダーウィニズムの立場を取った。

アヘン戦争以来、次々と西欧列強に侵略され、ついに小国日本との戦争に敗れるまでに至っては、中国がインドやポーランドのように亡国の憂き目に会う日も、そう遠くない。進化論の優勝劣敗の理論から言うならば、いまや中国は自然淘汰されて、「亡国滅種《めっしゅ》」〈国が亡び、種族〈民族〉

が滅亡する〕に至るぎりぎりの関頭に立たされているのではないか？

このような危機意識のもとに、厳復は中国人が自ら起ち上がり、「自強保種」〔自ら強国となり、民族を保存する〕するように訴えたのである。

若き魯迅はこの書物を感激して読んだ。のちに「暇さえあれば、侉餅《コアビン》〔焼餅《シヤオビン》の一種。小麦粉を練って焼いたもの〕や落花生や唐辛子を嚙《かじ》りながら、『天演論』を読んだ」と語っているように、『天演論』は、多くの章が暗誦できるほどに熟読玩味《がんみ》した若き日の愛読書であった。

進化論は、先の世代の者は後の世代の者の犠牲になるべきで、後の世代の者はその屍《しかばね》を乗り越えて発展するべきである、という発想を根底に含んでいる。これは上下関係の秩序の真逆《まぎやく》と言える。孝、悌などの上下秩序を説く儒教倫理とは決定的に対立する。突き詰めて言うと、進化論は、伝統的な儒教倫理と真っ向から対立する先鋭な理論と言うことができるであろう。

魯迅の儒教批判はこの時期に淵源《えんげん》している、と言っても過言ではない。自己犠牲を厭《いと》わぬ進化論的発想は、魯迅の生涯にわたって聞こえてくる基底音なのである。

魯迅は生涯に膨大な量の雑文〔社会評論、随感〕を書いたが、早期に編集出版されたのが、雑文集の『墳《ふん》』〔墓〕である。その後記『「墳」のあとにしるす』では、過渡期に現れる進歩的作家について、次のように述べている。

彼〔進歩的作家〕の任務は、覚醒したのちに、新しい声を叫び出すことにある。その上、旧陣営からやってきて、事情に比較的明るいから、戈《ほこ》の向きを変えて一撃すると、容易に強敵の死命を制することができる。

　だが、やはり光陰とともに去っていき、漸次消滅していかなければならない。せいぜい橋梁の一本の木、一個の石に過ぎず、前途の目標や鑑《かがみ》なんかではないのである。

（『「墳」のあとにしるす』一九二六年）


ここの部分で、魯迅は自分自身の立場を明確に認めている。自分も、進化の過程の中では、中間物に過ぎないのである。

　魯迅における進化論は、その後、儒教との対比において倫理的に深化されていき、ついに儒教を強烈に批判する発想の基盤となった。

　一九〇二年、二十歳の魯迅は礦路鉄路学堂を優秀な成績で卒業した。魯迅ら五名の者が日本留学を許可された。一名の者は祖母が死なんばかりに泣いて行けなくなったが、他の者は同年三月、校長に引率されて日本に向かった。

3　民族主義の嵐——日本留学時代（一）

二十歳の魯迅が日本留学生として横浜に上陸したのは、一九〇二年〔明治三十五年〕四月のことである。ちょうどその直後、四月十九日に「支那亡国二百四十二年記念会」が東京上野の精養軒で、革命派の章炳麟《しょうへいりん》〔号は太炎《たいえん》〕らによって挙行されようとし、清国公使の要請を受けた日本政府の手によって禁止されている。

この事件が象徴的に物語っているように、魯迅が胸を膨《ふく》らませてやってきた日本は、「排満」を唱える革命派の最大の拠点であった。そしてまた、立憲君主制を主張する変法派〔康有為が主導〕の拠点でもあった。政治運動の情報がどのように伝わったか、いちいち詳しくは摑《つか》めないが、すでに『天演論』などによって新しい知識を身に付けていた魯迅は、日本に留学してそれほど日が経たないうちに、こうした政治的雰囲気を敏感に感じ取っていたと思われる。彼自身、後年、次のように述べている。

およそ留学生が日本に着いてすぐに求めるのは、たいていは新知識であった。日本語を学んで専門学校に入る準備をする以外は、会館〔同郷会館など〕に出掛け、本屋を回り、集会に行き、講演を聴くのである。

（『太炎先生から思いついた二、三のこと』一九三六年）

来日後間もなく、魯迅は嘉納治五郎《かのうじごろう》が清国留学生向きに開設した牛込《うしごめ》の弘文学院に入学し、その寄宿舎に居住した。二年後、「日本語及普通速成科」を修了し、卒業している。

日本にやってきた魯迅は、哀れな状態にある清朝支配の祖国を改めて眺めやり、急速に民族意識に目覚めていった。そんな彼にとって、「豚のしっぽ」の辮髪《べんぱつ》〔男の頭の周辺部分を剃り、真ん中の髪を編んで後ろに垂らしたもの。満州族の習俗〕は屈辱そのものであった。

彼の民族意識はそのことからも増幅された。清朝に強制された辮髪は異民族支配の象徴であり、それはさらに、日本人の好奇と軽蔑の入り混じった視線にさらされることによって、いよいよ嫌悪すべき異物となった。魯迅は先の文章の前半部分で、自分は辮髪のお蔭でひどい目に遭い、辮髪を切ることを一大事件と考えていた、と述べている。そのあと次のように書いている。

わたしが中華民国を愛護し、唇焦《こ》げ舌破れるまで叫んで、その衰微を恐れるのは、大半がわれわれに辮髪を切り落とす自由をもたらしたからである。
もしかりに当初、古い名残りを保存するために辮髪を切らずに残しておく、ということにしていたなら、わたしはおそらくこんなにまで中華民国を愛することはなかっただろう。

（『太炎先生から思いついた二、三のこと』一九三六年）

弘文学院で知り合ってから終生の親友となった許寿裳《きょじゅしょう》〔魯迅と同郷。教育者〕は、魯迅より五か月あとに来日したが、街で子供たちから「チャンチャン坊主」と囃《はや》されて、東京に着いたその日にあっさりと断髪している。

しかし、それは相当に覚悟の要る行為であった。辮髪を切るのは、清国では本来、死刑に当たる反逆行為であったからである。清初では辮髪にしないと、お上の命令に従わない反逆者と見なされ、死刑に処せられた。清朝は武力で中国を制圧したとき、漢民族に対して満州族の習俗である辮髪を厳しく強要したのである。従わなかったならば、死刑である。

征服者は情け容赦なく権力を行使する。反抗する者は次々と殺した。こうなると、みんな服従せざるを得ない。生きている男は全員、辮髪の頭になった。

相手が心底から降参しているかどうか、そのことを確認する手段が、清朝の場合、辮髪の強制であった。まさに精神的マウンティング〔猿などの自分の優位を示す馬乗り〕である。三百年にわたる異民族支配〔満州族の清朝〕の結果、中国人〔漢民族〕は辮髪を当然のこととして受け入れ、異民族王朝に反抗できない人間になっていたのである。

＊

魯迅が強烈に辮髪を憎んだのは、頭髪の形がみっともない以上に、強制された辮髪の意味を深刻に感じ取っていたからであろう。辮髪を垂らしている人間は、そのことによって知らぬ間に、清朝への服従を受け入れているのである。

魯迅の小説では『阿Q正伝』がいちばん有名であるが、阿QのQの字は、後ろに垂れている線が、辮髪を表していると言われている。おそらく魯迅は、辮髪男の阿Qによって、清朝支配下の民衆を代表させたのであろう。

魯迅は日本に来てからも一年間、憎むべき辮髪を後ろに垂らしていた。その間における彼の屈辱感とコンプレックスは、先の文章から見ると、われわれの想像を遥かに上回るものである。

辮髪のことからもわかるように、魯迅は日本留学によっていっきょに民族意識に目覚めた。許寿裳と知り合うと、時間を忘れて三つの問題を議論した。

(一) 理想の人間性とはどういうものか?

(二) 中国民族に最も欠けているものはなにか?

(三) その病根はなにか?

この議論は「歴史上、中国人の生命はあまりにも値打ちがない。とりわけ、異民族の奴隷であったときには」と、語り合ったことから始まっている。

ふたりは来る日も来る日も、懸命にこの問題について議論した。彼らにおいては、満州族の清朝が中国全土を制圧している異民族支配が、最大の問題であった。中国人は、奴隷主ともいうべき清朝になんの抵抗もせず、卑屈に服従するだけの人間に成り下がっている!

結局、彼らの議論は、中国人の陥っている病気は、奴隷根性以外のなにものでもない、という結論に達した。魯迅は許寿裳とこうした議論を行い、ついには彼自身が辮髪を切り落とすに至った。これは留学の翌年の一九〇三年三月のことである。

この頃、同じ弘文学院の江南班にいた鄒容《すうよう》らが、中国人監督の辮髪を切り落とす事件を起こした。中国人監督の不倫問題を捉《とら》えての蛮行であるが、これはいたずらの域を超えた深刻な反逆行為であった。その鄒容が帰国したのちに発表したのが、有名な『革命軍』である。

鄒容の『革命軍』は清末の革命出版物の最大のベストセラーとなり、反清運動に大きな影響を与えた。魯迅は後年、もし影響ということになると、ほかの千言万語《せんげんばんご》もおそらく平易で直截《ちょくせつ》な「革命軍馬前の卒　鄒容」の書いた『革命軍』に及ばないだろう、と述べている。

鄒容は『革命軍』の中で、四億の漢民族がわずか五百万の満州人の支配下にある現実を指摘したのち、中国の読書人〔知識人〕のいくじなさを非難した。「中国の読書人はじつに気息奄々《えんえん》たる生気のない人間である。それはなぜか？　民の愚かさは、学ばないだけであるが、読書人の愚かさは、学ぶべきでないことを学んでいよいよ愚かになったことである」と述べている。

鄒容に言わせると、中国の読書人は科挙の試験勉強によって精力を奪われ、功名利禄《こうみょうりろく》にからめ取られて、知らぬ間に奴隷根性の人間になっているのである。

清朝は、漢民族からすると、自分たちを征服した異民族〔満州族〕の王朝である。そうであるならば、異民族の天子を戴いた場合の忠とは、どういうことなのか？　征服した清朝の天子に忠であるのは、奴隷根性ではないのか？

いったん異民族支配の現実を問題にすると、この疑問が生ずるのは当然であろう。鄒容は鋭くこの根源的矛盾を暴き出した。中国人〔漢民族〕がこれまで当然と思っていた「忠」の倫理が、この発問によって根底から覆《くつがえ》されたのである。

異民族支配の状況下では、さらに「孝」の倫理も問題になる。鄒容は『揚州十日記《ようしゅうじゅうにちき》』『嘉定屠城紀略《かていとじょうきりゃく》』〔それぞれ揚州、嘉定における清兵の大殺戮の記録〕を読んで涙したことを語り、「一つの有名な揚州、嘉定があれば、千百の無名の揚州、嘉定がある」と言って、さらに次のように述べている。

わたしはわが同胞に告げる。満人が入関〔中国本土に侵入。山海関は河北省にあり、万里の長城の起点〕したとき、満人に屠殺された者は、わが高曾祖〔祖父の祖父、祖父の父〕の高曾祖ではなかったか？　高曾祖の高曾祖のおじ、兄弟ではなかったか？　満人に凌辱《りょうじょく》された者は、高曾祖の高曾祖の妻、娘、姉妹ではなかったか？

（中略）

『礼記《らいき》』に「父兄の仇は倶《とも》に天を戴かず」とある。これは三尺の童子も知っている道理である。それゆえに、子が父兄のために復仇できなければ、その子に託し、子は孫に託し、孫は玄孫《げんそん》〔曾孫の子〕、来孫《らいそん》〔玄孫の子〕、礽孫《だいそん》〔来孫の子〕に託す。高曾祖の仇であれば、すなわちいまの父兄の仇である。父兄の仇に復仇せず、しかもなお厚顔にも仇敵に仕えているのだ。

わたしには孝悌がいったいどこにあるのかわからない！　高曾祖にもしも霊があるならば、必ずや九原《きゅうげん》〔あの世〕で瞑目《めいもく》してはいないであろう。

（鄒容『革命軍』一九〇三年）

ここで鄒容が訴えていることは、ひとたび民族意識に目覚めると、ただちに突き当たる大問題である。孝をほんとうに実行するのであれば、父の仇に等しい「高曾祖の高曾祖」の仇である満人の王朝を打倒しなければならない。不倶戴天《ふぐたいてん》の仇である清朝に仕えながら、忠、孝を中核とする儒教道徳を遵守《じゅんしゅ》することは、論理的に不可能である。

しかし、いま現在の中国人は儒教道徳を奉じて、だれもこの問題に疑問を呈しないのである。まさに儒教の弱点である「いい加減」さがここに露呈している。

清朝の三百年来の強固な政治体制は、容易に人々を目覚めさせなかった。「文字獄《もじごく》」〔過酷な言論弾圧〕と「科挙」〔高級官僚の登用試験〕という鞭とアメによって、清朝は徹底的に読書人を骨抜きにしていたのである。清朝は異民族でありながら儒教を採用し、忠、孝などの儒教道徳で漢民族をうまうまと慰撫《いぶ》し、支配し続けたのである。

鄒容は明快に「中国人は満人の奴隷である」と叫び、儒教道徳の中心にある忠、孝は、清朝においては、根本問題をなおざりにした虚妄《きょもう》〔空虚、いつわり〕である、と痛撃した。

異民族支配という現実を見据えるならば、中国社会に通用している忠、孝の倫理は、欺瞞的な「名」に過ぎず、根本から、その意義を失わざるを得ない。鄒容の訴えは、異民族支配を打倒するのが目的であったが、同時に、異民族支配を支えている儒教の「いい加減」さをもえぐり出した。人々はなんの疑いもなく忠、孝、節〔貞節〕の儒教道徳を守って日々を過ごしているのであるが、それは知らぬ間に異民族支配を支えているのである。

鄒容は『革命軍』において、異民族支配下における儒教の決定的弱点を、痛烈かつ明快に糾弾した。魯迅はこの書によって、異民族支配の清朝を打倒する意志をいよいよ固め、それと同時に、儒教の弱点をしっかりと認識したのである。

4　魯迅精神の原点――日本留学時代（二）

弘文学院時代、魯迅とよく議論をした許寿裳は、当時から魯迅の才能を高く評価し、彼の理想や着眼点の優秀さを褒《ほ》めている。新思想を自由に吸収する頭脳と条件を備えた魯迅は、来日以来、急速に成長していった。

日本留学の翌一九〇三年、魯迅は許寿裳の編集していた『浙江潮《せっこうちょう》』という雑誌に、『スパルタの魂』『中国地質略論』『ラジウム論』を立て続けに発表した。まだ二十二歳の頃である。

前二者は、祖国の状況に危機感を抱いて書いた民族主義的色彩の濃いものである。『ラジウム論』は数年前に発見されたラジウムについての啓蒙的解説論文である。これと相前後して、ジュール・ベルヌの『月界旅行』『地底旅行』を翻訳している。

執筆活動以外にも、魯迅は各種の政治集会に出席したり、同郷の仲間と議論したり、かなり活発に動いていた。新思想に触れ新知識に刺激を受けた若き魯迅は、この時期、精神的に大きく成長しつつあった。

日本の清国留学生は急激に増え、魯迅が来日した一九〇二年には約五百人であったのが、二、三年後には一万人前後に達した。頭のてっぺんに辮髪をぐるぐる巻きに巻き上げ、学生帽の頂上が富士山のように高くそびえている清国留学生が、あちこちで見られたのである。

それだけに、手っ取り早く法律や経済学など実利的な学問を学んで帰国し、役人になって出世したいと願っている者が多かった。真面目に祖国の前途を憂う学生は、むしろ少数派であった。多くの清国留学生は出世と金儲けを人生の目的とする俗物でしかない。

中国留学生会館の入口の部屋では本を売っていたので、魯迅はときおり立ち寄ることがあった。夕刻になると、ある部屋の床がドンドンと地響きを立てた。消息通に聴くと、「あれはダンスを習っているんだ」と答えた。魯迅は彼らのことを「目玉が固い」と言って、不快に思っていた。そんな周りの空気に、ときには孤立感を覚えることもあったようである。俗物の世界から離れたい気持ちが大きくなっていた。

結局、魯迅は仙台医学専門学校〔東北大学医学部の前身〕に進学した。「父親が受けたような間違った医療から、病人の苦痛を救ってやりたい」という動機から、医学の道に進みたいと希望していた彼は、おそらくこの際、地方都市で静かにじっくりと医学を勉強しようという気持ちになったのであろう。東京の弘文学院を卒業した魯迅が、正式に仙台医学専門学校に入学したのは、一九〇四年のことである。

父親の悲惨な経験から医学の道に進んだのであるが、魯迅はなおも『アンクル・トムの小屋』なんかを読んでいるし、『浙江潮』をはじめとして、多くの雑誌類や書物を東京から取り寄せて読んでいた。一年生の終りの頃から、ノートをとるのに熱が入らなくなった。この頃はかなり熱心に医学以外の本を読んでいた模様である。

やがて、人生の進路を転換する契機となった「幻灯事件」が起こった。

魯迅は日露戦争の直前に日本に留学し、仙台医専に入学したときには、もう日露戦争が始まっていた。当時の中国は、清朝の末期で、列強が次々と侵入してきていた。日本もロシアの南下に対抗して軍を進めた。

一九〇四年、ついに日露戦争が勃発した。戦争の舞台は中国東北部の満州である。

仙台医専の細菌学の講義では、ときに幻灯〔スライド〕を使って解説するのであるが、予定の範囲が終わって時間が余ったとき、先生は日露戦争のニュースのスライド画面を写して時間を埋めた。魯迅はそれを見るたびに、同級生たちの拍手と喝采に同調しなければならなかった。こうしたとき、一枚の画面が、魯迅に衝撃を与えたのである。


あるとき、わたしは画面の中で、突然、長らく会っていなかった多くの中国人と面会した。一人が真ん中に縛られており、多くの者がその周りに立っている。どれもがっちりした体格なのだが、呆《ほう》けた表情をしている。説明によると、縛られているのはロシア軍のためにスパイを働いたやつで、いままさに日本軍が見せしめに首を斬ろうとしているところだった。そして、周りを取り囲んでいるのは、この見せしめの盛大な行事を見物に来た連中だった。

（『「吶喊」自序』一九二二年）


そもそも、日本とロシアの戦争の舞台が中国の国土であるのは、中国人にとっては、納得し難いことであろう。その上、満州に侵入してきた日本軍が自国の同胞を縛り上げて、見せしめに処刑をしようとしている。それなのに、周りを取り囲んだ大勢の中国人は、日本軍の非道な行為を呆けた顔で見物しているだけなのである。侵入してきた外国の軍隊に処刑される同胞を、中国人の見物人はなんの憤《いきどお》りもなく、同情もなく、他人事のように眺めている。

スライドの画面を眺めている周りの日本人学生は、無邪気に「万歳！」の歓声を挙げている。魯迅はひとり、中国人としてその場にいた。

医学なんか学んでいる場合ではない、と若き魯迅が悲憤するのも無理はない。同胞が侵略者によって理不尽《りふじん》に処刑されようとしているのに、憤りも同情もなく、ただ呆けた顔で見物するだけの人間では、いかに身体が丈夫であっても、生きている値打ちはない。

どれだけ頑丈《がんじょう》な身体を持っていても、中国人がこんな見せ物の材料〔被処刑人〕になる人間と、それを見物するだけの人間であるならば、中国はどうなっていくのか？

祖国がこんな状態では、肉体の病気を治すことなんか二の次だ。いまは中国人の精神を変革することのほうが絶対に大切だ！

人生の進路変更を決意させられた決定的瞬間であった。魯迅は「この時、この場所で、わたしの考えは変わった」と述べている。このときの魯迅の屈辱と憤りは、日本軍が同胞を処刑するのを呆けた顔で見物する、「無自覚」な自国の民衆に向かったのである。

魯迅はついに医学を放棄して、文学の道に進む決心をした。ただ単に医学が嫌いになって、文学に志望換えをしたのではない。文学〔広義には言葉〕を志望したのには、中国人の精神を変革するという目的があった。理不尽なことを他人事として傍観する人間を、心のある、真っ当な人間に変革しなければならない、と痛感したのである。

＊

中国人の他人に対する冷淡さについては、清末の有名なジャーナリスト梁啓超《りょうけいちょう》〔康有為の弟子〕が、すでに無責任な「傍観者」という形で提起していた。

梁啓超は、戊戌《ぼじゅつ》の新政〔変法派の康有為が主導〕が失敗したあと日本に脱出し、横浜で雑誌を出して、精力的に民族主義的傾向のある評論活動を行った。たくさん書いた文章の中に、『傍観者叱責文《しっせきぶん》』〔一九〇〇年〕という評論があるが、その中で、梁啓超は、自国が外国に侵略されているのをなんとも思わない無責任な中国人を、痛烈に批判している。

日清戦争後、中国〔清朝〕は台湾と遼東《りょうとう》半島を日本に割譲〔のち、三国干渉により遼東半島は還付〕させられた。それなのに、梁啓超が遼東半島に行ってみると、そこに住んでいる中国人は侵略された祖国の屈辱なんかなんとも思わず、敵とも言うべき日本の兵隊を相手に機嫌よく商売をしているのである。

梁啓超はそんな中国民衆の姿を見て、自分のことしか考えない民衆の「無自覚」な精神状態に怒りを覚え、この評論を書いた。「国家存亡の危機も知らず」金儲けのことしか頭にない民衆に、無責任な「傍観者」を見たのである。この評論では、人間〔国民〕として「いい加減」な中国人の姿が、如実《にょじつ》に示されている。

日本に留学中の魯迅は、おそらく、梁啓超の評論のいくつかを読んでいたであろう。『傍観者叱責文』を読んでいたことも、十分に考えられる。

魯迅と許寿裳の議論は、梁啓超の評論を意識してなされたことが推定される。ふたりが行った議論の中に、中国民族にもっとも欠けているものはなにか、というのがあるが、この問いは、梁啓超がさかんに論じていた中国人の欠陥の議論と、おそらく無関係ではないであろう。

梁啓超は評論の中で、中国人の欠陥として、奴隷根性、愚昧《ぐまい》、利己主義、虚偽好き、惰弱《だじゃく》などを挙げている。梁啓超が指摘している中国人の欠陥は、突き詰めると、人間としての「いい加減」さ、ということに集約できる。

魯迅が「幻灯事件」で描いた中国民衆の姿は、おそらく、梁啓超の提起した問題を深刻に受け止めて、出てきたものであろう。中国民衆が、日本軍に処刑される同胞を呆けた顔で見物する「幻灯事件」の場面は、中国人の精神の欠陥を形象化した作品、と言うこともできなくはない。

他人に対する冷淡、無責任な「傍観者」的態度、人間としての「いい加減」さ、こうした中国人の悪《あ》しき国民性の克服が、魯迅の生涯にわたる重要テーマとなったのは、この「幻灯事件」が原点となっているのである。

ちなみに、孔子は恕《じょ》〔思いやり〕を説き、他人に対する冷淡〔無責任な態度〕を是認しなかった。「義を見て為《せ》ざるは勇なきなり」の言葉は、そのことを明確に裏付けている。

＊

仙台時代の魯迅については、藤野先生の存在を抜きには語ることはできない。

魯迅は仙台医専で学んでいたが、あるとき解剖学の藤野先生から、わたしの講義は筆記できるか、と訊ねられた。見せてみなさいと言われ、魯迅は自分のノートを提出した。二、三日後、返ってきたノートを見て、魯迅はびっくりした。それと同時に、一種の感激と不安を覚えた。驚いたことに、自分のノートは最初から最後まで、全部朱筆で添削されていたのである。書き落とした部分の加筆だけでなく、文法の誤りまで、いちいち訂正されていた。これは毎週行われ、藤野先生の担当していた骨学、血管学、神経学の全部の授業が終わるまで、ずっと続けられた。

藤野先生の行為は、若き魯迅を非常に感激させた。藤野先生の名前を知る者は少ないかもしれないが、魯迅は彼の性格を「偉大」と言い、書斎の壁に掲げた彼の写真を仰ぎ見ると、仕事に倦《う》んだときにも、「たちまち良心を発し、かつ勇気を与えられるのである」と述べている。『藤野先生』（一九二六年）は、律儀《りちぎ》な日本人の典型を示したものとして、われわれ日本人にとってはありがたい作品である。梁啓超や魯迅が問題にした中国人の、人間としての「いい加減」さの対極が、藤野先生の行為に見られる「真面目」さなのである。

異民族に支配され、帝国主義列強に侵略された当時の中国は、絶望的にひどい社会状況にあり、同情すべきところがあった。しかし、魯迅はあくまでも、中国人の他人に対する冷淡、無責任な「傍観者」的態度、人間としての「いい加減」さを、問題にせずにはおれなかったのである。

魯迅が藤野先生の真面目さを非常に高く評価したのは、中国人の人間としての「いい加減」さを、相対的に浮かび上がらせるためであった。おそらく、魯迅は『藤野先生』において、中国人の悪《あ》しき国民性を治す処方箋を示したかったのであろう。中国人が人間としての「いい加減」さから脱して、実《じつ》のある、真っ当な人間になることを願って、ことさらに藤野先生の真面目さを強調したのである。

一方で、魯迅は日本人の学生から陰険な嫌がらせも受けていた。魯迅が学年試験に合格したのは、藤野先生に試験問題を教えてもらったからだと邪推して、魯迅の下宿に「汝《なんじ》悔い改めよ」という文句で始まる、匿名の手紙が届けられた事件があった。

そのことについて、魯迅は「中国は弱国である。したがって、中国人は当然低能児だ。点数が六十点以上あるのは、自分の力ではない。彼らがこのように疑ったのも無理はない」と冷静に書いている。

『藤野先生』の記述では、続いて「幻灯事件」が起こり、それで仙台を立ち去った、と説明されている。しかし、おそらく、この事件も彼の決心を促したことであろう。

藤野先生は魯迅が仙台を立ち去る直前、自分の写真を手渡した。裏には「惜別」の二字が書かれていた。後年、魯迅の書斎に掲げられていたのは、この写真である。

もともと魯迅が医学の道に進んだのは、一つには「翻訳された歴史から、日本の維新が大半は西洋医学に端を発している事実を知った」からである。

魯迅は仙台医専在学中も、休暇ごとに上京し、革命運動に関わっていた。そしてこの頃、許寿裳とともに、浙江省人の革命団体である光復会《こうふくかい》〔章炳麟らが組織。のち中国革命同盟会に合流〕に加入している。

いまや中国革命に関する諸問題への関心が、医学より遥かに大きくなっていた。「幻灯事件」で受けた衝撃がいつも彼を駆り立てていた。許寿裳たち同志のいる東京へ復帰するのは時間の問題であった。

5　魯迅精神の真髄——日本留学時代（三）

一九〇六年三月、二十四歳の魯迅は仙台医専を退学した。結局、仙台にいた期間は一年半に過ぎない。

東京に戻ってくると、東京独逸《ドイツ》語学会経営の独逸語学校に入学した。ドイツ語は魯迅の得意とする外国語であったが、独逸語学校自体は官費獲得のために籍を置いたに過ぎず、それほど熱心には通学していない。東京に来て自由に時間を過ごせるようになった魯迅は、解き放たれたかのように夜遅くまで読書した。本もたくさん買った。レクラム文庫などドイツ語の原書をよく購入し、東京で入手できないものは丸善に依頼して取り寄せている。

この年の七月、魯迅は急に一時帰国した。母親が病気という知らせを受けて、取り急ぎ帰っていったのであるが、その実、母親の病気は口実で、彼を婚約者と結婚させるために呼び帰したのが真相である。

すべてのお膳立てが整っていた。花嫁の朱安《しゅあん》〔朱が姓、安が名〕は良家の出ではあったが、封建社会の産物そのものの旧式の女性であった。頬骨がやや突き出て、顔色が悪く不健康な感じで、とても好感の持てる美人とは言えない。婚約のときに条件をつけたにもかかわらず、纏足《てんそく》をしたままで、字も読めなかった。魯迅の好みとは正反対の陰気な女性である。

胸が張り裂けるほど悔しくて堪《たま》らないが、花嫁を責めるわけにもいかない。彼女自身にはなんの罪もないのである。

いまの時代から言うと、魯迅はなぜ結婚を断らなかったのか、という疑問が生ずる。因習的封建社会に生きる女性にとって、婚約を破棄されることや、離婚されることの恥辱《ちじょく》は、死ねと言われたと同じであることを、魯迅は知っていた。自分のことのみを考えて行動する人間であったならば、おそらく魯迅はこの結婚を拒否したであろう。しかし、魯迅はそうしなかった。

それに長男に生まれた魯迅は深く母を愛し、人並み以上に母親思いであった。病気の父親を抱え、祖父の事件でいっきょに貧窮に陥った暮らしを支えたのは、母親であった。結婚の件も、しっかり者の母親を信頼して、すべてを任せていたのである。長男の嫁は母親の気に入った者でなければならぬ、という気持ちもあったのであろう。魯迅は、この結婚に関してはすべて母親の言うままに動き、表面的には、封建的孝行息子以外のなにものでもない。

後年、魯迅はこのことを後悔し、北京女子師範大学〔非常勤〕の教え子である許《きょ》広平〔のちに配偶者。内縁〕に、次のように説明している。

わたしの一生の失敗は、これまで自分の生活のために図《はか》らず、いっさい他人のお膳立てに従った点にあります。

というのは、その当時そんなに長くは生きられないと予感していたからです。その後、予感が的中せず、相変わらず生き続け、ついに弊害百出して、とてもつまらなくなりました。
（『両地書　八三』一九二六年）

ここで魯迅は、若い頃、自分の意識が古い封建的結婚観の支配下にあったことを認めている。結婚は自分の意志で行うものだ、という近代的発想をそのときはまだ、きっちりとは確立していなかったのである。

そのために大きなツケを払わせられたのであるが、その一半の責任が自分にもあったことを反省しているのである。自分の不幸な結婚に関して、彼はだれにも責任を転嫁していない。

その実、魯迅にも事情があった。母親の言うままに結婚することになったのは、その頃の魯迅が、自分は長く生きられない、と思っていたからである。それならば、母親の気に入った女性と結婚するのがいちばんいい、と簡単に考えていたのであろう。

当時、魯迅は革命運動の中で自分が命を失うこともあり得る、と思っていた。政府要人の暗殺を上部の者から命じられたこともあったらしいが、「自分が死んだあと、母親はどうなるのか？」と訊ねたため、覚悟のできていないやつは駄目だと言って、この計画は沙汰止《や》みとなった。

結局、魯迅は朱安と結婚したものの、わずか婚礼四日後、二弟の周作人を伴《ともな》って東京に引き返している。結婚はあくまで母親のためのものであった。

朱安との結婚問題では、事情があったにせよ、魯迅自身も自分がいちばん憎んだ、人間としての「いい加減」さから逃れられなかった。彼がこのことにかなりの責任を感じていたことは想像できる。そのこともあってか、魯迅は生涯、喉に刺さった魚の骨のような存在である朱安と、離婚することはなかった。この骨を抜いたならば、どれだけ気持ちのいい生活が過ごせたかわからないのに、である。

*

医学を放棄して仙台から東京に帰った魯迅は、親友の許寿裳に「中国の馬鹿やろくでなしを医学で治療できるもんか!」と語ったという。同胞の処刑を呆けた顔で見物している「幻灯事件」の中国民衆の姿が、頭の底にあってのことであろう。

東京に舞い戻ってからあと、魯迅はずっと本郷界隈《かいわい》に住んだ。日常生活は宵っ張りの朝寝坊で、朝食は抜きである。この時期の彼の仕事ぶりから言って、夜中の読書量は相当なものであったものと思われる。

一九〇七年、魯迅は『人の歴史』『科学史教篇』を書き、続いて『文化偏至論《へんし》』『摩羅《マラ》詩力説《しりょく》』〔悪魔派詩人論。説は論説の文体名〕を書いた。

これらはそれぞれ古文で書かれた労作で、かなりの分量となる。二十六歳の若さで、一年間にこれだけのものを書くのは容易なことではない。これらの評論は、すべて深い思索、情熱的な主張によって煮詰められた内容のものであり、この頃の魯迅がいかに勤勉に読書し、執筆していたかが見て取れる。

とりわけ注目すべきは、『文化偏至論』である。この評論はニーチェ流の文明史観に立って、二十世紀思潮を概観したものであるが、魯迅はこの評論によって、いよいよ本格的に文学思想の分野に方向転換を遂げた。

当時の風潮として、富国強兵、商工業振興の主張や、立憲制、国会設立の主張が、圧倒的に多かった。帝国主義列強に対抗するためには富国強兵や経済の強化が急務であり、封建的国家を近代化するためには政治改革と産業振興が不可欠であった。

新知識を得た中国の知識人は、日本の明治維新に刺激を受けて、政治、経済、科学、文化の各分野で、それぞれ国家の近代化を求めていた。しかし、戊戌《ぼじゅつ》の政変で明らかになったように、異民族王朝〔清朝〕による専制政治が続行されている限り、国家の近代化を成し遂げることはできない。

こうした状況から言えば、孫文らの革命派が、変法派〔立憲君主制を主張〕より勢いづくのは当然であろう。もはや中国民族の再生の道は、清朝打倒の革命しか残されていない。

魯迅の『文化偏至論』は、執筆時の背景を見るならば、中国革命を見据えて世界の思潮を原理的に整理した評論、と見なすことができる。

この評論において、魯迅はまず現時点での世界の思潮を紹介し、二十世紀に入ると、ヨーロッパでは前世紀の物質主義、多数主義、衆愚社会、に対する反動として、ショーペンハウエル、キエルケゴール、イプセン、ニーチェなど、個人主義〔意志主義〕の新思潮が勢力を得てきた、と論じている。

魯迅は、文明は前時代の偏至〔偏向〕を矯《た》めることによって前進する、と個人主義の新思潮を擁護しているのである。したがって、いまや「物質を排して精神を重んじ、多数を排して個人を重んじなければならない」と、主張する。すなわち、中国革命の基盤をなすものとして、精神を持った「個人」が確立されなければならない、と言うのである。

魯迅の見解では、ヨーロッパでの物質主義、多数主義、衆愚社会、を最も激しく批判したのは、「個人主義の最大の英傑」ニーチェであった。

魯迅は、アフォリズム〔警句〕の多い格調ある文章で書かれたニーチェの『ツァラトゥストラかく語りき』を愛読した。

ツァラトゥストラが「汝《なんじ》ら猿《ましら》より猿なる者よ」と民衆に呼び掛けているように、ニーチェによると、民衆は「猿より猿」の「無自覚」な状態にある。超人とは、そんな猿的人間より脱皮して、自らの「精神」を持つに至った「自覚」した人間を指している。

確信に満ちた気韻《きいん》あるツァラトゥストラの言辞は、いまだ目覚めぬ民衆の愚かさを痛烈に非難しており、民衆の「無自覚」を憎む魯迅にとっては、格好の清涼剤であった。東京の魯迅の机の上にはいつも『ツァラトゥストラかく語りき』が置かれていたという。のちに、彼はこの書の「序言」を翻訳している。

魯迅は衆愚社会を痛罵するニーチェに強く共感し、ニーチェの超人思想を援用して、「精神」を持たない中国社会を批判した。

ソクラテスやキリストを殺したのは、「無自覚」な多数の民衆である。そんな多数の民衆よりも、ひとりの「幾万の民衆を敵にしても恐れない強者」のほうが、遥かに存在価値がある。魯迅はこのように言って、あくまでも「自覚」した個人の確立を求めた。「地球上で最も強い人間は、ひとりで立つ者である」と、『民衆の敵』の主人公に語らせたイプセンに共鳴するのも、同じ理由からである。

魯迅は、民衆が覚醒して自らの「精神」を持ち、中国を征服している支配者〔清朝〕に反抗する「超人」となることを求めた。結局のところ、魯迅における超人は、中国の置かれている状況から言うと、「呆けた顔で見物する」だけの民衆の対極にある革命者のことである。「無自覚」な民衆の形成する猿社会〔因習的封建社会〕に反逆する、意志の強固な革命者こそ、魯迅にとっての「超人」であった。

魯迅は、十九世紀の物質主義、多数主義、衆愚社会、の反動として生じたニーチェらの新思潮を、中国の現実の中で咀嚼《そしやく》し、それを封建的旧社会に反逆する超人〔革命者〕の形で具体的に把握しようとした。揺るぎない意志を持った「自覚」した個人を求めていたからこそ、ニーチェの超人思想に惹《ひ》かれたのである。

魯迅は、「無自覚」な旧社会に、自らの「精神」を持つ超人が出現することを、ひたすら願った。このことを抜きに魯迅とニーチェの関係を論じても、ほとんど意味がない。

中国の現実を見据えながら、ニーチェの超人思想を消化したこの『文化偏至論』は、民衆の「無自覚」な精神状態を問題にし続けた魯迅文学の基盤を、しっかりと形成した力作と言える。『文化偏至論』に引き続いて『破悪声論』（一九〇八年）を執筆した魯迅は、さらに語調を強めて、断固として「悪声」〔俗論〕を排除すべきことを主張している。

魯迅が消化したニーチェ流の超人思想は、「自覚」した人間の反抗精神として、魯迅において生命力を持ち続けた。これは進化論とともに、魯迅の発想の源泉となった。

魯迅精神の真髄は、「無自覚」な民衆の対極にある、俗論を恐れぬ独立不羈《ふき》の「超人」に基盤がある、と言っても過言ではない。

＊

この頃、魯迅は、中国において、「精神」を持つ人間を生み出さなければならないと考え、その理想の実現のために、一歩前に踏み出そうとした。文芸雑誌『新生』の発刊がそれである。しかし、夢はたちまちのうちに打ち砕かれた。

後年、魯迅は「原稿を書くことになっている何人かが真っ先に雲隠れし、続いてまた資本が逃げて、結果は、一文なしの三人が残っただけであった」と述べている。見知らぬ人々のあいだでいっこうに相手にされず、あたかも果てしない荒野に身を置いたような気持ちであった。魯迅自身、このときに感じた気持ちを苦く噛みしめ、それを寂寞《せきばく》と名付けている。

魯迅が本格的に彼の文学観を確立したのは、『文化偏至論』に続いて発表した大作の文学評論『摩羅詩力説』においてである。「摩羅《マラ》」は、サンスクリット語の悪魔の音訳で、バイロンが当時のイギリス社会の旧習を激しく攻撃したために、呼称として冠せられた名称である。

魯迅は、『文化偏至論』の中で待望した反抗的「超人」を、バイロンら悪魔派詩人の中に見出し、文学世界において、具体的にこの問題を検証した。バイロンは悪魔派詩人の始祖とも言うべき人物で、若き日の魯迅が最も共感を示した反逆の詩人である。そのバイロンについて、魯迅は言う。

したがって、胸の内の不平が突如として爆発すると、傲慢放埒《ほうらつ》になって他人の言に耳を貸さず、破壊し復讐して、なにものも顧慮するところはなかった。しかして、義俠の性質もまた、この烈火の中に潜んでいるのである。

バイロンは独立を重んじ、自由を愛した。かりにも奴隷が彼の眼前に立つならば、必ず心より悲しみ、かつ眼を怒らして眺めるであろう。心より悲しむのは、その不幸を哀れむからであり、眼を怒らして眺めるのは、その争わざるを怒るからである。

（『摩羅詩力説』一九〇七年）

魯迅は心からバイロンに共鳴している。

魯迅の革命観の根底には、つねに「幻灯事件」のときの民衆が横たわっている。中国人が反抗を知らぬ奴隷的人間になっていることに、バイロンと同じ悲憤を覚えずにはおれなかった。

魯迅における悪魔派詩人は、革命者を意味する「超人」と同義語なのである。この点において、魯迅の文学志向は特別な意味を持つ。魯迅は文学において、あくまでも中国人の「精神の変革」をめざしているのである。このことを抜きに魯迅文学を論ずることはできない。

一九〇九年の夏、魯迅はついに長年の留学生活を切り上げて、帰国した。紹興に残した母親の帰国要請など、もろもろの事情があって、これ以上の留学生活は難しくなっていた。後年、魯迅は「ついに、わたしの母親と別の人間たちがわたしに経済的援助を強く希望したため、わたしは中国に帰ってきた。そのとき、わたしは二十九歳〔満齢二十七歳〕であった」と、『著者自叙伝略』にしるしている。魯迅文学の骨格を作り上げた稔り豊かな日本留学は、かくして終わった。

掛け替えのない貴重な七年余の留学生活で、魯迅は自由に精神の大空を飛翔《ひしょう》した。そうした中で、魯迅はニーチェやバイロンの叫びに共鳴し、「無自覚」な中国民衆の対極に位置する反抗的「超人」になることを、強く決意した。これが、魯迅精神の真髄とも言うべき、独立不羈の反抗精神の源流である。

民族の再生を悲願とする魯迅文学の基盤は、ここに築き上げられた。

6　辛亥革命——光と影

先に帰国した許寿裳が杭州《こうしゅう》の浙江《せっこう》両級師範学堂〔小、中学の師範学校〕で教務長をしており、彼の紹介で、帰国した魯迅はそこの生理学と化学の教員となった。植物学担当の日本人教師の通訳も兼務している。当時としては、この学校は浙江省の最高学府で、教員には日本に留学した者がたくさんいた。校舎はすでに廃止となった科挙の試験場跡に建てられたものである。

魯迅は帰国後すぐに、上海で辮髪のカツラを購入したが、一か月で着用するのをやめた。路上で脱げ落ちたり、人に引っ張られて歪んだりしたら、それこそぶざまな格好になると思ったからである。

数か月後、校長が保守的人物に代わった。彼はこちこちの道学者《どうがく》〔儒者〕で、着任のときには清朝の衣冠を着用し、教員にも礼服を着て迎えるように要求した。また、生徒を率いて孔子像を礼拝するように命じた。さらに、教員の断髪や洋服着用に攻撃を加え、孔子像の礼拝を拒否した許寿裳に辞職を勧告した。

校長のこのような高圧的な態度に対して、許寿裳や魯迅ら教員側は猛反撥し、総辞職で対抗した。生徒たちも教員側に同調してストライキに突入した。この学校紛争は二週間続いたが、結局、校長が辞職に追い込まれて、教員と生徒側の勝利に終わった。

翌年八月、杭州の浙江両級師範学堂に勤めてから一年後、魯迅は紹興府《しょうこうふ》中学堂に転職した。博物学が担当である。紹興府中学堂の校長に請われたからではあるが、やはり母親や妻の朱安のいる家に帰らざるを得ない事情があったのであろう。

ここでは、満州族の紹興知府《ちふ》〔紹興府の知事〕から断髪に目を付けられて、魯迅は気が休まらなかった。孔子の誕生日には、カツラの辮髪をつけ、生徒を引率して万歳牌《はい》〔位牌〕に跪拝《きはい》しに行っている。生徒たちは彼が革命党で、こんなことはやむを得ずやっていると知っていて、尊敬の念を失わなかったようであるが、魯迅の胸には鬱屈した思いが重く垂れ込めていたものと思われる。

紹興の町は依然として封建的因習社会のままであり、知府のみならず、民衆から見ても、辮髪のない新帰参者は異端分子でしかなかった。魯迅は、辮髪のない自分を見た民衆の反応は、「いちばんましなのはポカンと見ているものだが、たいていは冷笑と悪罵であった」と述べ、また「辮髪がないために受けた災難は、故郷にいるときがいちばんであった」と述べている。

日本では、辮髪のお蔭で好奇と軽蔑の目で眺められ、帰国したら帰国したで、こんどは辮髪がないためにこんな目に遭わなければならない。世間が狭いだけに、魯迅の断髪の頭は、物見高い民衆からしょっちゅう好奇と軽蔑の入り混ざった視線で眺められ、陰口もきかれた。

紹興は、依然として固陋《ころう》な封建的因習社会であり、教育界では争いが起こると、権謀術数は妖怪も顔負けであった。心根の卑しい陰険な連中が多くてどうしようもない、と魯迅は許寿裳に手紙でこぼしている。

魯迅は紹興府中学堂の教務長であり、収入的には安定していたが、俗物相手の日常生活においては気苦労が多かった。

紹興では、朱安と同居していたが、通常の夫婦らしい仲睦《むつ》まじい生活を営んでいた気配はない。朱安を相手に会話を楽しむことはまずなかった。魯迅の雑文や日記からはいっさい彼女の存在は見出せない。朱安は、最初から最後まで母親の嫁であった。魯迅は紹興の生活に不満で、この地を去りたい、と許寿裳への手紙に書いている。

ただ植物採集は好きで、近くの山に入って採集してくると、丹念に標本を作った。同時に、古文の採録も好み、杭州時代から始めていた古逸《いっしょ》書の復元を行っている。これらの仕事は、のちに『会稽《かいけい》郡古書雑集』『古小説鉤沈《こうちん》』〔沈んだものを鉤《かぎ》で釣り上げる〕『唐宋伝奇集』『小説旧聞鈔《しょう》』といった形で実を結んでいる。こうした仕事は、名著『中国小説史略』を中心とする彼の中国文学史研究の基礎となった。

魯迅は夏休みのうちに、紹興府中学堂を辞職した。なにかともめごとがあった模様で、「自分のごとき不才は淘汰《とうた》されて当然です」と許寿裳に書き送っている。権謀術数の小ざかしい連中が跳梁《ちょうりょう》し、まともな人間では勤まらない学校であった。

＊

一九一一年十月十日、辛亥《しんがい》革命が勃発《ぼっぱつ》した。

この年の五月に公布された「鉄道国有令」には反撥が強く、立憲派の地主たちが全国各地で清朝と対立し、ついに民衆の暴動にまで発展した。

杭州が光復《こうふく》〔異民族支配から主権回復〕したとの報が入ると、これに呼応して、紹興でも寺院で大会が開かれた。魯迅は議長に選出され、演説を行っている。

清の敗残兵がやってくるという噂が立つと、魯迅は武装宣伝隊を組織し、ガリ版刷りのビラを作って、人心の沈静に努めた。こうした状況のもと、魯迅は、生徒たちの要望で紹興府中学堂に復職した。

新しく成立した紹興軍政府の古い体質に不満な青年たちは、革命派の王金発《おうきんはつ》が紹興に来るように運動した。王金発がやってきたことによって、革命の気運はいっきょに高まった。

しかし、このときも例によって、人間としての「いい加減」さが姿を現したのである。魯迅はこの間の様子を次のように述べている。

わたしたち〔友人の范愛農《はんあいのう》とふたり〕は街をひと回りしたが、どこもかしこも白旗であった。しかし、表面づらはそのようであっても、内情は昔のままであった。というのは、相変わらず旧郷紳《きょうしん》〔地方の名望家〕たちが組織した軍政府で、鉄道の株主とかが行政局長、両替屋の主人が軍械〔武器〕局長……といった具合だったからである。

この軍政府も、結局のところ、長続きしなかった。

若い連中が騒ぐと、王金発が兵隊を引き連れて杭州から乗り込んできた。だが、たとえ騒がなくとも乗り込んできたかもしれない。
王金発は乗り込んでくると、多くの閑人《ひまじん》と成り立ての革命党に取り囲まれて、すっかり王都督《ととく》〔地方長官〕に収まった。

役所にいる人間は、木綿の服を着ていたのが、十日も経たないうちに、たいていの者が毛皮の服に着替えた。気候はまだそれほど寒くもなかった。

（『范愛農』一九二六年）

最後の部分はさらりと書かれているが、ここには痛烈な皮肉がある。役所の連中が嬉しがって着ている毛皮は、贈り物なのである。さっそく「革命」とは無縁であるはずの汚職が始まっていた。

魯迅はよほど残念であったのか、ほかの文章でも、王金発の堕落に触れている。

しかし、紳士から庶民に至るまで、またもや先祖伝来の賄賂やおだて法を用いて、寄ってたかって彼〔王金発〕を持ち上げた。こちらはご挨拶のために訪問、あちらはご機嫌取り、きょうは衣服を送り、あすは豪華な宴会といった調子で、彼は自分がなに者であるかさえ忘れ、その結果、だんだんと昔からの役人と同じになって、人民から搾り取るようになった。

（『これとあれ』一九二五年）

浙江省東部の会党《かいとう》〔革命党派〕出身で、光復会の一員であった王金発〔魯迅も顔見知りであったと思われる」は、先祖伝来の賄賂やおだて法によって骨抜きにされ、革命を「いい加減」に扱ってしまったのである。

やがて、魯迅は新都督の王金発によって、山会《さんかい》〔山陰、会稽《かいけい》〕師範学堂の校長に任命された。ときに三十歳である。校長に着任して全校の生徒たちと対面したとき、魯迅は灰色の木綿の綿入れを着、頭に陸軍帽をかぶって、簡潔で力強い挨拶を行った。

当時一年生であった孫伏園《そんふくえん》は、のちに「そのとき生徒が新校長を歓迎した様子は、まったく新国家を歓迎する態度と同じであった。あの熱烈な感情は、いまもわたしの中にはっきりと残っている」と述懐している。

しかし、魯迅の革命への期待は、たちまち青年たちによって裏切られた。

王金発が統《す》べている軍政府の腐敗がひどくなると、紹興の進歩的青年が発刊した『越鐸《えつたく》日報』に、王金発やその取り巻き連中を攻撃する記事が掲げられた。王金発は買収にかかり、使者に五百元を持って行かせた。

青年たちは合議して受領することに決めた。しかし、攻撃は続けるという。金をもらうと相手は株主だから、株主のよくないところは攻撃すべきだ、という理屈である。

魯迅は真偽を確かめ、金は受け取るべきでない、と忠告した。しかし、青年たちは魯迅の言うことに耳を貸さなかった。理屈はともあれ、相手の魂胆《こんたん》は買収である。買収でなければ、結果的にはこちら側の詐取《さしゅ》になってしまう。

青年たちがこのような破廉恥《はれんち》な行為を平気で行うことに、魯迅の心は深く傷つけられた。中国の未来を担うべき青年たちが、わずかな金が欲しくて、このような、人間としての「いい加減」さに満ちた行為に走るのである。気が滅入っていくのも無理はない。

王金発はこの件で激怒し、『越鐸日報』と関係のある山会師範学堂への経費支出を停止した。魯迅は学校運営に窮し、一九一二年二月十三日、ついに校長を辞任した。

王金発が魯迅らを暗殺するという噂があり、母親がひどく心配して、彼自身も精神的に疲れ果てていたのである。

このあと十日ほどして、折よく南京臨時政府の教育部〔文科省〕に勤務していた友人の許寿裳から手紙が来た。初代教育総長〔文科相〕となった蔡元培《さいげんばい》〔光復会会長。のち北京大学学長。文学革命を支援〕が教育部に魯迅を招聘《しょうへい》するという内容で、もちろん許寿裳自身が推薦してくれた結果である。

政局は不透明であったが、もはや紹興にはなんの未練もなかった。早く立ち去りたいだけである。それに、新政府で教育事業に尽力したい気持ちは十分にあった。

二月下旬、魯迅は南京に行き、教育部に着任した。

緒《しょ》についたばかりの新政府では、まだ仕事がなかった。それで、魯迅は江南図書館に行っては古書を閲覧し、必要な箇所を抄録した。勤勉な彼は孜々《しし》として研究に励み、この時期にも、後年の中国文学史研究の基礎となる作業を進めていた。『「吶喊」自序』で寂寞の苦しみから逃れるために、「自分を国民の中に沈めて、自分を古代に回帰させようとした」と述べているのは、おそらく杭州時代から始めていた、こうした古書の抄録作業を指しているのであろう。

臨時大総統に就任後の袁世凱《えんせいがい》は北京に居座り続け、政府機関はやがて北京に移転せざるを得なくなった。

＊

五月五日、三十歳の魯迅は船旅で天津に着き、夜、北京に到着した。

教育部では、社会教育司〔局〕第一科〔課〕科長に任じられた。文物、図書、美術を管轄する部署の責任者である。

宣武門《せんぶもん》外にある紹興会館の藤花館に住居を定め、そこから西単《シータン》南大街の教育部に通った。

魯迅は新しい仕事に就いて、社会教育の方面で活動を開始したが、恐れていた通り、臨時大総統の袁世凱が専横に振る舞いはじめた。宋教仁《そうきょうじん》、蔡元培ら中国革命同盟会出身の四閣僚が、ついに抗議して辞職した。

その夜、魯迅は許寿裳らと酒を飲み、甚だしく酔った。清朝を打倒し希望を抱いて迎えた新国家が、早くも独裁者に奪取されようとしているのである。こうした事態に、魯迅はやりきれない憤りと失望を覚えたが、その後も教育部の官僚として勤務し、歴史博物館の開設、京師《けいし》〔首都〕図書館〔のち北京図書館〕の移転等の仕事を行った。

恐怖政治とも言うべき袁世凱の独裁体制のもとでは、神経は休まらなかった。北京城内では、ホテルや旅館に至るまで密偵が放たれ、嫌疑を受けて軍政執法処《しっぽうしょ》〔特務機関本部〕に送り込まれると、生きて出てくることはできなかった。国民党員の中から転向声明を出す者が次々と現れた。

魯迅自身も、蔡元培総長辞職の翌日、袁世凱の御用政党である共和党の党員証と徽章《きしょう》を、黙って受け取っている。下手に動くと、生命を失う危険さえあった。魯迅は一面において、現実の状況を冷静に判断できるリアリストでもあった。

こうした日々がずっと続いた。魯迅は「憂患を抱かぬ日はない」と日記にしるしている。

こうした日常の中で、魯迅は杭州時代から始めていた古籍の抄録《しょうろく》〔抜き書き〕や校勘《こうかん》〔異本を比べ、その正誤異同を正しく定める〕を精力的に行い、碑文や画像の拓本の収集も開始した。

この頃は暇さえあれば、琉璃廠《リュウリーチャン》に出掛けていって、古籍や拓本類を買い集めている。とりわけ、拓本類は収集マニアと言えるほど膨大な数を集めている。また、仏典の研究にも力を入れている。

恐ろしい軍政執法処の監視のもとでは、女遊び、賭博、書画骨董《こっとう》いじりなどの道楽にふけっていることが、嫌疑から逃れる最上の方法であった。魯迅はそのうちの古籍や拓本類の収集を選んだ、と弟の周作人は述べている。

もちろん、好きでなければ、何年にもわたってこんなことを続けることはできなかったであろう。彼の打ち込み方から見て、よほど好きであったことは間違いない。少年時代から絵は好きであったし、文字についても、『中国字体変遷史』を執筆しようと思っていたほど強い興味を抱いていた。

魯迅が古籍の抄録や校勘に打ち込み、異常なまでに拓本類の収集を行ったのは、たしかに軍政執法処の嫌疑を免れるためではあったが、一方では、中国の伝統文化に惹かれるところがあったからであろう。結果的には、名著『中国小説史略』の準備が着々となされていたのである。

このことは、魯迅の中国古典に対する関心が、並のものでなかったことを示している。こうした奥深い学識があったからこそ、魯迅の旧勢力に対する反逆は、最強のものであり得たのである。魯迅は、まさに自分自身が「旧陣営からやってきて、事情に比較的明るいから、戈《ほこ》の向きを変えて一撃すると、容易に強敵の死命を制することができる」人物であった。

しかし、総じて言えばこの時期、魯迅は失意と、絶望に近い思いを胸に秘めて、日々を過ごしていたのである。当時の魯迅の感じていた「寂寞」は、かなり深刻なものであったと思われる。

身体的にも病気勝ちで、歯痛と胃病があり、咳も出て、ときに発作を起こすこともあった。精神的にも、肉体的にも、最悪に近い状態にあったのである。

7　儒教批判の潮流

冬の時代が続いていたが、社会はすこしずつ動いている。新しい勢力が徐々に形成されつつあった。辛亥革命のあとには、いろいろな雑誌が発行された。中でも、最も重要な役割を果たしたのは、陳独秀《ちんどくしゅう》〔五・四運動のリーダー。のち中国共産党の創立メンバー〕の創刊した『新青年』である。この雑誌は、最初は『青年雑誌』という名で、一九一五年九月、上海で発行された。

袁世凱の帝制〔皇帝制〕運動が活発になり出した時期と重なっていたこともあり、この雑誌に課せられた任務の一つは、袁世凱がめざす帝制の下準備として行われている尊孔崇儒《そんこうすうじゅ》運動に、反撃を加えることであった。したがって、主筆の陳独秀が儒教批判に健筆を振るうのも不思議はない。

陳独秀は、まず発刊の辞とも言うべき『敬《つつし》んで青年に告ぐ』の中で、封建的伝統文化を全面的に否定し、青年たちに、「年齢や身体は青年だが、脳神経は老人」という退嬰《たいえい》的保守的状態からの脱却を呼び掛けた。

一九一六年一月、時勢に敏感な陳独秀は、改めて「個人の独立、自主の人格」の尊重を主張し、個人の独立を妨げる元凶が儒教であることを指摘して、はっきりと儒教道徳に宣戦を布告した。

儒者の三綱《さんこう》〔君臣、父子、夫婦の道〕の説は、いっさいの道徳と政治の大本《おおもと》であった。君が臣の綱〔たづな〕であるならば、臣は君の付属品であって、独立自主の人格はない。父が子の綱であるならば、子は父の付属品であって、独立自主の人格はない。夫が妻の綱であるならば、妻は夫の付属品であって、独立自主の人格はない。

天下の男女をすべて、臣となし、子となし、妻となして、ひとりの独立自主の人間も存在せしめない、というのが三綱の説なのである。

これより、金科玉条の道徳名詞、すなわち、忠、孝、節〔貞節〕、が生み出された。これらはすべて、自己を推して他人に及ぼす道徳ではなく、自己を他人に従属させる奴隷道徳なのである。

〔陳独秀『一九一六年』一九一六年〕

陳独秀が鋭く指摘しているように、封建道徳と化した儒教道徳には、個人の人格を否定する上下秩序の強制があった。

三綱の教えは、秩序や礼儀の維持という役割から言うならば、極めて有用なものであるが、それが上の者〔君、父、夫〕から絶対的に強制されると、下の者〔臣、子、妻〕は悲惨な目に遭うのである。長年続いた封建社会においては、上の者が低劣な人間であっても、下の者は三綱の教えに「絶対服従」しなければならなかった。三綱の教えのもとに命じられると、どんなに理不尽なことでも、人々はそれを受け入れざるを得ないのである。そんな封建社会に風穴をあけるためには、陳独秀が発したような過激な主張が必要であった。

*

これまでの儒教に対しては、すでに清末に、儒家の大学者康有為《こうゆうい》が孔子に新しい光を当てて、厳しい批判を加えていた。

康有為は、孔子は改制〔政治改革〕の理想を抱いていたが、それがこれまで実現されなかったのは、偽りの儒教が孔子の教えを歪めていたからだと論じ、日本の明治維新を手本とする変法を唱えた。変法派の盟主は康有為である。

康有為よりもさらに過激に儒教を批判した人物が、そのあと幾人も現れた。その中でも、特に注目すべきは章炳麟《しょうへいりん》と譚嗣同《たんしどう》であろう。

章炳麟は、光復会のリーダーで、排満革命を思想面で指導した、革命派の重要人物である。ちなみに、魯迅は東京で彼から親しく教えを受けている。

譚嗣同は、もともと康有為に私淑した人物であり、戊戌《ぼじゅつ》の新政には軍機四卿《しけい》のひとりとして参与した。彼は戊戌の政変で敗れたあと、「各国の変法は流血によって成った。今日の中国には変法のために血を流した者がいない」と言って、自ら望んで縛《ばく》につき処刑された。処刑の前に梁啓超に託した遺稿が、有名な『仁学』である。儒教道徳の「名」の恐ろしさを痛烈に批判したこの書は、出色の名著と言っても過言ではない。

譚嗣同によれば、荀子《じゅんし》〔戦国時代の儒家。礼を重んじ、孟子の性善説に対して性悪説を唱える。韓非子はその門人〕こそが、「後王《こうおう》〔当代の君主〕に服従し、君統〔君主支配〕を尊ぶ」方向に道〔孔子の教え〕を歪めた憎むべき張本人なのである。すなわち、荀子の考えが李斯《りし》〔戦国時代の法家。始皇帝のときの丞相《じょうしょう》〕に引き継がれ、秦の始皇帝より連綿と王朝の支配のために利用されて、宋儒〔朱子学〕に至ってそれがいよいよひどくなった、と言う。

したがって、二千年来の政治は秦の政治であり、みな大盗《だいとう》〔皇帝のこと〕であったと言わなければならない。二千年来の学は荀学であり、すべて郷愿《きょうげん》〔にせ君子。封建思想の儒者〕であったと言わなければならない。

ただ大盗が郷愿を利用し、郷愿が大盗にうまく媚《こ》びただけである。二者は互いに結託し、すべてを孔子にかこつけてきたのである。かこつけた大盗、郷愿を捉まえて、かこつけられた孔子のことを責めたところで、どうして孔子のことがわかろうか？孔子がはじめに教えを建てたときには、古学を退けて時代に即した制度に改め、君統を廃して民主を唱え、不平等を変えて平等にしようと努力した。ところが、荀学を学んだ者がことごとくその精髄の意義を無にして皮相にこだわり、君主に無際限の権力を与えて、孔教〔儒教〕で天下を制圧できるようにしたのである。

かの荀学はつねに倫常《りんじょう》〔五倫五常。父子の親、君臣の忠、夫婦の別、長幼の序、朋友の信〕の二字を孔教の精髄と偽《いつわ》った。

（中略）

その弊害が積み重なると、どれほどのものになるか計り知れない。さらには三綱をみだりに付け加え、不平等の法を明確に創り、あちこちをぎくしゃくさせ、天地を父母とする人民を苦しめたのである。

（譚嗣同『仁学』一九〇二年）

譚嗣同は、硬直化した儒教〔荀学や宋儒〕の欠点を鮮やかに突いている。

譚嗣同の議論によると、二千年来の政治は、郷愿が大盗である天子に媚びて行われた、ということになる。その場合、三綱五倫が「支配の道具」として利用された。すなわち、儒者たちは「孔子の名を騙《かた》って、孔子の道を敗《やぶ》った」のである。封建王朝の支配を維持したのは、まさに三綱五倫なのである。

譚嗣同は、異民族の皇帝〔清朝〕に超人的能力があるわけでもないのに、四億の民を虐《しいた》げることができたのは、三綱五倫の文字があったからだ、と喝破《かっぱ》している。この問題をさらに明確に述べているのが、次の文章である。

行い下劣な俗学の徒は、つねに名教《めいきょう》〔儒教〕を口にし、天命のごとく敬して踏み外《はず》そうとはしない。国憲のごとく畏《おそ》れて批判しない。

ああ、名をもって教えとなすならば、名はすでに実の賓《ひん》〔客〕となって、決して実そのものではない。ましてや名は人間が創ったものであり、上が下を制圧して、下が上を奉ぜざるを得ないようにするためのものである。

数千年このかた、三綱五倫の惨禍毒害はそのためにひどいものになっている。君は名をもって臣に足枷《あしかせ》をはめ、官は名をもって民に軛《くびき》をかけ、父は名をもって子を圧し、夫は名をもって妻を苦しめ、兄弟朋友はそれぞれの名を持ち出して争う。こんな調子でやると、仁は生き残ることができるであろうか？

（譚嗣同『仁学』一九〇二年）

譚嗣同はここで、「名」が支配者〔君、父、夫〕によって、自分に都合よく使われていることを、明確に指摘している。忠、孝、節〔貞節〕などの「名」は、タテマエとしては立派であるが、封建時代におけるその実態は、人々に絶対服従を申しつける「支配の道具」になってしまっている。譚嗣同に言わせると、仁は共名〔普遍性のある共通名詞〕であって、上から下への一方的支配を行うには不便がある。それで、支配者にとっては、忠、孝などの上下関係を示す名が好都合であった。「忠、孝は、臣、子の専用の名であるから、これを君、父に逆用することはできない」のである。つまりは、忠、孝は、下の者を上の者に服従させるための徳目なのである。

譚嗣同はここで、名による支配のカラクリを見事に暴き出している。三綱五倫は、支配者が下の者を服従させるための道具になっている、と断って棄てたのである。譚嗣同は、「絶対服従」を命ずる封建道徳の三綱は、決して美徳ではなく、人々の心身を縛る非人間的なものである、と断言した。

封建道徳が支配している時代においては、自然の情としての忠、孝、節は、タテマエとしての忠、孝、節の後ろに隠れてしまっている。「黙って言うことを聞け」という封建道徳としての忠、孝、節が、社会の表面で幅を利かせた。封建道徳と化した儒教は、支配者にとっては、これほど都合のいい教えはない。中国の歴代王朝がこぞって儒教を重用《ちょうよう》したのも、不思議ではないのである。

旧社会の最底辺に生きて、いちばんひどい抑圧を受けたのは、なんと言っても女性であろう。封建道徳の節〔貞節〕については、魯迅も徹底的に批判している。『狂人日記』を発表してから三か月あと、魯迅はかなり長編の雑感文『わたしの節烈感』を『新青年』に発表して、女性を圧迫する「節」の非人間性を批判した。

旧社会にあっては、節が女子にのみ要求され、甚だしくは、節の極限とも言うべき、命を賭《と》して節を守る「烈」までが、要求された。

国民が被征服の地位に置かれようとするとき、守節が盛んとなるし、烈女もしたがってまた重視される。なぜなら、女子がすでに男子の所有物である以上、自分が死ねば、ほかの人間に再嫁してはならないし、自分が生きていれば、もちろん、なおさらのこと奪われることなんか許せない。

しかし、自分が征服された国民で、保護する力もなく、反抗する勇気もないものだから、べつに一計を案じて、女子が自殺することを鼓吹するしかないのである。

（『わたしの節烈感』一九一八年）

女性に対しては、節を守り、まさかのときには自ら命を絶って烈女になれと求めながら、男のほうはうまく生き残って、あとで烈女たちを称讃する。こんな節、烈を一方的に押しつけられたのでは、女性は堪《たま》ったものではない。しかし、烈女として死んだ女性の名は、府県誌などに驚くほど膨大な数が記載されているのである。

儒者たちは死屍《しし》累々《るいるい》の悲惨な事実を美辞麗句で飾り立て、烈女たちを讃美する詩や文章を作って、悲劇をさらに拡大再生産する。こんなところにも、「名」の奥に潜む非人間的な「いい加減」さと底恐ろしさが、見て取れるのである。

＊

鄒容《すうよう》は『革命軍』において、異民族支配下の忠、孝が、大本《おおもと》でおかしいものであることを指摘し、この点から儒教の決定的弱点を糾弾した。そして、『革命軍』の序文を書いた章炳麟《しょうへいりん》も、異民族支配下の儒教の「いい加減」さを痛烈に批判している。

章炳麟の儒教批判は、儒教そのものを批判するというよりも、むしろ清朝が儒教を「支配の道具」として利用している、その狡猾《こうかつ》さを暴き出すところに重点があった。

章炳麟はまた、二千人もの留学生が集まった東京神田の歓迎会の演説で、次のように述べている。

したがって、孔教の最大の汚点は、人を富貴利禄の思想より脱出させせないことであります。

漢の武帝がもっぱら孔教のみを尊崇してより、富貴利禄に熱中する人間が日に日に多くなった。われわれが今日革命を実行し、民権を提唱しているときに、もしも富貴利禄の心をすこしでも混ぜ込むならば、微生物黴菌《ばいきん》のように全身を損《そこ》なうでありましょう。したがって、孔教は断じて用いることはできないのであります。（章炳麟『東京留学生歓迎会での演説の辞』一九〇六年）

章炳麟は、儒教を信奉する人間の多くが立身出世を求めることに危うさを感じ、科挙の中核であった儒教の弱点を指摘せずにはおれなかったのである。

儒教は、「支配の道具」として利用される側面を含んでおり、その上、富貴利禄に走る連中を呼び込む誘蛾灯の役割も秘めている。章炳麟らの先覚者は、辛亥革命以前に、いち早く儒教の弱点を見て取り、儒教の中に潜む「いい加減」さを、しっかりと糾弾していたのである。

＊

一九一五年、袁世凱は公然と帝制運動を開始し、帝制に導くのに有効と見て、儒教に基づく伝統的儀式を復活させた。その一方で、全国各省の代表に、自分に向かって帝制に移行するように請願させた。こうした袁世凱の強引な策動に対して、心ある人々は反撥し、その動きは全国に拡大していった。いわゆる「第三革命」である。

翌年、袁世凱は神経疲労と尿毒症を併発し、失意のうちに死亡した。袁世凱の死去によって帝制運動〔尊孔運動がその下準備〕は、とりあえず失敗に終わった。

しかし、康有為〔従来の儒教を批判したが、孔子の教えは深く尊崇した〕が、新たに就任した軍閥の黎元洪《れいげんこう》大総統、段祺瑞《だんきずい》総理に上書して、孔教〔儒教〕を国教とするよう憲法に盛り込むことを要求したことから、孔教問題が再燃した。

康有為の動きに最も敏感に反応したのが、ほかならぬ陳独秀である。彼はさっそく『康有為の総統総理に致す書に駁《ばく》す』という論説を書いて、康有為に反論した。

儒者の三綱の説を批判した陳独秀は、儒教批判を今回いっそう前進させた。三綱の説はただ単に宋儒が偽造したものではなく、孔教の根本教義と見なすべきだ、とさらに批判の度を強めたのである。

三綱の根本的意義は、階級制度である。いわゆる名教、いわゆる儒教は、尊卑を分け、貴賤の別をはっきりさせるこの制度を擁護するものである。近代ヨーロッパの道徳と政治は、自由、平等、独立の説をもって大本となし、階級制度とは完全に相反する。これが東西文明の一大分水嶺なのである。

（陳独秀『吾人の最後の覚悟』一九一六年）

陳独秀は儒教の階級是認の思想に、真っ正面からメスを入れた。儒教は自由、平等、独立の説と相容れない、と主張したのである。原始儒教にしても、宋儒の三綱の説と根本教義は異ならない、と断じている。

こうなってくると、儒教批判のレベルは一変する。陳独秀のこの過激な発言は、儒教批判を一気に新段階に突入させた。譚嗣同は、儒教が「三綱五倫」〔名〕を強制する封建道徳になっていることに厳しい批判を加えたが、陳独秀はその批判を一歩踏み越えて、儒教そのものを全面的に否定したのである。その上で、陳独秀は次のように主張する。

まず西洋式の社会と国家の基礎、いわゆる平等と人権の新しい信仰〔思想〕を、輸入しなければならない。この新社会、新国家、新信仰と相容れない孔教に対しては、徹底した覚悟と勇猛な決意を持たなければならない。

（陳独秀『憲法と孔教』一九一六年）

陳独秀は、新国家の建設のためには平等と人権の思想こそが必要である、と持論を展開し、あくまでも孔子の道を説く変法派の康有為らに反対した。立憲、民主の説は、階級制度を是認する儒教とは両立しないのである。

変法派を指導する康有為の思想は、硬直化した儒教から脱皮しようとはしているが、どうしても限界がある。陳独秀は問題を根本から論じて、康有為らの議論が新社会、新国家、新信仰に適合しない、と断じたのである。

のちに蔡元培《さいげんばい》学長が彼の識見を見込んで北京大学の文学部長に招聘《しょうへい》したことからもわかるように、陳独秀は聡明で、その議論は明晰《めいせき》で切れ味のよいものであった。五・四運動を推進した最大の功労者である。

康有為は、孔教は「人倫日用の現世的教説」であって、孔子の道は普遍的に「人としての道」

である、と主張した。これに賛同する者はなお多く、康有為らは新しく作成する憲法草案に、「国民教育は孔子の道をもって修身の大本となす」という一条を入れるように運動した。

長い年月にわたって中国社会に根を張り巡らしていた儒教は、そう簡単に消滅していくものではないのである。こうした動きに対して、陳独秀は精力的に論説を書き、激しく反撃した。

尊卑を分かち、階級を重んじ、人治〔法治に対して言う〕を主張し、民権の思想に反対する学説〔儒教〕こそ、専制帝王を作り出す根本悪因である。（陳独秀『袁世凱の復活』一九一六年）

陳独秀はこのように述べ、儒教が自由、平等、独立の説とは相容れないと断じて、いまの時代に儒教は不要である、と主張した。中華民国になった以上、過去の王朝が重用し続けた思想を棄て、新しい思想を採用して新しい社会、国家を創るべきだ、と論じたのである。

こうした動きを見ていくと、政治の大勢は徐々にではあるが、自由、民権の方向に動きつつあった、と言い得るであろう。

8　魯迅の作家デビュー――『狂人日記』

一九一八年五月、先覚者によって推し進められてきた儒教批判の潮流の中で、魯迅は処女作『狂人日記』を発表した。当時、魯迅は三十六歳で、このときはじめて魯迅の筆名が使われた。発表の舞台は陳独秀の編集する『新青年』である。

『新青年』の寄稿者の中では、魯迅が最も異彩を放っている。『新青年』の中心にいたのではなかったが、魯迅が「文学革命」で果たした役割は大きい。

一九一七年一月、胡適《こてき》が『新青年』誌上に『文学改良芻議《すうぎ》〔草案〕』を発表して、口語文の使用〔言文一致〕を提唱した。続いて、陳独秀が『文学革命論』を発表して、平民文学、写実文学、社会文学を建設しよう、と提唱した。これが「文学革命」の発端《ほったん》である。

魯迅は、中華民国の成立直後から教育部に勤めていたが、一九一八年、すなわち五・四運動〔一九一九年、北京で中国最初のデモ行進が行われ、反帝反封建の運動に発展した〕の前年に、処女作『狂人日記』を発表して、一躍有名になった。

『狂人日記』は、中国で最初に書かれた口語体の近代小説で、はじめて言文一致に実作の裏付けを与えた。それと同時に、内容の面でも主題の深刻さが際立っており、五・四運動の先陣を承《うけたまわ》った画期的な作品と言うことができる。「文学革命」の礎《いしずえ》を築いたという意味において、文学史的には記念碑的な作品である。

『新青年』における儒教批判の流れから見てわかるように、この作品の出現は儒教批判の新たなる援軍としての意味を持つ。魯迅自身が語っているように、『狂人日記』は「熱情者〔陳独秀ら〕への共感」によって発せられた応援の声であり、「家族制度と礼教〔儒教〕の弊害を暴露する」ところに、執筆の意図があった。ここで述べられている「家族制度と礼教」とは、硬直化した儒教がもたらした封建社会、封建道徳のことである。

『狂人日記』の「狂人」は、普通の人間に戻ったあと、「狂人」時代の日記を兄に渡した。その兄が友人である作者に見せて、それがこの作品となった。作者の前言が文語文で、「狂人」の日記が口語文である。

日記の記述によると、「狂人」はある夜、月を見て、これまでの三十余年は「正気ではなかった」と気付く。つまり、このとき「狂人」は発狂した。すなわち、旧社会での眠りから覚醒したのである。そのことは取りも直さず、旧社会に生きていた自分は真っ当な人間ではなかった、ということを意味する。「狂人」は、封建的俗世間の価値観を引っくり返した人間なのである。

あとで社会復帰しているから、日記を書いた狂人時代の「狂人」のみが、封建的旧社会を批判する「超人」〔革命者〕の視点を持っていたと言える。「狂人」の日記は、まさに覚醒者の日記なのである。

「狂人」は狂人であるがゆえに、これまでの社会常識に束縛されず、世間の人々が発し得ぬ叫びを発した。

物事はすべて、研究しないとわからない。古来しょっちゅう食人があったことは、おれも知っているのだが、あまりよくはわからない。おれは歴史をひっくり返して調べてみた。この歴史には年代がなく、どの頁にも「仁義道徳」という字がくねくねと書いてある。どうせ眠れないので、夜中まで詳しく読んでみると、やっと字の隙間から字が見えてきた。本じゅう至るところに「食人」の二字が書かれている！

（『狂人日記』一九一八年）

主人公の「狂人」は、みんなの崇《あが》める儒教の経書《けいしょ》〔「狂人」の言う年代のない歴史〕を調べていたら、字の隙間から「食人」という字が見えてきた、と日記にしるしている。すなわち、聖人の教えがもたらしたものは、なんと「人が人を食う」非人間的世界だ、と訴えているのである。

他人に食われることを恐れる被害妄想狂の「狂人」は、たんねんに経書を調べ、ついに崇高なる「仁義道徳」の文字の奥に、礼教の恐ろしい正体〔人食い〕が隠れているのを見出した。「狂人」の日記だからこそ、こんな過激なことが言えたのである。

普通の人間では、こんな途方もない妄言《もうげん》は言えない。これまで孔子の教えが絶対に正しいと思って暮らしてきた人々は、これを目にして驚愕したことであろう。

魯迅はこの作品において、礼教は「人食い」の教えだ、と過激にアピールした。神聖なものとして存在した儒教に対して、強烈な打撃を与えるためには、ここまで徹底した表現が必要であったのである。

*

「狂人」は、自分も他人に食われるかもしれない、と恐れる被害妄想狂の狂人に仕立てられている。次は先の引用文の続きである。

書物にはこんなにたくさんの文字〔食人〕が書かれている。小作人はたくさんのことを喋《しゃべ》ったが、どいつもみなニヤニヤと変な眼つきでおれを見つめていた。

おれも人間だ。やつらはおれを食おうと思っていたんだ！

（『狂人日記』一九一八年）

そもそも「人が人を食う」などというのは、普通では口にしない話であるから、日記の記録者は狂人でなければならなかったのである。

しかし、中国では実際に「子を易《か》えて食う」（『左伝』に見える。籠城して飢餓に襲われたとき、自分の子を食うに忍びないので、他人の子と取り替えて食べた）の事件など、数多くの「人食い」の事実があった。暴虐なことで有名な殷《いん》の紂王《ちゅうおう》から始まって、春秋時代の斉《せい》の桓公や晋の文公なども人肉を食らい、そのほかにも数々の食《しょく》人肉の歴史記録がある。後漢末には、籠城で食糧が尽きたとき、愛妾を部下に食わせた将軍がいたという。

さらにまた、中華民国になっても、食人肉が行われていたことを窺《うかが》わせる新聞記事が見られる。

『狂人日記』の中では、狼子《ランズ》村から来た小作人が、「みんなで村の大悪人〔革命家？〕を殴り殺し、何人かはそいつの心臓と肝をえぐり出して、油で炒《いた》めて食べたんです」と「狂人」に語っている。

人食いの中でも有名なのが、安禄山《あんろくざん》の乱〔八世紀、唐の玄宗時代の安禄山の反乱〕の折、張巡《ちょうじゅん》という将軍が行った人食いである。張巡は賊軍に攻められて籠城したのであるが、食糧がなくなると、自分の妾、それから女、老人、子供を、次々と部下に食わせている。

張巡の行為は、「忠」を最重要視することによってはじめて成り立つ。人を殺し、人を食うという行為も、主君に「忠」を尽くすために戦う、という大義名分によって容認されるのである。極論すれば、「忠」が人食いをもたらしたのである。これこそ「礼教食人」〔礼教は人食いの教えだ〕の典型例と言うことができるであろう。

封建道徳の非人間性は、グロテスクにまで歪んだ「孝」においても見られる。典型的なものが、孝行を推奨している『二十四孝図』の話である。

一家に食糧が乏しくなったとき、孝行息子は老母の食糧確保のために、わが子を庭に埋めて殺そうとした。いまではとても考えられないが、これは親孝行のための口べらしである。さすがに神はその孝心を愛《め》でて奇蹟を起こし、孝行息子は掘った土中から黄金の入った壺を見つけ出して、わが子を殺さずに済んだという。

魯迅は幼い頃に『二十四孝図』を読んだときのことを、『二十四孝図』〔『朝花夕拾』所収〕という回想記で述べている。

わたしは最初、ほんとうにこの子供のために冷や汗を握った。黄金の入った壺を掘り出して、はじめてほっとした。だが、わたしはもう孝子になろうとは思わなかっただけでなく、わたしの父が孝子になることを恐れた。暮らし向きが悪くなっていて、父と母がその日の糧《かて》を心配しているのをいつも聞いていたのだ。祖母も年老いていたし、もしもわたしの父が郭巨《かくきょ》〔わが子を庭に埋めようとした孝行息子〕の真似をするなら、埋められるのはまさにわたしではないか？

（『二十四孝図』一九二六年）

魯迅は子供心にも、非人間的なことまで行う「孝」に対しては、かなりの恐怖と反感を抱いていたものと思われる。『二十四孝図』はこの例のほかにも、さまざまなグロテスクな「孝」を説いて大真面目なのである。かくして、封建道徳と化した儒教は、見えない力で、民衆の意識を真綿で首を締めるように束縛した。

『狂人日記』の「狂人」の兄は、「父母が病気になったら、子たる者は股肉《もも》を切り取って、煮て食べてもらうべきだ。〔薬になると信じられていた〕それでこそ、立派な人間と言える」とまで言っているが、これも一種の「人が人を食う」行為と言えるであろう。さらに、愛する母までも、兄の言葉を「いけないとは言わなかった」のである。このことは、「礼教食人」がいかに濃厚に中国社会に浸透しているかを示している。

ちなみに、東洋史家の桑原隲蔵《じつぞう》は『支那人間〔かん〕に於ける食人肉の風習』において、中国における食人肉の風習を驚嘆すべき学問的綿密さで論じている。桑原隲蔵はそれ以前にも、魯迅の『狂人日記』発表の翌年、次のように述べている。

　かくて宋・元以来、父母や舅姑の病気の場合、その子たり又その嫁たる者が、自己の肉を割き、薬餌として之を進めることが、殆ど一種の流行となった。政府も亦かかる行為を孝行として奨励を加へる。元時代にはかかる場合に、人毎に絹五疋〔ひき〕、羊両頭、田一頃〔けい〕を賞賜して旌表〔せいひょう〕〔家の門に旗を立てて表彰する〕したといふ。雷同性に富み、利慾心の深い支那人は、この政府の奨励に煽られて、一層盛んに人肉を使用することとなり、弊害底止〔停止〕する所を知らざる有様となった。明の太祖はこの弊風を矯止する目的で、洪武二十七年〔西暦一三九四〕に詔勅を発して、今後股を割き孝を行ふ者に対して、一切旌表を禁止して居る。されども之も一時のことと見え、明・清時代を通じて、自己の股肉を割いて父母に進むることは、最上の孝行として社会に歓迎せられ、政府も亦多くの場合之に旌表を加へた。民国以後の支那の新聞にもかかる行為が特別に紹介されて居る。

（桑原隲蔵『支那人の食人肉風習』一九一九年）

いまから見ると、かなり不穏当な表現も見られるが、あえて引用する。これを見ると、中国社会の「礼教食人」が想像を絶するほど根深いものであったことがわかる。

＊

魯迅は、「狂人」の日記を通じて、明快に儒教が非人間的に機能していることを暴き出した。「王様は裸だ！」と言った少年と同じである。「狂人」の日記だからこそ、経書の行間に「食人」の二字が見える、と過激な表現ができたのである。普通の人間が言うと、逆にリアリティがない。儒教の説く忠、孝、節の教えが、いつの間にか、「絶対服従」を強要する非人間的な「食人」の教え〔封建道徳〕にすり替わっている。仁〔ヒューマニズム〕の中心に位置すべき忠、孝、節が、現実社会においては、人食いの役割を果たしているのである。こんなすり替わりは、欺瞞《ぎまん》とさえ言い得る、人間としての「いい加減」さそのものであろう。

魯迅は、『狂人日記』の「狂人」の叫びを通じて、「仁」を説く孔子の教えが、現実社会では「食人」と化している「いい加減」さを、鋭く糾弾した。それは、三綱五倫の現実的役割を猛烈に批判した譚嗣同らと、まったく同じ立場と言うことができるであろう。

＊

「狂人」は五歳で亡くなった可愛らしい妹のことを想い出すと、その肉を食べた〔「狂人」の妄想による〕兄を咎《とが》めずにはおれない。妹の死を悼《いた》んで哭《な》いた母にしても、兄の行為を是認していたではないかと考え出すと、「狂人」の苦悩はピークに達する。

彼は苦悩の果てに「考えられなくなった」と言って、次のような悲痛な内省をしるすのである。

四千年来、つねに人を食ってきたところ。きょうやっとわかった。おれもその中で長年過ごしてきたのだ。兄が家の中を治めていたとき、ちょうど妹が死んだ。彼がおかずの中に混ぜて、こっそりおれに食わせなかったとは言えない。

おれは知らないうちに、妹の肉をいく切れか食べなかったとは言えない。いま順番がおれ自身に回ってきて、……

四千年の食人の歴史を持つおれ。初めはわからなかったが、いまわかった。真っ当な人間に顔向けできない！

まだ人を食ったことのない子供は、いるかもしれん？

子供を救え……

（『狂人日記』一九一八年）

最後に至って、「狂人」は、まだ「食人」社会に組み込まれていない、無垢《むく》の子供に希望を託して、この日記を締めくくっている。被害妄想で始まった「狂人」の日記は、まず中国社会を支配している礼教の欺瞞性〔礼教食人〕を暴き、最後に至って、自己の積年の「罪」に目覚めたことをしるしている。

自分も、知らぬ間に「食人」社会に組み込まれ、みんなと同じように「食人」の生活を行ってきた人間かもしれない。「狂人」は自分の血がすでに汚れていることを認め、まだ血の汚れていない子供に希望を託す。自分のことはもう仕方がないが、子供たちの救済はまだ間に合うのである。そこで、「狂人」は最後に、「子供を救え」と叫ぶ。

これこそ、最も人間的な、次世代〔子供〕への愛を示す、自己犠牲的な進化論と言うことができるであろう。魯迅文学の基底にある進化論的ヒューマニズムは、この小説の一年後に書かれた雑感文において、より明確に示されている。

自ら因習の重荷を担い、暗黒の水門を肩に支え、彼ら〔次世代〕を広々とした光明の場所に放してやるのだ。

（『われわれは今日どのように父親となるか』一九一九年）

『狂人日記』は、自分も知らぬ間に「食人」を犯していたかもしれないと内省し、その上で、倫理的進化を呼び掛けている点に深い意味がある。大人は次世代の子供たちのために尽くすべきだ、という進化論的ヒューマニズムの主張である。

年長者が次世代の者のために尽くすというのは、年長者に仕えるべきだ、という孝悌とは正反対の方向であり、儒教道徳とは鋭く対立する。

進化論はそれ自体、一つの学問的所説に過ぎない。しかし、封建社会の非人間的現実をずっしりと背負った魯迅は、進化論を旧体制打倒の思想的武器として、極めて有効に消化しているのである。魯迅は文学的出発に際して、「礼教食人」という主題を、『狂人日記』という小説で鮮烈に表現した。『狂人日記』は、封建道徳と化した儒教の否定的側面を、真っ正面から批判した作品なのである。

ただし、作品中の人物形象について言えば、必ずしも鮮やかではない。おそらく登場人物の形形象が、作者の心の中でまだ十分に発酵しないうちに執筆されたのであろう。意が勝って、芸術的形象化はいま一つというところがある。極論すれば、問題意識や主張の提示《ていじ》が先行した小説である。

形象化を重視する小説技法の側面から言うと、小説家としての魯迅が本格的に成立するのは、『狂人日記』のほぼ一年後に発表された、次作の『孔乙己《コンイーチー》』の出現を待たねばならないのである。

9 「吶喊《とつかん》」時代──『孔乙己』『故郷』『小さなできごと』他

魯迅は『孔乙己』において、はじめて彼の小説家としての才能を十二分に発揮した。この中で描かれた科挙に合格できない敗残者の形象は、ほとんど完璧《かんぺき》に近い。

教え子の孫伏園の回想記によると、自分の書いた小説の中でいちばん好きな作品はなにか、という問いに対して、魯迅は『孔乙己』と答えたそうである。たしかに、この小説は作中人物の芸術的形象化という観点から見るならば、作者の会心の作であったに違いない。

この作品において、魯迅ははじめて小説らしい小説を書く場所に立ったと言える。ここでは、作者の問題意識は後ろに隠れ、孔乙己の悲劇が日常生活の中で淡々と描き出されている。

孔乙己は何度も科挙に失敗している落ちぶれた受験浪人である。背は高いが、青白い顔色をしていて、皺のあいだには絶えず生傷の痕《あと》〔これには深い意味がある〕があった。ごま塩のあご鬚《ひげ》をぼうぼうに生やしており、着ているのは読書人の着る長衣ではあるが、汚れてボロボロになっている。

そんな彼は、民衆の眼から見ると、からかいの対象でしかない。「他人の苦しみを賞玩し慰安にする」民衆は、無神経に孔乙己をからかって楽しむのである。

『孔乙己』は、田舎町の短衣を着た連中〔労務者〕相手の居酒屋が舞台になっている。語り手の「わたし」は年少の小僧で、主人から「見るからに頭が悪そうだ。上客の相手はできない」と言われ、曲尺《かねじゃく》型のスタンドの内側で燗番《かんばん》をさせられている。「わたし」は単調な仕事をして、詰《つ》まらない日々を過ごしていたが、ただ孔乙己が来たときだけは、みんなといっしょになって笑うことができた。


立ち呑みの連中が、大声で孔乙己をからかって言った。

「孔乙己、また他人《ひと》の物を盗んだな？」

「なんで、そんなありもしないことを言って、濡れ衣《ぎぬ》を、……」

「濡れ衣が聞いて呆《あき》れらあ。わしはおととい、この目で、おまえが何《か》家の本を盗んで、吊《つる》されてぶたれているところを見たんだぞ」

孔乙己は顔を真っ赤にし、額に青筋を立てて抗弁した。

「竊書《せつしょ》は盗みとは言えん。……竊書は、……読書人の常なんじゃ。盗みとは言えん」

ここから難しい言葉になって、「君子ハ固《もと》ヨリ窮ス」だとか、「ナリ、ケリ、アランヤ」とか、ぶつぶつとつぶやいた。

そこで、みんなはどっと笑って、店の内外に快活な空気が流れた。（『孔乙己』一九一九年）

周りの連中が蔭で噂しているところによると、孔乙己はもともと科挙受験の勉強をしていたが、どうしても秀才〔科挙の予備段階合格者〕の試験に合格せず、また生活費を稼ぐこともできなかったので、いよいよ困窮していった。ただ字がうまかったので、大家《たいけ》の家で書写をして食い繋《つな》いでいた。

しかし、彼には悪い癖があった。酒呑みの怠け者なのである。仕事をして何日か経つと、孔乙己は書物や、筆、硯《すずり》もろとも消え去った。それが度重なって、書写を頼む者がいなくなると、ついには盗みまでするようになった。ただこの居酒屋のツケだけはなんとか払っていたので、ときに酒を飲みに来ることがあった。

しばらく孔乙己は姿を見せなかった。

しかし、彼がいなくてもどうということはなかった。客たちの話では、孔乙己が店に来れないのは、丁《てい》挙人の家で盗みを働き、リンチを受けて脚を叩き折られたかららしい。

中秋が過ぎると、秋風が日ましに冷たくなって、あっという間に冬に近づいた。わたしは一日じゅう火に当たり、綿入れも着ていた。

ある日の午後、客はだれもおらず、わたしは目を閉じて座っていた。

突然、「酒を一杯くれ」という声がした。その声はとても低かったが、聞き慣れたものだった。目をあけて見たが、だれもいない。

起ち上がって、外のほうを眺めやると、孔乙己が入口の敷居に向かって座っていた。彼の顔は黒ずみ、瘦《や》せこけて、見る影もなかった。ボロボロの長衣を着て、両脚を組んで座り、下に筵《むしろ》を敷いていた。縄で肩から吊している。

（中略）

わたしは酒の燗をして、持っていき、敷居の上に置いてやった。孔乙己は破れたポケットから四文の銅銭を取り出し、わたしの手に置いた。見ると、彼の手は泥だらけだった。彼はその手でいざってきたのだ。

やがて、彼は酒を飲み終わると、あとから来た客たちの笑い声の中で、座ったまま手を使ってのろのろと去っていった。

（中略）

それからいままで、わたしはついに彼を見ていない。――おそらく孔乙己は死んでしまったのだろう。

（『孔乙己』一九一九年）


孔乙己は脚を叩き折られて、歩けなくなり、それでも一杯の酒を求めて、手で這《は》いながら「わたし」の居酒屋までやってきた。

魯迅は、感情を交えずに淡々とこの場面を描写している。そのことによって、読者は知らぬ間に孔乙己に対して、憐れみの感情を引き起こすのである。

周りの連中はそんな孔乙己を見ても、大きな声で笑っている。仙台の「幻灯事件」での、同胞の処刑を憤りも同情もなく見物する中国民衆の、他人に対する冷淡、無責任な「傍観者」的態度が、この作品においても示されている。

孔乙己は丁挙人の家で盗みを働いたかもしれないが、それは決してリンチによって脚を叩き折られねばならないほどの罪ではない。そのような理不尽な制裁が是認されて、だれひとりとして孔乙己に同情するものがいない。それがこの「食人」社会の現実であり、そこにこそ孔乙己の悲劇の奥深さがある。

『孔乙己』は、封建支配者のリンチ〔実行者は下男たち〕によって歩けなくされ、手で這う生活を送って、ついに死んでいく孔乙己の悲劇がたて糸であるが、他人の苦しみを苦しみと感じない民衆の存在も重要な意味を持つ。民衆の「無自覚」と、弱者への冷淡が、人が人を食う「食人」社会を支える重要な基盤になっていることを、魯迅はこの作品においてもしっかりと提示しているのである。

それと同時に、孔乙己が「無自覚」なまま生きて、目に見えぬ悪霊《あくりょう》に絡《から》め取られ、自ら「食人」社会の犠牲者になってしまっている点にも、注意しなければならないであろう。孔乙己は科挙に失敗し続けて、なすすべもなく、揚句《あげく》の果てに盗みまで働いている。孔乙己は哀れではあるが、「無自覚」な知識人であった。『狂人日記』の「狂人」は、狂人になる前の自分を、「これまで正気ではなかった」と反省しているが、孔乙己はそんな反省をする力すら持ち合わせていない。それだけに、孔乙己の悲劇はいっそう深刻である。

『孔乙己』においては、作者は、語り手である「わたし」や、孔乙己をからかう民衆の後ろに隠れ、冷静に、かつどこか暖かく孔乙己を見つめている。そのことによって、孔乙己の悲劇が、そのことに気付かぬ「無自覚」な民衆との対比において、効果的にクローズアップされるのである。

語り手である「わたし」が居酒屋の小僧であることも、『孔乙己』の成功の一因であろう。燗番をするだけの、しがない小僧の境遇にある「わたし」によって語られるがゆえに、孔乙己が醸《かも》し出すペーソスがどことなく増幅されて、彼の悲劇が読者の胸に伝わってくるのである。

孫伏園は先に引いた回想記の中で、『孔乙己』を書いたときの作者の創作態度を、「従容不迫《しょうようふはく》」と評している。

魯迅は淡々とした筆で、より深刻に「食人」社会の悲劇を表現し得たことに、一種の満足感を抱いていたことであろう。彼が『孔乙己』をいちばん好きな作品と言うのも、不思議ではない。「潜移黙化《せんいもっか》」〔知らず知らずのうちに感化する〕こそ、魯迅のめざした小説作法であり、それによる最初の傑作が『孔乙己』であった。

＊

魯迅は『狂人日記』を発表した翌一九一九年、『孔乙己』のほかに『薬』『明日』『小さなできごと』の三篇を発表している。

雑感文のほうも、長編の『われわれは今日どのように父親となるか』や、その他雑感集の『熱風』に収められた二十一篇の文章を執筆している。

教育部勤務の魯迅は、余暇のかなりの部分をこうした文筆活動に費やしていた。これらの執筆状況から見て、この年、彼はいよいよ作家的出発の時期を迎えたと言える。

『孔乙己』の次の作品は、『薬』である。『薬』は、迷信に翻弄される「無自覚」な民衆の悲劇を描いた作品である。

老栓《ラオショワン》夫婦は、人血をしみ込ませた饅頭《マントウ》を食べると肺病が治るという迷信に頼って、なけなしの金をはたいて最愛の息子を救おうとし、その甲斐もなく愛児を失ってしまう。彼ら夫婦はまさに旧社会の因習の犠牲者と言える。

魯迅自身も、父親を「意識的な、あるいは無意識的な騙《かた》りに過ぎない」漢方医にさんざん翻弄され、揚句の果てに死なせているので、この種の迷信に対しては、何度も批判を加えている。

さらに言うならば、『薬』においては、魯迅は、迷信や医学の遅れのみを問題にしているのではない。民衆の「無自覚」の奥に、目に見えぬ悪霊《あくりょう》が潜んでいることをも問題にしているのである。

肺病の子供の父親である老栓が金をかき集め、人血饅頭〔饅頭にしみ込ませた人血は処刑された革命家の血〕を顔役の世話で買ってくる、というような愚行が行われている限り、悪霊は安泰なのである。

魯迅はこの作品において、因習の一形態である迷信が民衆自身によって支えられ、目に見えぬ悪霊がそんな因習によって維持されている構造をえぐり出した。

翌一九二〇年に発表された『髪の話』においても、魯迅は、清朝によって強制された辮髪への憤慨をテコに、民衆の「無自覚」を問題にしている。

魯迅はこの作品で、かつて清朝が漢民族を制圧したときに死刑をもって強制した辮髪が、いまや民衆になんの抵抗もなく、なんの疑いもなく、「いい加減」に受け入れられていることを描き出した。辮髪を勇気を持って切り落とした人間がいると、清朝に征服された民衆が、彼を異端として嘲笑悪罵するのである。主人公のNは作者の気持を代弁して、辮髪を強制されていることへの憤慨と、異民族支配に慣れてしまっている民衆の愚かしい「無自覚」を、皮肉っぽく、かつ自虐的に摘発している。

　辮髪を切った者に対する民衆の、人間〔被征服民族〕としての「いい加減」さは、目に見えぬ悪霊を支えるのが民衆自身であることを、象徴的に示しているのである。

＊

　日本では、中学の国語教科書に採用されていることもあって、『故郷』がとりわけ有名であるが、この小説においても、魯迅は、目に見えぬ悪霊の存在する悲しい現実を問題にしている。

　魯迅は一九一九年の年末、いったん帰郷し、紹興の家を整理処分して、一家をあげて北京に移住した。そのときの経験がこの作品には生かされている。

　主人公の「わたし」は、厳寒の中、船で故郷に帰っていく。目にする風景は心なしかわびしいものであった。どんよりとした空の下に、村々が活気なくあちこちに点在している。

　これが片時も忘れることのなかった故郷であろうか？

「わたし」はすぐに、故郷はなにも変わっておらず、自分の心境がわびしさを感じさせるのだ、と思い直した。家を手放して引き払うために帰ってきたのであるから、どこかうらぶれた気持ちなのである。

家に帰り着くと、母親が表門で嬉しそうに出迎えてくれた。八歳になる甥の宏児《ホンアル》も飛び出してきた。

「わたし」は椅子に座り、お茶を飲んで母親と話をしたが、やがて話題は引っ越しの段取りに移った。その話がひと通り終わった頃、「そうそう、閏土《ルントウ》がおまえに会いたがっているよ」と、母親が言った。

このとき、わたしの脳裏に、忽然《こつぜん》と不思議な画面がひらめいた。紺碧《こんぺき》の空に、一輪の金色の丸い月が掛かっている。その下は海辺の砂地で、見渡す限り緑色の西瓜が植わっている。そのあいだに十一、二歳の少年がいる。首に銀の輪を吊し、手には刺叉《さすまた》を持って、猹《チャー》〔アナグマの一種？　方言〕をめがけて思いっきり突き刺す。すると、猹はひらりと身をかわして、少年の股をくぐって逃げてしまう。

（『故郷』一九二一年）

この少年が閏土であった。閏土は、「わたし」の家に順番が回ってきた先祖を祀《まつ》る大祭の折に、小作人である彼の父親に伴《ともな》われて手伝いにやってきたのである。「わたし」はこのときに閏土と仲良しになり、いろいろな田舎での生活を聞いた。

仲良しになった閏土は、「わたし」の知らない田舎の様子をいろいろと話してくれた。大きな籠を短いつっかえ棒で支え、中にくず籾《もみ》を入れておいて、さまざまな種類の小鳥を捕らえることや、海辺で変わった貝殻を拾い集めることや、夜には西瓜畑で番をすること等々である。町の子供には珍しい話ばかりであった。

西瓜畑での番は、西瓜泥棒に目を光らせる見張りではなかった。通りがかりの人が喉が渇いて、取って食べることなんかは問題ではない。必要なのは、穴熊や針鼠や猹《チャー》の番なのである。月の夜、猹がカサッカサッと音を立てて来ると、閏土は刺叉を手にして忍び寄る。さっと突き刺すと、猹は閏土の股をくぐって逃げてしまう。

「わたし」は閏土の話を聞いて、次々と空想を巡らした。閏土の胸のうちには、汲《く》めども尽きぬ不思議がいっぱい詰まっている。これまで聞いたことのない楽しい生活や、さまざまな知識が詰まっている。町の暮らししか知らない幼い「わたし」にとっては、閏土は素晴らしいヒーローであった。

その閏土が二十年以上経ったいま、自分に会いたがっている。今回の帰郷では、わびしい気持ちに襲われ気味であったが、ただ閏土との再会のみが大きな期待となり、「わたし」の心は弾《はず》んだ。「わたし」は非常に閏土に会いたかった。

いよいよ閏土がやってきた。「わたし」は閏土がすぐにわかった。しかし、目の前の閏土は、昔の閏土とは似ても似つかぬものであった。身体は大きくなって、皺だらけの顔になり、目の周りは長年潮風にさらされて、腫れぼったく赤らんでいる。手はひび割れて、松の皮のようであった。

「やあ、閏土さん、……よく来たね」

このとき、「わたし」は非常に興奮していた。しかし、どう言ってよいのかわからず、やっとこれだけのことを言った。

彼〔閏土〕は立ち止まった。顔には、喜びと寂しさの表情が浮かんでいる。唇は動いているのだが、声にはならない。彼の態度は、ついには恭《うやうや》しいものに変わって、はっきりと言った。

「旦那さま!……」

わたしは、身震いしたような気がした。わたしたちのあいだには、すでに悲しむべき厚い壁ができていて、二人を隔てているのだ、と悟った。わたしは言葉を失った。

(『故郷』一九二一年)

これが、作者である「わたし」と閏土との劇的再会の場面である。

幼いわたしのヒーローであった閏土が、二十数年後には苦しい生活によって顔に皺を刻み、変わり果てた姿で現れたのである。その閏土の発する最初の「旦那さま!……」と言うひと言《こと》こそ、二人のあいだに横たわった階級社会の厚い壁を如実《にょじつ》に物語っている。

二十数年の歳月が天真爛漫《らんまん》な少年たちの交遊を風化させ、教育部の高級官僚と小作人という現実の階級的関係に引き戻しているのである。

当時の農民は、苛酷な社会状況がもたらす貧しい生活によって、いや応なしに活力を奪われていた。閏土も例外ではなかった。作者は「子だくさん、凶作、重い税、兵隊、匪賊《ひぞく》、官〔政府〕、紳《しん》〔地主〕、それらがみな彼を苦しめて木偶《でく》のようにしてしまった」と、その点について説明している。

しかし、このような閏土にしても、少年時代にはいきいきした元気のいい少年であった。月光のもと、海辺の青々した西瓜畑で、銀の輪を首にかけた少年が、刺叉《さすまた》を持って猹《チャー》の番をする。いかにも牧歌的な風景がここにはある。

増田渉〔後出〕は、詩人で小説家の佐藤春夫の言葉を引いて、彼の「鋭敏な感受性」が魯迅の芸術精神を「月光と少年」において捉えている、と述べている。

月光と少年――月光のように澄んだ、しかし悲涼をおびた光のなかに、彼は民族の将来を見つめていた。そしてそこに穢《けが》れなき少年を描き出すことによって彼は救われ、あるいは救われることを願った。少し気どった言い方かもしれないが、魯迅の芸術と人間との純粋な姿は、この二つに、しかもそれがバラバラでなくつながっているところに象徴されるかと思う。
（増田渉『魯迅の印象』一九四八年）

佐藤春夫が魯迅文学に見出したイメージは、おそらく『故郷』の場面から得たものであろう。少年閏土は、まさに牧歌的農村風景の中の無垢《むく》なる輝きであり、魯迅の希望はここにあった。

魯迅は閏土とのあいだに生じた現在の不幸な隔絶を強調するために、ことさら過去の牧歌的風景を美しく描き出した。それとは対照的に、搾取されて人間的活力を失った現在の閏土の悲惨な姿を描き出し、そのことによって、現実の厳しい状況を鮮明に描き出した。魯迅は「旦那さま！

……」としか言えなかった閏土の姿において、中国社会の非人間的な状態を鋭くえぐり出したのである。

それと同時に、目に見えぬ悪霊の犠牲者となっている旧社会の民衆の、「無自覚」で無気力な精神をはっきりと提示している。この点に関する限り、閏土も孔乙己と異ならないのである。

こうした現実に向かい合うとき、魯迅は次世代を担う甥の宏児《ホンアル》や、閏土が連れてきた彼の息子の水生《シュイション》に希望を託さざるを得なかった。彼らは、昔の「わたし」と閏土と同じように、子供同士ですぐ仲良しになり、元気よく家の外に飛び出していった。

この小説の最後で、「わたし」は帰途に就いた夜の船で横になり、船底のサラサラという水音を聞きながら、希望について考える。

朦朧《もうろう》とした中で、わたしの目の前に海辺の緑の砂地が広がっている。その上の紺碧《こんぺき》の空に、一輪の金色の月が掛かっている。


わたしは思った。希望とは、もともとあるとも言えないし、ないとも言えない。それはちょうど地上の道のようなものだ。その実、地上にはもともと道はない。歩く人が多くなれば、それが道になるのだ。

(『故郷』一九二一年)


魯迅はこの有名な言葉で『故郷』を締めくくっている。彼は、いまだ「食人」社会に汚されていない、無垢なる少年たちに将来の希望を託したかったのである。

ここでも、『狂人日記』の最後で「子供を救え」と叫んだ「狂人」〔作者〕の祈願が見出せる。魯迅の進化論的ヒューマニズムは、ここでも生き続けているのである。

＊

魯迅は『孔乙己』『薬』『故郷』、さらには『阿Q正伝』などにおいて、繰り返し「無自覚」な民衆の現実を描き出し、目に見えぬ悪霊が、骨がらみに中国社会の末端にまで浸透していることをえぐり出した。

しかし一方では、希望の光を求めて、民衆の中にある純朴な牧歌的情景を描き出さずにはおれなかった。それが『故郷』に登場する少年閏土と、翌年に執筆された短篇小説『宮芝居』に登場する少年たちの世界である。また、魯迅は次のようにも述べている。

聖賢の書を読んでいない人間は、この天性をなおも名教〔儒教。封建道徳と化した儒教〕の斧《おの》のもとで発揮し、萌《も》え出さすことができるのである。これがすなわち中国人が凋落萎縮《ちょうらくいしゅく》したとはいえ、いまだに絶滅しない原因である。

（『われわれは今日どのように父親となるか』一九一九年）

この言葉は、決して思いつきのものではない。魯迅の中には否定されるべき「無自覚」な民衆の像と、いまだ「天性」を失っていない朴素《ぼくそ》の民の像がせめぎ合いながら存在しているのである。

しかし、いまだ「天性」を失っていない朴素の民の姿を、現実的に見出したり創造したりすることは、それほど容易ではない。

ただ一つ、子供ではなく大人が「天性」を発揮した例外的なケースがある。『小さなできごと』がそれである。この小説は有名で、人力車夫の善行についてはよく知られている。自分の不利なことを顧みず、転んだ老婆を扶《たす》け起こした人力車夫の行動が「小さな親切」の模範として、称讃されているのである。

しかし、この小説の主題が、「小さな親切」にあるとのみ理解されるならば、創造社の成仿吾《せいほうご》が評したように、「拙劣な随筆」ということになってしまう恐れがある。

魯迅がこの小説において、人力車夫の「小さな親切」のみを述べようとしたか否かは、この小説の書き出しの部分が問題を解くカギになる。

わたしが田舎から北京に出てきて、またたく間にもう六年経った。その間に耳にした、いわゆる国家の大事なるものも、数えてみると少なくはない。だが、わたしの心の中では、すべてなんの痕跡もとどめていない。もしそれらの影響を探し出して言うなら、ただわたしの悪い癖を募らせただけだ。――正直に言うと、わたしは日ましに人を蔑《さげす》むようになった。

(『小さなできごと』一九一九年)

魯迅が人力車夫の善行に出くわしたのは、袁世凱やその後継軍閥の専制政治が続いて、人間不信の荒《すさ》んだ気持ちでいるときであった。そんなときであったからこそ、親切な人力車夫の後ろ姿を見ているうちに、魯迅は人間不信に陥っている自分を反省し、民衆の中にある「天性」を改めて認めたのである。

人力車夫の善行は、人間不信に陥っていた、作者の虚無的な気分との対立関係においてこそ、大きな意義を持つ。

老婆が人力車の梶棒に引っかかって転んだとき、役所に急いでいる「わたし」は、老婆の動きに、わざと当たったのではないか、と疑いを持ち、人力車夫に「早く行け！」と言った。しかし、彼はそれに取り合わず、老婆を支えてゆっくりと派出所に向かった。

わたしはこのとき、突然、一種異様な感覚に襲われた。埃《ほこり》まみれの人力車夫の後ろ姿が一刹《いっせつ》那《な》、大きくなったのだ。しかも、歩いて行けば行くほど大きくなり、仰ぎ見なければならないほど大きくなった。その上、彼はわたしにとって、徐々に威圧に変わり、甚だしくは、毛皮の服の下に隠されているわたしの「卑小さ」を絞り出さんばかりになった。

（『小さなできごと』一九一九年）

ここで大切なことは、作者が高級官僚である自分の傲慢な「卑小さ」に気付かされたことである。荒んだ気持ちから倒れた老婆にさえいらいらしている自分が、下層階級の人力車夫のさりげない善行によって思い返される、という構図である。

民衆の「天性」の再発見は、自分の傲慢な「卑小さ」によって、俄然《がぜん》、光彩を放つ。作者の切なる内省が持つ意味は、「拙劣な随筆」といって退けられるほど小さくはないのである。

魯迅の第一創作集『吶喊《とっかん》』〔敵陣に突撃するときの叫び声〕は、『狂人日記』『孔乙己』『薬』『明日』『小さなできごと』『故郷』など、これまで見てきた作品を含む短篇小説と、中編小説『阿Q正伝』の合計十四篇に、『自序』を付したものである。一九二三年八月、北京新潮社から出版された。これで、魯迅の作家的地位は不動のものとなった。

10　代表作『阿Q正伝』上

『狂人日記』を発表して文壇に登場した魯迅は、三年後、最高傑作の中篇小説『阿Q正伝《せいでん》』を完成した。

一九二一年に執筆されたこの中篇小説は、『晨報《しんぽう》副刊』〔新聞の付録版〕の「開心話《カイシンホア》」という欄に、週一度、または二週に一度の割合で連載された。開心とは、愉快とか楽しい、という意味であり、それだけに「序」の部分はこれが小説かと思えるほど面白おかしく、かつ衒学《げんがく》的に、正伝《せいでん》〔伝には、列伝、自伝、外伝《がいでん》などいろいろある〕や、阿Qの用語について議論している。

ちなみに、阿Qとは、Qちゃんとか、Qやん、といった呼び名〔音声〕であり、Qの漢字はわからない。阿桂《アクイ》か阿貴《アクイ》であろうが、魯迅はクという音を、辮髪を暗示するQで仮《かり》に表記した。阿Qは、名前からして「いい加減」なのである。

魯迅自身、「開心話」という名につられて「むやみに必要でない滑稽を加えた」と述べている。しかし、そのことによって『阿Q正伝』がユーモアに満ちた暢達《ちょうたつ》な文体を獲得したことは、紛《まぎ》れもない事実である。

『阿Q正伝』が成功した原因の一つは、明らかに、この「滑稽」によって調子づいた文体にあると言える。

魯迅が滑稽味のある文体で描き出したこの小説の主人公は、まさにその文体にぴったりの、「いい加減」で、ちゃらんぽらんな、お調子者の三十近い独身男である。おそらくこうした文体でなければ、「いい加減」さの極め付きである阿Qを、これほど軽妙に表現することはできなかったであろう。

阿Qの「いい加減」さを表す特徴は、なんと言っても、「精神勝利法」である。「精神勝利法」とは、自分の欠点や敗北をなんとか理屈をつけてごまかし、「勝利」に転化して自己満足することである。自分の欠点や失敗をごまかしたい欲求は、だれしも抱くものであるが、まともな人間はできるだけそれを慎む。ところが、阿Qときたら、しょっちゅう「精神勝利法」を用い、自分をごまかしては自己満足するのである。

例えば、阿Qはそこらの連中とよく喧嘩をする。閑人《ひまじん》が阿Qの頭にあるできもの痕《あと》のハゲをからかい、ときにしつこく絡《から》んでくる。

そこで、ついには殴り合いになった。阿Qは形の上では〔実質的には〕負けた。汚れた辮髪を摑《つか》まれて、壁にゴツンゴツンと四、五回ぶつけられると、閑人のほうはやっと満足して、意気揚々と引き揚げていった。

阿Qはしばらく突っ立ったままで、心の中で思った。「おれは倅《せがれ》に殴られたようなもんだ。いまの世の中はほんとうになっとらん。……」

そこで、彼も意気揚々と引き揚げていった。

（『阿Q正伝』一九二一年）

阿Qは、勝手に相手を自分の息子と考えて、自分を慰める。相手が自分の息子ということになると、喧嘩に負けても自分が身分的には一世代上で、上位に立つことができるからである。喧嘩の勝ち負けという事実関係は、より高度な親子関係という序列関係によって、相対的に意味が低下する。実際は親子でもなんでもないのに、勝手に相手を自分の息子と見なすことによって、身分的には相手より偉くなった気になり、喧嘩に負けた事実の重みを抹殺するのである。

趙旦那や銭旦那が文童〔秀才に合格する前の塾生〕の父親ということで尊敬されると、阿Qは「おれの息子ならもっと偉くなるわい」と思う。しかし、これもなんの根拠もない。阿Qは、つねに精神勝利法〔虚〕で勝利するのである。

＊

阿Qは性懲《しようこ》りもなく、つまらぬことで喧嘩をしてはしょっちゅう負ける。ちなみに、こんな阿Qは、彼の自尊心の強い特徴と相俟《ま》って、「眠れる獅子」と称された「老大国」中国とどこか似かよっている。西欧列強と戦争しては負ける清朝末期の中国は、外侮《がいぶ》に甘んじながら、みじめにも言葉〔外交文書〕の上だけは、格好をつけて懸命に面子《めんつ》を保っていたのである。

話を阿Qに戻して、彼がどんなつまらない喧嘩をしているか、もうすこし見ていってみよう。

ある日、日だまりの壁際で、鬚《ひげ》の王《ワン》が上半身裸になってシラミを取っていた。それを見ると、阿Qは自分もむず痒《がゆ》くなった。

この鬚の王は、本来、ハゲ鬚の王と呼ばれているのであるが、阿Qは「ハゲ」を抜いて鬚の王と呼び、非常に軽蔑していた。ハゲは奇とするに足りないが、この頬から顎にかけての鬚だけは、見られたものではない。ほかの連中なら、下手をするとやられる心配があるが、この鬚の王ならそばに寄っても怖くはない。自分が近づくのを光栄に思え、という気分である。

阿Qは自分も横に並んでシラミを取った。長いことかかって、やっと三、四匹捕まえたが、鬚の王のほうはピッピッとシラミを噛んでいる。自分はあまり取れないのに、鬚の王は景気がいい。阿Qは面白くなかった。

阿Qは、頭の一つ一つのハゲを真っ赤にして、上着を地面に叩きつけ、ペッと唾を吐いて言った。

「この毛虫め！」

「ハゲ犬よ。だれのことを言っているんだ？」

鬚の王は、蔑《さげす》むように目をあげて言った。

阿Qはこのところ、人からすこし尊敬されて、自分でも気位《きぐらい》が高くなっていたが、喧嘩っ早《ぱや》い閑人と顔を合わせると、怖《お》じ気《け》づいた。

ただ今回は非常に勇ましかった。こんな鬚だらけの野郎に、言われっぱなしになってたまるか？

「わかりきったことよ」

阿Qは起ち上がり、両手を腰に当てて言った。

「おまえは揉《も》んでもらいたいのか？」

鬚の王も起ち上がり、上着を引っかけて言った。

阿Qは相手が逃げるとばかり思って、飛びかかっていって拳骨《げんこつ》を振り上げた。その拳骨が相手に届かないうちに、相手に手を摑《つか》まれた。引っ張られた拍子に、阿Qはよろよろとよろめいた。たちまち辮髪を鬚の王に摑まれて、壁まで引っ張られ、ゴツンと頭をぶつけられそうになった。

「君子は口を出すが、手は出さず」

阿Qは顔を歪めて言った。

鬚の王は、君子ではないらしかった。お構いなしに五回ゴツンゴツンと壁にぶつけて、思いっきり突き飛ばした。阿Qが二メートルほどよろけていくと、鬚の王はこれでようやく満足して立ち去った。

（『阿Q正伝』一九二一年）

さすがにこんどばかりは、阿Qもがっくりと気落ちした。これが最近第一の屈辱事件である。途方に暮れて立っていると、向こうから阿Qの敵《かたき》がやってきた。これは、阿Qの大嫌いな銭《せん》大旦那の長男である。日本からの留学帰りで、辮髪を切っている。そのため、母親は十数回泣きわめいたし、嫁は三回も井戸に飛び込んで自殺騒ぎを起こした。

阿Qはこんな新式人間が大嫌いで、ニセ毛唐《けとう》〔にせの西洋人〕とか、毛唐の手先と呼んで、腹の中で密かに罵倒していた。特にカツラの辮髪が大嫌いで、嫁が井戸に四回目の飛び込みをしないのは、ろくな嫁でない証拠だ、と思っている。そのニセ毛唐が近づいてきたのである。「坊主頭、驢馬《ろば》の……」。いつもなら腹の中で悪口を言うだけなのだが、いまは生憎《あいにく》むしゃくしゃしている最中なので、つい口に出した。この場合の坊主頭は、もともとは辮髪がないのを坊主頭と見なしての悪口である。驢馬も相手を馬鹿にした言い方である。

意外にも、この「坊主頭」はニス塗りのステッキを持って、ずかずかと阿Qのほうに寄ってきた。阿Qはやられると思って、身を硬くして待った。パンと音がして、ステッキで頭を叩《たた》かれた。

「あいつのことで！」

阿Qは近くの子供を指さして言いわけを言ったが、なおもパンパンパンと叩かれた。これが阿Qの最近第二の屈辱事件である。

こんな屈辱事件があっても、阿Qはパンパンパンの音で、事件が一件落着したような気になり、先祖伝来の「忘却」という妙薬ですぐに忘れた。居酒屋に着いたときにはもう上機嫌になっている。

すると、向こうから静修庵《せいしゅうあん》の若い尼《あま》がやってきた。阿Qはとにかく異端が嫌いで、尼もその一つである。尼は和尚と密通するものだ、と勝手に思い込んでいる。阿Qは若い尼を見ると、屈辱事件のあとなので、敵愾心《てきがいしん》を起こした。

若い尼の前に立ちはだかって、音を立てて唾《つば》を吐きかけた。

「カッ、ペッ！」

若い尼は見向きもしないで、うつむいたまま過ぎていこうとする。阿Qは彼女に近づき、突然、手を伸ばして剃りたての頭にさわった。

「坊主頭！　早く帰れ。和尚が待っているぞ……」

阿Qはへらへら笑いながら言った。

「なにさ、手出しなんかして……」

若い尼は顔じゅう真っ赤にして、足を速めた。

居酒屋にいた連中がどっと笑った。阿Qは自分の手柄が褒められたので、ますます得意になった。

「和尚ならよくて、おれは駄目なのか？」

阿Qは若い尼の頬を指でつねった。

居酒屋にいた連中がどっと笑った。

阿Qはますます得意になって、この見物人たちをもっと満足させるために、もう一度ぎゅっとつねり、それでようやく手を放した。

この一戦によって、阿Qは鬚の王のことを忘れ、ニセ毛唐のことも忘れた。きょうのすべての「不運」の仇《かたき》を取ったような気がした。その上、先ほどのパンパンパンで全身がさっぱりしたみたいで、ふわふわと舞い上がっていくような気がした。

「後継ぎなしの阿Q！」

遠くから若い尼の半泣きの声がした。

「ハハハ！」

阿Qは百パーセント満足げに笑った。

「ハハハ！」

居酒屋にいた連中は九十パーセント満足げに笑った。


（『阿Q正伝』一九二一年）

阿Qは憂《う》さ晴らしのために弱い者いじめをするし、自分の行為が見物人に受けると、いよいよ調子に乗って、若い尼への嫌がらせをエスカレートさせる。阿Qのやっていることは、いまから言うと、立派なセクハラ行為であるが、こんなことが平気で行われる時代もあった。

もっとも、若い尼のほうも、それなりに反撃している。彼女が半泣きで言った悪たれ口は、阿Qはすぐには気がついていないが、阿Qのいちばん痛い急所を突いているのである。

＊

阿Qはこの晩、容易には寝つかれなかった。いつもなら仮のねぐらの祠《ほこら》〔土地廟《びょう》〕に帰ると、「精神勝利法」が効を奏して、上機嫌のまますぐに眠り込むのであるが、きょうはそうはいかなかった。普段と違って、親指と人差し指が妙にすべすべしているのである。若い尼の肌の感触が想い出されて、気持ちが落ち着かない。滑らかな坊主頭も、頬の肌も、これまで味わったことのない柔らかさで、微妙に気持ちがよかった。

この夜から以後、阿Qは指先がつるつるするのが気になり、ずっと気持ちがふわついていた。「後継ぎなしの阿Q！」。阿Qの耳に、またしてもこの言葉が響いてくる。子がなく、孫がなくて、いったいどこのだれが、自分が死んでからあと、飯を供えてくれるのか？

阿Qは、若い尼の肌に性欲を刺激されただけでなく、自分の死後のことまであれこれ考え出して、なんとしても女が欲しくなった。「女、女、……」と、阿Qは思った。「和尚ならよくて、……女、女、……女」と、阿Qは考え続けた。

ある日、阿Qは趙大旦那の家で一日じゅう米搗《つ》きをした。晩飯のあと、台所で煙草を一服吸った。

趙大旦那の家のただひとりの下女である呉媽《ウーマー》が、茶碗を洗ったあと、自分も床几《しょうぎ》に腰を下ろして、阿Qとおしゃべりを始めた。

「大奥様は二日もご飯を食べていないんだ。大旦那さんが妾を作ったもんで、……」

「女、……呉媽、……この若後家、……」と、阿Qは思った。

「若奥様は八月に子供を産むんだ。……」

「女、……」と、阿Qは思った。

「若奥様は……」と、呉媽はまだくどくどとしゃべっている。

阿Qは煙管《きせる》を置いて、起ち上がった。

「おれと寝てくれ。おれと寝てくれ！」

阿Qはふいに飛び出し、呉媽の足下に跪《ひざまず》いた。

一瞬、しーんとなった。

「ヒェー」

呉媽はしばらくぽかんとしていたが、急に震え出して、大声で叫びながら表へ駆け出していった。駆け出しながら喚《わめ》き、しまいには泣き声になっていた。

（『阿Q正伝』一九二一年）

阿Qは仕方なしに、再び米搗きの仕事に戻った。しばらくすると、表から騒がしい物音が聞こえてきた。阿Qはもともと野次馬なので、さっそく声のするほうに向かった。やってきた場所はこの屋敷の中庭である。薄暗がりの中に、大勢の人々が集まっている。趙家の者が全員、二日も飯を食べていない大奥様までが、騒ぎに加わっている。若奥様が、泣き続けている呉媽の手を引いて、女中部屋から連れ出してきた。

「ふん、面白くなってきたぞ。この若後家、なにをやらかす気なんだ？」。阿Qは、呉媽のことを周りの者に聞こうと思って、前に進んだ。突然、趙大旦那が気色《けしき》ばんだ顔つきで自分のほうに駆けてきた。手には天秤棒《てんびんぼう》を握っている。その天秤棒を見ると、阿Qはたちまちさっきのことを想い出した。なんとか裏口に回り込んで、一目散に逃げ出し、這々《ほうほう》の態《てい》でやっとねぐらにしている祠に逃げ帰った。

自分がやったことを忘れて、のこのこと呉媽の騒ぎを見物しに行くところは、まったくもって間の抜けた行動である。本来的には深刻な事態に陥っているのであるが、阿Qはすぐに軽薄な人間の地《じ》を出して、悲劇を喜劇にしてしまっている。作者のユーモアのセンスが遺憾なく発揮されている場面である。

ところが、阿Qが行ったこの滑稽な行為の奥には、本人がまだ気付いていない重大な問題が内蔵されていた。阿Qが呉媽にやってしまった事件は、これで終りにはならなかったのである。阿Qは思いっ切り、事件の後始末をやらされた。

阿Qの不始末に対する要求は、趙家のほうが呉媽よりも大きく、阿Qはいろいろな賠償を取り立てられた。村の世話役まで、阿Qから謝罪の仲介の駄賃をせしめている。不祥事があると、それにかこつけて弱者から金品を搾《しぼ》り取るのが、当時においては、普通のことであった。

趙家は謝罪として、今後の出入りを禁止したほか、紅蠟燭《ろうそく》一対と香一封を持参して謝罪せよとか、首吊り〔呉媽がするかもしれないので〕の厄払いの費用を負担せよとか、これまで働いた賃金を請求するなとか、五か条もの要求を出している。

阿Qは雇い主が過酷な要求を出してきても、言いなりになるしかなかった。布団などを質に入れて、払いを済ませると、身の周りになにも残らなかった。

呉媽事件のあと、阿Qにとって、世の中がおかしくなった。周りの女たちが阿Qの姿を見ると、慌てて逃げていく。五十を過ぎた婆さんまでが逃げるし、十歳の女の子まで呼び返されるのである。もちろん、これは呉媽事件が原因で、阿Qにとっては自業自得《じごうじとく》であろう。

それに、もっと深刻な問題が生じていた。日雇いの仕事が来なくなったのである。現実的には飯の食い上げで、こちらのほうが阿Qにはより応えた。よくよく探ってみると、貧乏たれの小《シャオ》D〔小は、年下の者に使う。Dは同《どう》?〕が、この機に日雇いの仕事を横取りしている、ということがわかった。阿Qは頭にきた。

その小Dと出くわしたとき、阿Qは例によって悪態をつき、取っ組み合いの喧嘩を始めた。しかし、腹の減った阿Qと貧弱な小Dとでは、相互に辮髪を摑《つか》んで引っ張り合うばかりで、勝負がつかない。長いあいだ揉《も》み合ったあと、二人は同時に離れた。

「覚えておれ、こん畜生……」と、阿Qは振り返って言った。「こん畜生、覚えておれ……」と、小Dが振り返って言った。

腹の減った阿Qも、貧弱な小Dも、笑ってしまうほど愚かで、ヘトヘトになるまで喧嘩した揚《あげ》句《く》、口先だけは虚勢を張っている。口では偉そうなことを言っても、実力が伴わないのが阿Qの泣き所で、「虚」においてしか勝てないのである。

ペコペコに腹を空《す》かした阿Qは、もう城内〔まち。城壁に囲まれている〕に行くしかない、と思った。阿Qは権力者には弱いし、弱い者いじめはするし、屁理屈だけは一人前である。これでは、とても真っ当な人間とは言えない。

それでも、阿Qは可哀相と言えば可哀相な、どこかしら憎めないところもある、社会の最下層に生きる三十の独身男なのである。

11　代表作『阿Q正伝』下

阿Qが未荘《みそう》村に再び姿を現したのは、その年の中秋の直後である。今回の阿Qはこれまでと違って、ひどく景気がよかった。着ているのは真新しい袷《あわせ》で、腰には大きな巾着《きんちゃく》〔財布〕をぶら下げており、重みで帯がたわんでいる。

「現金だぞ！　酒をくれ！」阿Qは銀貨と銅貨をたくさん握って、居酒屋のスタンドの上に投げ出した。こんな調子なので、村の連中の阿Qを見る目は、以前とは違った。彼らは、とにかく尊敬しておくほうが無難だ、と知らず知らずのうちに計算しているのである。

阿Qが城内から帰ってきたニュースは、全未荘に広まった。村の連中は、現金と新しい袷を得た阿Qの「中興史」を知りたがった。

阿Qの話すところによると、彼は挙人《きょじん》旦那の家で働いていたという。この話は聞き手を粛然《しゅくぜん》とさせた。挙人は、城内にただ一人しかおらず、ずば抜けた名士なのである。この屋敷で働いていたとなると、村の連中は、阿Qに畏敬の念を抱かずにはおれなかった。

ところが、阿Qときたら、もう二度と働きに行きたくない、この挙人旦那はあまりにも「こん畜生」だからだ、と言った。この話は、もったいないことをすると思わせると同時に、聞き手を痛快がらせた。阿Qは調子に乗って、城内で見聞きした情報を村の連中に聞かせてやった。

「おまえら、首斬りを見たことがあるか?」と、阿Qは言った。「へん。面白えぞ。革命党を殺すんだ。ああ、面白え、面白え、……」

阿Qは首を振って、正面にいる趙司晨《ちょうししん》の顔に唾をとばした。この話は聴衆をぞくっとさせた。阿Qは周りを見回すと、急に右手を挙げ、首を伸ばして阿Qの話に聞き入っている鬚《ひげ》の王《ワン》のぼんのくぼ目がけて、さっと振り下ろした。

「バサリ!」

鬚の王は跳び上がり、電光石火の速さで首を引っ込めた。このあと、鬚の王は何日も頭の具合がおかしくなり、もう二度と阿Qのそばに近寄らなかった。ほかの連中も同じであった。

(『阿Q正伝』一九二一年)

この頃、未荘村における阿Qの地位は、趙大旦那の上と言えないまでも、ほぼ同等に近いものになっていた。

やがて、阿Qは女たちのあいだでも有名になった。阿Qから絹のスカートやキャラコの上着を安くに分けてもらった者がいて、噂が噂を呼び、阿Qが城内から持って帰った上着やスカートを、女たちが欲しがった。とにかく安いのである。

趙大旦那の家でも、お出入り禁止のはずの阿Qを呼びつけたが、出足が遅れたので、いい物が得られなかった。「阿Q、これから品物が入ったら、真っ先に持ってくるんだぞ」。趙大旦那は仕方なしに言ったが、趙家の者はまだ未練がましく阿Qの物を欲しがった。

ところがこの翌日、事態が変わった。阿Qには怪しいところがあると言いふらす者がいて、阿Qの地位はいっきょに地に堕《お》ちたのである。

阿Qは村の連中に敬遠されてしまった。それでも、一部の閑人《ひまじん》は根掘り葉掘り阿Qの過去を聞き出そうとした。阿Qは隠し立てもせず、平気で自分の経験したことを話した。

阿Qの話によると、彼は下っ端の小物《こもの》に過ぎなかった。土塀を越えることもできなければ、土塀にあいた穴から忍び込むこともできず、ただ土塀の外で盗品を受け取るだけの役なのである。ある夜、阿Qは盗品の包みを受け取った。本職の泥棒が再び屋敷に引き返していったとき、急に屋敷の内側が騒がしくなった。それで、彼は慌てて逃げ出し、夜を徹して未荘村に戻ってきたのである。もう二度と行きたくない、と言った。

こんな話をしたお蔭で、阿Qはいっぺんに「敬遠」にも値しないダメ男になり下がった。村人は阿Qのことを警戒していたが、度胸のない小物とわかったので、もう怖くもなんともない。阿Qは、自分に不利なことをペラペラとしゃべるお調子者で、あまり立派な人間とは言えない。しかし、陰険なところはないし、腹黒い人間でもないから、憎めないのである。

＊

宣統《せんとう》三年（一九一一年）九月十四日、夜中の十二時過ぎに、一艘の黒塗りの苫船《とまぶね》が趙家の舟着き場に着いた。これが未荘村における革命騒動〔辛亥革命〕の幕開けである。

噂によると、これはなんと挙人旦那の持ち船であった。革命党が城内に入ってくるというので、挙人旦那はこの村に避難してきたらしい。

噂は錯綜して、別の情報もあった。挙人旦那は来ていないが、荷物は着いているという。挙人旦那に頼まれた趙大旦那は、損得勘定《かんじよう》をよくしてから、ようやく荷物を引き取り、奥方の寝台の下に隠したそうである。革命党のほうは昨夜、城内に入ったらしい。連中は死んだ明《ミン》の崇正帝〔実際は崇禎《すうてい》帝〕の喪《も》に服して、白兜《かぶと》、白鎧《よろい》を身に付けているそうな。

噂のほとんどはデマであるが、そのこと自体が未荘村の民衆の社会意識の低さを示している。革命党が清〔満州族〕に滅ぼされた明〔漢族の王朝〕の皇帝の喪に服して、白兜、白鎧を身に付けていると思うのは、時代錯誤も甚だしい。このこと一つで、当時の民衆の程度がよくわかる。阿Qにしても彼らと五十歩百歩か、もっとひどいのである。


阿Qの耳には、革命党という言葉はとっくに達していた。今年はまた革命党が殺されるのを自分の目で見ている。だが、彼はどこから仕入れたかわからないが、革命党は謀反《むほん》であって、謀反はけしからんものだ、と思っていた。それで、これまで革命党のことを「深く憎んで」いたのである。

ところがなんと、革命党は百里に名の聞こえた挙人旦那を、こんなにも震え上がらせている。阿Qは「恍惚《こうこつ》」とならざるを得ない。それになにより、未荘村の有象無象《うぞうむぞう》が慌てふためく様子は、痛快この上なかった。

「革命もええぞ」と、阿Qは思った。「ここらのこん畜生をカクメイしてやる。憎たらしいやつめ！　忌々《いまいま》しいやつめ！……おれだって、革命党に入ってやるぞ」

阿Qはこのところ再び金がなくなっており、面白くなかった。それに、昼酒を空《す》きっ腹に二、三杯引っかけていたので、酔いの回りも早く、歩いているうちにまたしてもふわふわした気分になってきた。

どういうわけか、阿Qは急に自分が革命党で、村の連中がみんな自分の捕虜になったような気がした。得意のあまり、彼は思わず大声を出した。

「謀反だ！　謀反だ！」

村の連中は、怯《おび》えた目つきで阿Qを見た。こんな哀れな目は、いままで見たことがなかった。それを見ると、真夏に氷水を飲んだように気持ちがよかった。

（『阿Q正伝』一九二一年）

阿Qがこんな気分になったのは、日頃、人々から軽く見られている鬱屈《うっくつ》した不満があったからであろう。その日暮らしの家なし独身男の不満が、知らず知らずのうちにたっぷりと蓄積されていた。社会の最底辺に生きる人間の屈辱感が、知らぬ間に身体の奥で膨れ上がり、こんな形で噴出したのである。

阿Qはますます嬉しくなって、歩きながら叫んだ。「よし、……欲しいものは、なにもかもおれのもんだ。好きな女は、どれもこれもおれのもんだ。タッタッ、ジャンジャン！……」。

阿Qは芝居の唄を唄いながら、ふわふわと飛び回って、ねぐらにしている祠《ほこら》に戻ってきた。酔いはもうすっかり醒めている。

小さな部屋で横になっていると、気分はすごく新鮮で、愉快であった。蠟燭の火は元宵節《げんしょうせつ》〔旧暦の一月十五日。灯籠節《とうろうせつ》〕の夜のようにキラキラと光っている。阿Qの頭に、次から次へと空想が湧いて出る。

謀反か？　面白えぞ。……

白兜と白鎧の革命党がやってくる。みんなが青竜刀、鉄の鞭《むち》、爆弾、鉄砲、三つ叉《また》の両刃《もろは》剣、鉤《かぎ》鎌の槍を手にして、祠までやってくると、「阿Q、いっしょに行こうぜ」と叫ぶんだ。そこで、いっしょに行く。……

このときの未荘村の有象無象は面白えぞ。ひざまずいて叫ぶんだ。「阿Q、命ばかりはお助けを！」　だれが聞いてやるもんか！　いちばんに死んでもらうのが、小《シャオ》Dと趙大旦那、それに趙若旦那、それにニセ毛唐〔銭〕、……

何匹残してやるか？　鬚の王は残してやってもいいところだが、これも残すことはない。

……

分捕《ぶんど》り品はと、……

さっと入っていって箱を開けるんだ。馬蹄《ばてい》銀、銀貨、キャラコの上着、……

秀才〔趙若旦那〕の女房の寧波《ニンボー》寝台はまず祠に運ぶ。それから銭家のテーブルと椅子を並べる。……

それとも趙家のものでもええかな。自分では動かないんだ。小Dに運ばせる。早く運ばんと駄目だ、ぐずぐずしているとビンタを喰らわせるぞ。……

趙司晨《ちょうししん》（趙大旦那の一族の者）の妹はほんとうにぶさいくだ。鄒七嫂《すうチーサオ》の娘は何年か経ってからの話だな。ニセ毛唐の女房は辮髪のない男と寝てやがるんだから、ふん、ろくな代物じゃない！　趙若旦那の女房はまぶたに傷跡がある。……

呉媽《ウーマー》（趙家の下女。阿Qはこの若後家に自分と寝てくれと頼んで大騒ぎされた）は長いこと見ないが、どこにいるんだろう？……惜しいことに、足が大き過ぎるな。（『阿Q正伝』一九二一年）

空想する阿Qの革命に対するイメージは、滑稽なほど陳腐《ちんぷ》である。本物の革命とは縁もゆかりもない。阿Qにとっての革命とは、これまでの支配者から物を奪うことに過ぎない。女性に対する意識にしても、物に対するのとなんら変わりはなく、自分の物にすることしか考えていない。相変わらず昔の古臭い意識のままである。

阿Qにおいては、辮髪も纏足《てんそく》も当然の風習なのであり、呉媽の足が大き過ぎる（呉媽は下女なので、纏足していない）のも不満なのである。「無自覚」な民衆の意識そのものが、阿Qの空想の中に見られる。

次の日、阿Qは遅く起きた。街に出たが、なに一つ変わっていない。相変わらず腹は減《へ》っている。とぼとぼ歩いているうちに、知らぬ間に静修庵にやってきた。門を叩くと、年寄りの尼が門を細めに開いた。年寄りの尼は、両目を真っ赤にして、先ほど趙若旦那とニセ毛唐がやってきて、さんざん「革命」していったという。

趙若旦那は、辮髪を頭のてっぺんに巻き上げ、そのあと、ニセ毛唐を誘って静修庵に「革命」しに行ったのである。彼らは静修庵に着くと、「皇帝万歳万万歳」と書かれた竜牌《りゅうはい》〔寺や学校に備えられた位牌形の置物〕を壊しに掛かり、それを止めようとした年寄りの尼を、それぞれ拳骨やステッキで殴りつけた。彼らは革命勢力が勢いづいたのを見て、それに便乗して行動したのである。彼らの安直な革命も、阿Qに劣らず軽薄なものでしかない。

阿Qはそれを聞くと、びっくりした。カクメイに遅れを取ったのである。寝過ごしたことが悔やまれた。そして、趙若旦那とニセ毛唐が、自分を誘ってくれなかったことを恨めしく思った。

*

城内からの噂では、革命党は入城したものの、べつに大した変化はないようであった。知事様はもとのままで、官職名が変わっただけである。挙人旦那もなんとかの官職に就いたらしい。未荘村では、辮髪を巻き上げる者が増えてきた。最初にやったのは秀才の趙若旦那であるが、そのあと趙一族の趙司晨が巻き上げた。趙司晨が街を歩くと、見ていた連中が盛んに囃《はや》し立てた。

「ほほう、革命党が来たぞ!」。

それを聞くと、阿Qは羨ましくて堪《たま》らなかった。こうなると、阿Qもやっと決心し、竹の箸で辮髪を頭のてっぺんに巻き上げた。遅ればせに街に出ていったが、いまではもうだれも囃し立ててくれない。阿Qは面白くなかった。

阿Qはこのところ、自分が落ち目になっているのを感じていた。革命をやるとなると、辮髪を巻き上げるだけでは駄目なのである。革命党にコネを持っていないと、うだつが上がらない。なんとかしなくてはと思い惑っていると、ニセ毛唐が頭に浮かんだ。身近にいる革命党は彼しかいない。阿Qはさっそく、ニセ毛唐に頼んでみようと思い、決心して出掛けていった。うまい具合に銭家の表門は開いている。阿Qは恐る恐る中に入っていった。

ちょうどニセ毛唐が中庭で、趙司晨と三人の閑人《ひまじん》に向かって、意気盛んに演説しているところであった。洋服を着ていて、伸びた髪をほどいてざんばらに肩に垂らしている。手にはステッキを持っている。

「あの、……その、……」

阿Qは相手がひと息吐《つ》くのを待って、ついに思い切って口を開いた。

だが、どういうわけか、彼を西洋先生〔さんざん考えて、そう呼ぶつもりでいた〕と言えなかった。

演説を聴いていた四人が驚いて、彼を見た。

西洋先生もやっと彼を見た。

「なんだ?」

「おれは、……」

「出ていけ！」

「おれも入れてもらいた、……」

「出て失《う》せろ！」

西洋先生はステッキを振り上げた。

趙司晨と三人の閑人が口々に怒鳴った。「先生が出て失せろと言っているのが、まだわからんのか！」

阿Qは手で頭をかばい、知らぬ間に門の外まで逃げ出した。


（『阿Q正伝』一九二一年）


阿Qは歩いているうちに、憂愁が胸に込み上げてきた。これで、もう革命党には入れてもらえない。辮髪を巻き上げているのだって、馬鹿らしくなった。

それから何日か経ったある夜、阿Qはいつものように居酒屋で酒を飲み、夜遅くまでねばって、ようやくねぐらの祠に戻った。

パン、バタンバタン……。突然、異様な音がした。爆竹の音でもなさそうである。阿Qはもともと、野次馬になることや、余計なことに首を突っ込むことが大好きな人間である。さっそく暗闇の中を音のするほうに駆けつけていった。阿Qは胸がドキドキしたが、音のする趙の屋敷に忍び寄って、内側の様子を窺《うかが》った。

ガヤガヤしている。よくよく闇を透《す》かして見ると、無数の者が後から後から衣裳箱や家具を持ち出し、趙若旦那の女房の寧波寝台まで担ぎ出している。自分の目が信じられなかった。前に出てちゃんと見ようと思ったが、両足が動かなかった。阿Qは見にいくのをやめにして、祠に帰った。

阿Qは暗い祠で横になった。考えれば考えるほど、腹立たしくなる。白兜、白鎧の連中はたしかにやってきたのである。それなのに、自分には声を掛けてくれなかった。自分の取り分はどうしてくれるんだ、と考えると、いよいよ腹が立った。

思えば、ニセ毛唐〔銭〕のやつが悪いんだ。自分を革命党に入れてくれなかったことが、こんなことになった原因だ。そうでなければ、分け前に与《あずか》れないなんてことはなかったのである。阿Qはニセ毛唐のことを考えると、腹が煮えくり返ってきた。

おれに謀反させないでおいて、自分だけが謀反か？　ニセ毛唐のこん畜生！――よし、おまえは謀反だ！　謀反の罪は首斬りだぞ。おれがきっと訴えてやる。見ておれ、おまえは県城に連れていかれて、首を斬られるんだ。――一族皆殺しだ。――バサリ！　バサリ！

（『阿Q正伝』一九二一年）

阿Qにかかると、革命の意味はあっという間に一変する。最初の頃は「革命党は謀反《むほん》であって、謀反はけしからんものだ」と革命党を嫌っていたのに、革命党が挙人旦那を震え上がらせていると聞くと、いっぺんに嬉しくなり、「謀反だ！　謀反だ！」と叫んで通りを歩く。そして、ニセ毛唐に革命党に入れて欲しいと頼んで、相手にされずに追っ払われると、こんどはニセ毛唐を謀反者だと言って、お上に訴えてやる、という風に考えるのである。

ちゃらんぽらんな阿Qにとっては、革命と言えども、自分の都合で意味の変わる「いい加減」なものに過ぎないのである。

＊

趙の屋敷が襲われた強盗事件は、多くの未荘村の人々を痛快がらせ、同時に恐怖に陥れた。阿Qも痛快に思い、同時に恐怖を覚えた。

そのうち四日目になって、阿Qは突然、夜中に逮捕されて県城に連れていかれたのである。その晩、兵隊や警察や自警団など大勢の者が、阿Qの寝ている祠《ほこら》を包囲し、機関銃まで備え付けて逮捕に取りかかった。決死隊が祠に突入して、やっと阿Qを引っ張り出したが、そのとき阿Qはまだ寝惚《ねぼ》けまなこであった。

阿Qは犯行現場の近くにいたというだけの理由で、強盗団の主犯格と見なされ、ものものしく逮捕されたのである。

裁判を行う役所の大広間には、頭をテカテカに剃った老人が正面に座っていた。これが裁判長らしい。机の両側に十数人、長衣を着た男たちが並んでいる。頭を剃ったのもいるし、長い髪を肩に垂らしたのもいる。みんな偉そうな顔をして、睨みつけるように阿Qを見た。下手《しもて》には兵隊もいる。阿Qは怯《おび》えた。

「正直に白状するんだぞ。痛い目に遭わずに済むからな。なんもかもわかっている。白状すれば、許してもらえるぞ」

頭をテカテカに剃った老人が、じっと阿Qを見て、もの静かに、だがはっきりとした口調で言った。

「白状しろ！」

長衣を着た男が大声で言った。

「おれは、自分から……仲間に入ろうと……」

阿Qはわけもわからないまま考え、ようやくとぎれとぎれに言った。

「それじゃ、なぜやらなかったんだ？」

「ニセ毛唐が駄目だと言うもんで、……」

「でたらめを言うな！　いまとなってはもう遅い。いま、おまえの一味はどこにいるんだ？」

「なんのことで？……」

「あの晩、趙の屋敷に押し入った一味だ」

「連中はおれを呼ばなかったんだ。自分たちで荷物を運び出して、……」

阿Qは言いながら、腹が立ってきた。

（『阿Q正伝』一九二一年）

裁判官のほうは阿Qを強盗団の主犯と見なしている。阿Qはまだ自分が革命党に入れなかったことを恨めしく思っている。その実、趙の屋敷に押し入った強盗団は、革命党とはなんの関係もないのである。阿Qは、革命騒ぎのどさくさに紛《まぎ》れて現れた強盗団のことを、白兜、白鎧の革命党だと思い込んでいたのである。

阿Qは自分がなんの容疑で逮捕されたのか、全然わかっていなかった。社会の情勢のことなんか、なにもわかっていない。とんちんかんな審問がとりとめなく続いて、阿Qは再び留置所に戻された。

革命が起ころうが起こるまいが、社会秩序を維持することは必要である。新政府は、強盗事件を犯罪として処理しなければならなかった。

阿Qの逮捕劇も、裁判のほうも、まったくもって「いい加減」なものでしかない。

翌日、長衣を着た男が紙切れと筆を阿Qの前に差し出し、名前を書けと言って、筆を阿Qに握らせた。阿Qはぶっ魂消《たまげ》た。彼の手が筆と関係を持つのは、このときが生まれて初めてであったからである。

阿Qは留置所に戻ったあとも、まだ自分がどんな重大な事態に陥っているのかわかっておらず、死刑犯の自白書に自署代わりに書いたマルが歪んでしまったことを、ああだこうだと思い悩んでいた。

再び大広間に行ったとき、裁判長らしい老人が「なにか言うことはないか?」と訊ねた。阿Qは考えてみたが、なにもなかったので、「ない」と答えた。すると、やにわに大勢の者によって白い袖無《そでな》しを着せられた。喪服みたいで縁起でもないと思ったが、そのあとすぐに後ろ手に縛られたのである。

＊

阿Qは幌《ほろ》のない車に担ぎ上げられた。短衣の男が数人、いっしょに乗り込んだ。車はすぐに動き出した。車の前には、鉄砲を担いだ兵隊と自警団員が歩いている。

阿Qはこのとき、ハッと気が付いた。これは首斬りの処刑に行くのではないのか？

見せしめの引き回しだとわかると、阿Qは耳の奥がガーンと鳴った。道の両側には、口を開けてこちらを見ている見物人がいる。阿Qは落ち込んだ気分で周りを見回した。蟻のようにぞろぞろとついてくる見物人の中に、呉媽《ウーマー》の姿が見えた。ほんとうに久しぶりだ。

阿Qは急に元気のない自分が恥ずかしくなった。引き回しの死刑囚は見栄《みえ》を張って唄を唄うのが普通である。「若後家の墓参り」でも唄おうかと思ったが、これでは威勢がよくない。あれこれ考えていると、知らぬ間に「二十年目には生まれ変わって、男一匹、……」と、耳にしたことのある死刑囚の常套句《じょうとうく》が口を突いて出た。

「ええぞ！」。見物人のあいだから狼の遠吠えのような声がした。阿Qはそこでもう一度、喝采している人々を見た。

この瞬間、彼の思考は旋風《せんぷう》のように頭の中を駆け巡ったような気がした。

四年前、山の麓《ふもと》で、飢えた狼に出会ったことがあった。狼は近づきもせず、遠のきもせず、いつまでも彼のあとをつけて、彼を狙っている。そのときは恐ろしさに生きた心地がしなかった。

幸い手に鉈《なた》を持っていたので、それで肝《きも》を据《す》え、なんとか未荘村まで帰り着いた。しかし、そのときの狼の眼は永久に忘れられない。残忍で、それでいてびくびくしており、キラキラ光る二つの鬼火が遠くから彼の身体に突き刺してくるようだった。

ところが、今回、これまでに見たこともない、もっと恐ろしい眼を見たのである。鈍《にぶ》くて、しかも鋭い眼。彼の言葉を嚙み砕いただけでなく、さらに彼の肉体以外のものまで嚙み砕こうとするかのように、近づきもせず、遠のきもせず、いつまでも彼のあとをつけてくる。

それらの眼、眼、眼が一つになったかと思うと、彼の魂に嚙みついた。

「助けてくれ、……」

だが、阿Qは口に出して言わなかった。彼はとっくに目がくらんで、耳の中がブーンと鳴り、全身が粉々に砕け散ったような気がしていた。

（『阿Q正伝』一九二一年）


この見物人の眼は、『狂人日記』の、被害妄想狂の「狂人」が自分を見物しに来た連中に感じた、「おれを怖がっているようでもあり、おれを殺そうとしているようでもある」眼と、同質のものであろう。

見物人の非情な眼が、阿Qにはいまや恐怖であった。「人が人を食う」食人者の眼なのである。阿Qは、この瞬間において、「無自覚」な民衆の冷淡さ、「傍観者」の無責任な眼を、本能的に感じ取った。これは仙台の「幻灯事件」の折に、魯迅が中国民衆の見物人に感じた感情と、ほとんど差はない。阿Qは自分の死を目前にして、やっと作者の魯迅、そして「狂人」と、同じ視点を持つに至ったのである。

阿Qは、ほんの一瞬、本能的にではあるが、無責任な民衆の恐ろしさに気付いたのである。そのあと、そのまま処刑されて死んだ。

阿Q自身にとっては、時すでに遅しであるが、作者はこのとき、阿Qの心に意味深長な「時限爆弾」を埋め込んでいる。魯迅は『阿Q正伝』において、阿Qが重大な真実に気付いたことを述べることによって、非常に重要なメッセージを残しているのである。

処刑直前の一瞬にせよ、阿Qは、民衆が冷淡で無責任な存在である、という恐るべき、そして重要な、民衆の問題点に気付いた。阿Qは「無自覚」な民衆から脱して、かすかに真実に向けて覚醒した。阿Qは、「人が人を食う」社会を支えているのが、他人の苦しみを苦しみと感じない民衆自身だ、ということを本能的に感じ取ったのである。

阿Q本人にとっては、もはやどうにもならないことではあるが、作者がこのことに込めた意味は重い。

結局、阿Qは見物人のうさ晴らしの見せ物となって、銃殺されたのであるが、作者は銃殺の場面については、直接には叙述していない。

『阿Q正伝』を書き終えるに際して、魯迅は改めて民衆の「無自覚」を問題にしている。民衆は阿Qの処刑を見物しても、次のような感想しか持たないのである。

世論はと言うと、未荘村では異論がなく、もちろんみんな阿Qが悪い、と言った。銃殺されたのが彼の悪い証拠である。悪くなくて、どうして銃殺されたりするだろうか？

城内の世論にしても、かんばしくなかった。彼らはたいていの者が不満で、銃殺は首斬りほど面白くないと思った。それに、あれはなんちゅう死刑囚だ、あんなに長いこと引き回されながら、芝居の一節《ひとふし》も唄えないなんて、跟《つ》いて回って無駄骨を折ったというわけである。

（『阿Q正伝』一九二一年）

魯迅は『阿Q正伝』においても、最後は「無自覚」な民衆の存在に触れずにはおれなかった。旧社会にせいいっぱい生きて、最後は虫けらのように殺された阿Qの運命を憐れみつつも、一方では、同じく旧社会に生きている民衆が、阿Qの死になんの同情も感じず、阿Qの処刑を気晴らしに見物しているだけであることを、描かずにはおれなかった。魯迅の問題意識は、最後は「無自覚」な民衆の存在に向かっている。

言うまでもなく、阿Qにしてもそうした民衆のひとりに過ぎない。処刑されるのが別人であれば、阿Qは真っ先に見物に行ったであろう。

『阿Q正伝』は、辛亥革命がついに阿Q一匹を血祭りに上げただけの、「いい加減」な茶番劇に過ぎなかったことを、諷刺的に述べた作品である。

革命が成功したと言うのに、それは清朝の看板を外《はず》しただけのことで、社会は昔の状態となに一つ変わっていない。支配階級も、民衆も、旧態依然としたままである。

ときには滑稽に、ときにはもの悲しく描かれている阿Qの短い一生の奥に、作者の辛亥革命に対する苦《にが》い失望感が横たわっている。辛亥革命が真の革命でないことに対する作者の悔しさと悲憤が、この作品にはしっかりと込められている。

ここで再び話を阿Qに戻すと、阿Qが一時的にせよ、革命党に入ってやろうと思ったことの意味は、改めて考えてみる必要がある。この点に、『阿Q正伝』のいま一つの主題が奥深く横たわっているからである。魯迅は、『阿Q正伝』を執筆した意図を次のように語っている。

このように、一週一週と続けていき、そこで阿Qが革命党になる問題が発生せざるを得なくなった。わたしの考えによると、中国がもし革命しないなら、阿Qは革命しない。革命するなら、するだろう。わたしの阿Qの運命はこのようでしかないし、人格もおそらく前後食い違っていないだろう。民国元年はすでに過ぎ去って、あとを追うべくもないが、今後、もしまた改革があるとするなら、わたしは阿Qのような革命党が出現するだろうと信じている。わたしも人々が言うように、自分がただ以前のある一時期を書いただけだと願いたい。だが、わたしは自分の見たものがべつに現代の前身でなく、そのあとであり、あるいは二、三十年の後かもしれないとさえ恐れる。その実、これは革命党を辱《はずかし》めることにはならないだろう。阿Qは結局のところ、もう竹箸《たけばし》で彼の辮髪を巻き上げたのだ。

（『「阿Q正伝」の成因』一九二六年）

魯迅が自己解説しているこの部分は、『阿Q正伝』を解釈するには決定的に重要であるように思われる。

文章の前後関係から言うと、魯迅はここではまず、阿Qのような「革命党」を否定しているように見える。彼はこうした「革命」が単に辛亥革命について言えるだけでなく、今後にも起こり得ることを心配しているのである。四十年後の文化大革命時代に、多くの阿Qたちが出現したことは紛れもない事実である。

民衆は「無自覚」であることによって、悪霊の餌食《えじき》であり続けている。しかし、いつなんどき革命に向かうかわからないポテンシャル・エネルギーも秘めている。彼らは方向性を持ってはいないが、無限の生命力を持つアメーバのごとき存在なのである。魯迅はそのことをよく知っていた。

たとえいま現在の民衆が阿Qのような人間であろうと、民衆を抜きにしては、革命はあり得ない。魯迅が『阿Q正伝』で伝えようとした窮極のメッセージは、このことなのである。

12 『孤独者』『傷逝』他──「彷徨」時代(一)

魯迅は『吶喊』(一九二三年)を編集出版したあと、約一年の小休止を置いて、またもや『祝福』をはじめとする短篇小説を次々と発表していった。それらがあとでまとめられてできたのが、第二短篇小説集『彷徨《ほうこう》』(一九二六年)である。

『彷徨』の作品が執筆された頃の時代状況について言うと、作家の茅盾《ぼうじゅん》が述べているように、「五《ご》・三〇《さんじゅう》運動(一九二五年五月三十日、上海で起こった反帝国主義運動)の前夜に至るまで、苦悶と彷徨の空気が全文壇を支配していた」のである。

『彷徨』の諸作品は、まさに「苦悶と彷徨」の空気が色濃く漂《ただよ》う五・四退潮期に執筆されたものである。

『彷徨』の中で新境地を拓《ひら》いた問題作は、突き詰めて言うと、『酒楼にて』『孤独者』『傷逝《しょうせい》』(死をいたむ)の三篇ということになるであろう。これら三つの作品では、共通して、俗世間(封建的因習社会)に反抗して敗れた悲劇的人物が主人公になっている。

この三者のうちの『孤独者』は、『彷徨』の中でも、最も注目すべき問題作と言うことができる。この作品は、魯迅の内面の奥深くに潜む孤立感や絶望感を、「孤独者」という形象において表現している。

主人公の魏連殳《ぎれんしゅ》は、この作品のすこし前に執筆された『酒楼にて』の呂緯甫《りょいふ》と同種の人物である。彼らはともに自らの意志で俗世間に反抗し、その結果、「皮と肉をぶたれて」虚無的な気分に陥っているのである。

魏連殳が死に至る経過を見てみると、中学〔中、高校〕教員の彼は、自分の発表した文章のためにアカ新聞などで攻撃されるようになり、ついに校長から解雇された。それ以後、どんどんと困窮の度を増していく。語り手の「わたし」も、魏連殳から就職の世話を頼まれるが、自分が生きるのに精いっぱいで、悲鳴に似た手紙を受け取っても、どうしてやることもできない。彼の悲惨な状況はいよいよひどくなっていった。

そのうち、魏連殳から手紙が来て、彼がいままで敵と見なしていた、軍閥の杜《と》師団長の顧問になったことを知る。

魏連殳にはもともと、彼に生きることを望んだ信頼していた人がいたが、その人は敵に謀殺された。そのことによって、彼は生きる意味を失ってしまうのである。もうだれも自分のために胸を痛める者はいないと思うと、「愉快でたまらない、せいせいしたよ」と、手紙に書いている。

これで、魏連殳は完全に他者への気遣いから解放された。そして、手紙は次のように続くのである。

ぼくはもはや、自分が以前憎悪し反対したことをすべて実行するし、以前崇拝し主張したことをすべて拒絶する。ぼくはこんどこそ失敗した。――しかし、勝利したんだ。

（『孤独者』一九二五年）

魏連殳が杜師団長の顧問になったのは、どうにもならなくなった貧窮と、さらには「無自覚」な俗世間への憎悪の結果であった。軍閥の顧問になったことで、彼はいまやほんとうに「失敗」した。しかし、そのことによって、俗世間に対する復讐には「勝利」したのである。

杜師団長の顧問になった魏連殳のもとには、掌《てのひら》を返したように、新規の客、新規の贈物、新規のお世辞、新規の就職運動、新規のおじぎ、新規の麻雀と宴会がやってくる。生きる意味を失った魏連殳は、そんな見え透《す》いた俗世間の歓迎を、知らん振りをして受け入れる。表面だけを見れば、賑《にぎ》やかな冗談があり、華やかなサロン生活があった。魏連殳はいっきょに、これまでとは違う生き方をするのである。

その一例が、かつては「天真爛漫《らんまん》」と言っていた子供たちに対する態度において見られる。家主の子供たちがなにかをねだると、彼は子供たちに犬の鳴き声をさせたり、ごつんと頭を床にぶつけるおじぎをさせたりする。子供の中にも、大人の打算があることを見て取ったからである。以前「進化論」を信じて子供を可愛がっていた魏連殳は、いまや進化論的ヒューマニズムを自ら踏みにじり、以前軽蔑していた行為で自らを貶《おとし》め、そのことによって俗世間への復讐を成し遂げるのである。

魏連殳は、自ら望んで不摂生な生活を送り、そのために肺病になって死んでしまう。自分から死を求めるかのように生きて、ついに「孤独者」の生涯を閉じた。

魏連殳の葬式のあと、「わたし」は道を歩きながら彼の気持ちに思いを致して、「手傷を負った狼が深夜、曠野《こうや》の中で吠え叫ぶように、痛ましい思いで憤怒と悲哀の入り混ざった叫び」をあげた。

魏連殳は元来、進歩的なヒューマニストであった。「よく人におせっかいを焼きたがる」のも、下宿の子供たちを無邪気と信じて可愛がるのも、みなそのことを証明している。しかし、「無自覚」な俗世間は、そんな魏連殳のヒューマニズムを裏切るばかりであった。

魏連殳は、まずは貧窮に追い詰められ、次にやむを得ず軍閥の顧問になったあとは、自暴自棄的な精神状態に陥って、ついに自滅するかのように死んでいった。まさに俗世間に対する「復讐」である。この頃は、文壇も魯迅の周辺も、茅盾の言う「苦悶と彷徨」の閉塞状態にあり、人間的な生き方を求める者にとっては、焦り苛立《いら》つことしかできない状況であった。

魯迅は『孤独者』を書いてから一年後に、許広平に宛《あ》てた手紙の中で、次のような苦衷《くちゅう》を語っている。

わたしは以前、自分から願って生活の路上に一滴一滴血をたらし、それで他人を養って、だんだんと痩《や》せ衰えていくのを自覚しながらも、愉快と思っておりました。

ところが、現在はと言うと、人々はわたしが痩せ衰えたのを笑うのです。わたしの血を飲んだ者でさえも、わたしが痩せ衰えたのを嘲笑するのです。

甚だしくは、「彼は一生あんな詰《つ》まらない生活を送って、早く死んでしまったらいいのに、それをまだ生きたがっているのは、駄目な人間の証拠だ」と言っているのを聞いたことさえあります。

そこで、わたしが困っているのに乗じて、ヤブから棒に思いっきりやっつけるのです。ところが、これでさえ彼らが社会に代わって無用の廃物を除いている、ということになるのです！これでは、まったくのところ憤りを覚え、恨みを覚えざるを得ません。ときには復讐を考えたくなります。

（『両地書　九五』一九二六年）

この手紙を見ると、魯迅が、自滅することによって「無自覚」な俗世間に「復讐」しようとする魏連殳のような人物を、なぜ小説の主人公に選んだか、感情的にはよく理解できる。魏連殳は、たしかに肯定されるべき人物ではない。しかし、バイロンの創造した人物像と同じく、「無自覚」な人間に満ちた虚偽社会との対比においては、深い意味を持つ存在なのである。魏連殳に見られる俗世間への復讐、あるいは「敗北」「勝利」といった問題は、どこかねじくれたところがあって、理解しにくいところが残る。しかし、この問題も、結局は、彼の行為を一種の「サタン」的行動と見なすことによって、解釈することができるであろう。魏連殳の中には「世の中を憤り、俗人を憎む心」があったし、彼は彼なりに世の中に反抗したのである。

若き日の日本留学以来、魯迅は「無自覚」な民衆の存在を問題にし続けた。彼は『孤独者』においても、俗世間に反抗して敗れた知識人の悲劇によって、この問題を裏側から提示しているのである。

＊

『孤独者』に続いて発表された『傷逝』も、俗世間に反抗して自滅した青年の悲劇が描かれている。これは、新式の同棲生活が破綻《はたん》した若いカップルの哀歌と言える。

『傷逝』は、涓生《けんせい》という青年の手記の形で書かれている。涓生の愛した子君《しくん》は、いわゆる「覚醒」した進歩的な女性であった。彼女はこの土地にいる叔父や、郷里にいる父親が、たとえふたりの結婚に反対しても、「わたしはわたし自身のものです。あの人たちは、だれもわたしに干渉する権利はありません」と言うことができるほど、自我に目覚めた新しい女性であった。

そして、涓生の愛の告白ののち、ふたりは周りの目をものともせず、勇敢に同棲生活に入るのである。

しかし、封建意識が色濃く残存していた当時においては、ふたりの同棲生活の前途は多難であった。まず、ふたりの同棲生活を反社会的と見なす涓生の上司が、一片の辞令で涓生を解雇した。その事態に対応して、涓生も懸命に努力を重ねるが、すべてうまく行かなかった。

一方、子君は涓生と同棲するようになると、苦しい日常生活に押しひしがれて、だんだんと溌《はつ》剌《らつ》とした積極的な性格を失っていく。チャボのことで家主の細君と喧嘩をするし、涓生が失業して困窮し、仕方なしに可愛がっていた犬を棄てると、それが不満で一日中沈んでしまう。これまでと違って、子君はすっかり前向きの明るい心を失った。いまの彼女の唯一の慰めは、涓生の口から昔の、彼が愛を告白したときの姿を復習してもらうことだけであった。しかし、涓生はそんな生活に耐えることができない。それでも、彼はなんとか相手を慰めてやろうと努力する。

だが、わたしの顔に笑みが浮び、わたしの言葉が口から出ると、それはたちまち空虚なものに変わり、その空虚はたちまち反響を起こして、わたしの耳や眼へ跳ね返り、堪えがたい悪辣《あくらつ》な冷嘲をわたしに浴びせるのだった。

（『傷逝』一九二五年）

こうなってくると、家の中が索漠《さくばく》となり、空虚になって、涓生は、「新しい希望は、ふたりが別れることにしかない」と考えるようになる。彼はついに、子君を突き放してしまうのである。

きみは正直に言ってくれと言ったね。そうだ、人間は虚偽であってはいけない。正直に言おう。なぜなら、なぜならぼくはもうきみを愛していないいんだ。でも、きみにとってはそのほうがいいだろう。なんの気兼ねもなくやれて……

（『傷逝』一九二五年）

ふたりはこれで、最終的に別れることになる。

ある日、子君は父親に連れられて涓生のもとを去っていった。もちろん、そのことは子君の幸福を約束するものではない。封建意識の強い因習社会に反抗した子君が、父親から幸福な生活を与えられるわけがない。子君はどういういきさつがあったかわからないが、ついに死んでしまうのである。
涓生にとっても、子君と別れたことが人生の苦悩を解決することにはならなかった。むしろ、それは苦悩や悔恨の新しい出発点となったに過ぎない。

わたしは真実を子君に語るべきではなかった。わたしたちは愛し合ったのだから、わたしは永久に嘘を彼女に捧げるべきだった。もしも真実が尊いものなら、それは子君にとって重苦しい空虚であってはならないのだ。嘘もまた空虚ではあるだろう。だが、究極において、これ以上に重苦しくはないのだ。

（『傷逝』一九二五年）

この作品では、自己の真実を追求すると、その結果、他者〔愛人〕の不幸を見なければならない、という一種の「罪の意識」が描かれている。
暮らしの困窮が直接の原因であったとはいえ、新しい生活に潰《つぶ》された子君は、涓生の真実の言葉によって別離を求められ、ついには故郷で死に追いやられてしまった。「真実」の言葉であろうとも、それが現実において、どのような意味を持つかを無視して発せられるならば、それはたちまち恐ろしい結果をもたらす。
涓生は独身時代の住居に舞い戻り、悲しみと悔恨の中で、子君との生活を振り返り、「真実」の言葉の恐ろしさを身にしみて感じるのである。

現実の魯迅自身は、「真実」に生きたい自分の欲求を殺して、愛することのできない妻との結婚生活を清算しなかった。若き日に朱安と意に染まぬ結婚を強いられた彼が、名のみの妻と終生離婚することなく過ごしたのも、「真実」の言葉によって朱安が不幸になることを恐れたからにほかならない。魯迅は、現実において「真実」の言葉がどのような結果をもたらすかを、十分に知っていた。それゆえに、暗鬱《あんうつ》な「虚偽」に耐えたのである。許広平という愛の対象を前にして、おそらく、朱安と離婚したくて堪《たま》らなかったに違いない。しかし、彼はついに離婚しなかった。

あれほど人間としての「いい加減」さを憎んだ魯迅も、この問題では「真実」の言葉を呑み込んで、相手〔朱安〕の立場を守ってやるしかなかった。彼は負の遺産を自ら引き受け、喉に刺さった骨を最後まで抜かなかったのである。『傷逝』は、俗世間に反抗して敗れた若い恋人たちの痛ましい悲劇を描きながら、同時に、魯迅自身の苦悩をも密かに告白した作品である。

読者の胸を熱くする、切々たる情感に満ちた青春小説ではあるが、作者自身の暗鬱な心境も、同時に流露されている。『傷逝』を愛する読者が少なくないのも、故なしとしないのである。

13　散文詩集『野草』――「彷徨」時代（二）

魯迅の散文詩集『野草《やそう》』（一九二七年）の各篇が執筆されたのは、あとで書き加えられた『題辞』を別にすると、一九二四年九月から一九二六年四月にかけてである。『彷徨』と、ほぼ並行した形で執筆されている。

それにしても、この時期の魯迅がいささかの孤立感と絶望感を覚え、「彷徨」的心理に陥っていたことは無視できない。この当時の中国は軍閥が政権を争って内戦に明け暮れており、辛亥革命に希望を託した魯迅の期待は、いっこうに満たされる気配はなかった。

『野草』は、いわゆる「彷徨」時代に、胸の奥に潜む苦悶と憂憤と希望を、散文詩の形で表現した作品である。魯迅の研究で有名な竹内好は、これらの詩が「集約的に魯迅を表現している」と指摘している。たしかに、『野草』は他の作品に比べて、魯迅の生身の内面世界がより率直に、より深刻に表現されている。ここでは、二十四篇のうちの二篇を精読してみよう。

まずは、一九二五年一月一日に執筆された『希望』である。

わたしの心はことのほか寂《さび》しい。

だが、わたしの心はとても平安だ。愛憎なく、哀楽なく、また色と音もない。

わたしはたぶん年老いたのだ。……

（中略）

だが、いまはなぜこのように寂しいのか？　まさか身外の青春さえもすべて過ぎ去り、世の青年がおおかた年老いてしまったというわけでもあるまい？

わたしは自分でこの空虚の中の暗夜に肉薄するしかない。わたしは希望の盾を置き、Petőfi Sándor（一八二三－四九）の『希望』の歌を聞いた。

希望とはなに？　娼婦さ。
だれをも魅惑し、すべてを捧げさせ、
おまえが、多くの宝物――おまえの青春――を失ったとき、
おまえを棄てるのだ。

この偉大な抒情詩人、ハンガリーの愛国者が、祖国のためにコザック兵の槍の穂先に死んでから、すでに七十五年になる。悲しきかな、死よ。だが、さらに悲しきは、彼の詩がいまなお死なぬことだ。

しかし、痛ましき人生よ！　傲岸《ごうがん》不屈のPetőfiのごときも、ついに暗夜に向かって歩みを止め、茫々《ぼうぼう》たる東方を振り返っているのだ。彼は言う。

絶望が虚妄《きょもう》であるのは、まさに希望と同じだ。

もしわたしが、不明不暗のこの「虚妄」のうちになお生を偸《ぬす》まねばならないのであれば、わたしはやはり、あの過ぎ去った悲涼縹渺《ひりょうひょうびょう》の青春をたずね求めるだろう。たとえそれが身外にあろうとも。なぜなら、身外の青春が消滅すれば、わが身中の遅暮《ちぼ》もたちまちしぼむのだ。だが、いまは星と月光はなく、地に落ちた蝶、および笑いの渺茫《びょうぼう》、愛の翔舞《しょうぶ》もない。だが、青年たちはとても平安だ。

わたしは自分でこの空虚の中の暗夜に肉薄するしかない。たとえ身外の青春をたずね当てることができなくとも、自らわが身中の遅暮を投げうたねばならない。

だが、暗夜はいったいどこにあるのか？　いまは星なく、月光および笑いの渺茫と、愛の翔舞もない。青年たちはとても平安だ。そして、わたしの前にはついに真の暗夜さえないのだ。

絶望が虚妄であるのは、まさに希望と同じだ！

（『希望』一九二五年）

作者は『希望』において、心中の寂寞、老い、暗夜、虚妄について述べ、彼の日常的現実からはほとんど見出すことのできない、内面の苦悶を表現している。

それにもかかわらず、それはあくまで外在的世界にからみつき、具体的現実と強固に密着しているのである。自己の内面に潜む寂寞と空虚に対面する作者は、たちまち強靭な意志で現実世界と対決する。これが『野草』の詩の特徴なのである。

＊

作者は『希望』を「わたしの心はことのほか寂しい」という言葉で切り出している。「寂しい」の原文は「寂寞」であり、自ずと『吶喊』自序』（一九二二年）で述べられた寂寞という言葉が想い起こされる。すなわち、「ひとり見知らぬ人々の中で叫び、どこにも反応がなく、賛同もされなければ、反対もされないでいると、果てしなき荒野に身を置いたように、どうしようもない寂寞に襲われる」という、あの「寂寞」である。

魯迅は、雑誌『新生』の流産によってもたらされた孤立感を「寂寞」という言葉で表現したが、これは、同胞の処刑を呆《ほう》けた顔つきで見物する中国民衆の姿から衝撃を受けた「幻灯事件」の折の、悲憤と同質のものである。「無自覚」な民衆、それは「無自覚」な青年学生も含めてであるが、彼らの存在こそ魯迅の寂寞の土壌であり、そのことを抜きにして、彼の寂寞を論ずることはできない。

作者はこの詩において、「わたしの心はことのほか寂しい」と切り出し、次に寂寞の内容をさらに推し進めて説明する。「だが、わたしの心はとても平安だ」というのがそれである。それはさらに、「愛憎なく、哀楽なく、また色と音もない」と説明される。

心の平安は、満足した形のそれではないのである。怒りや焦りや悲しみを通り越しての平安であり、そこにはもはや愛憎の感情は残っていない。悲哀歓喜の感情、すなわち「哀楽」もないのである。したがって、ここに残されたものは「わが心すでに朽《く》ちたり」とでも言うべき、枯れ井戸のごとき心であり、それゆえにまた色も音もないのである。

いったい、これはどういうことなのか？

「吶喊」して突き進んでいった、かつての自分はどうなったのか？

その自問に対して、魯迅は「わたしはたぶん年老いたのだ」と自答せざるを得ない。「頭が白髪まじりになり」、「手が震えている」のは事実であり、それと比例して魂もそのように老化しているのかもしれない、と冷静に自分を分析するのである。

希望に燃えた日本留学のあと、辛亥革命、第二革命、袁世凱の帝制運動、五・四運動などの政治的変動を目《ま》のあたりに見、かつ自分自身も小説や雑感文を数多く発表して、現在に至っている。その道程を想い、北京大学や北京女師大の年若い学生たちに取り囲まれた現在を振り返ると、彼はつくづくと自分の年齢を意識せずにはおれなかった。

そうは言いながらも、魯迅はなんとかして希望を持ち、この難局を切り抜けよう、と思い直す。せめて「身外の青春」〔青年たち〕に期待しよう、と願うのである。

だが、いまはなぜこのように寂しいのか？　まさか世の青年たちがみんな年老いてしまったのではあるまい？

希望を託した青年たちが、もしも年老いてしまったというのであれば、自分で「空虚の中の暗夜」に肉薄するしかない。魯迅はそう思いながら、そもそも希望とはどういうものなのかを考える。希望は頼るに足るものなのか？

ここで魯迅はペテーフィの歌を引用する。「希望とはなに？　娼婦さ。……」というあの胸うずく詩である。

章川島《しょうせんとう》の証言によると、魯迅は早くからこの詩を訳しており、章川島に何度もこの詩について語っていたそうである。好きな詩ではあるが、この詩の消極面が青年に害毒を与えることを恐れて、『希望』を書くまでは発表しなかったという。

たしかにこの詩は希望を娼婦の媚態に例え、希望に過大な期待を寄せる人間の弱点を見事に突いているが、一面から言うと、あまりにも悲観的である。しかし、いまや魯迅はこの詩を引用して、希望が、所詮《しょせん》、虚妄でしかないことを、しっかりと確認するのである。希望に裏切られることは、彼自身も身にしみて知っている。

ペテーフィが死んですでに七十五年も経っているのに、彼の発した言葉はなおも真実なのである。そのことは、とりもなおさず、現実がすこしも変わっていない、ということを示している。「悲しきかな、死よ。だが、さらに悲しきは、彼の詩がいまなお死なぬことだ」というのは、その意味にほかならない。

＊

希望は虚妄でしかない。しかし、それなら絶望はどうなのか？

いっさいの希望を棄てたかに見えた、あの傲岸不屈のペテーフィでさえも、「茫々たる東方」

〔夜明け〕を振り返っているではないか？　そして、最後には、「絶望が虚妄であるのは、まさに希望と同じだ」と言っているではないか？

　真夜中の闇にも、やがては夜明けがやってくる。絶望にしても、希望と同じく、それは虚妄なのである。魯迅はどんづまりの壁に直面したところで、彼本来のねばり腰を発揮し、そのように考え直して、正面から暗夜〔絶望〕と向かい合う。

　青春には可能性がある。そうであるならば、いまこそ、その青春をたずねなければならない。自分が年老いた以上、それが身外の青春であろうと構わない。

　しかし、魯迅はここで、星、月光、笑いの渺茫〔かすかな笑い〕、愛の翔舞〔舞い踊る愛〕がいまや見られない、と指摘せずにはおれない。それらは、まさしく青春のかけらと言い得るのであるが、……

　青年たちはあくまで「平安」である。ぬるま湯に浸《つ》かっているかのように、人間としての「いい加減」さの中で生きている。魯迅はこの現象に胸を痛めずにはおれない。若い彼らが平安であるのは、彼らの心の中に、暗黒とたたかう意志も情熱もない、ということではないか？

　そこで、魯迅はまたしても、自分でこの「空虚の中の暗夜」に肉薄するしかない、と覚悟を決めることになる。たとえ身外の青春を捜し出せなくとも、わが身中の遅暮〔暮れ残ったわが生命〕を投げうって、暗黒ともみ合わなければならない。魯迅は心を奮《ふる》い立たせて決心し、ふたたび現実と対決する。

　しかし、暗黒はいったいどこにあるのか？

現在は、星、月光、笑いの渺茫、愛の翔舞、すなわち、現実と対決すべき「青春」のかけらが、どこにも見当たらない。これでは、ついに「真の暗夜」さえもないのだ。暗夜でさえ「いい加減」なものでしかない。……

大いなる絶望感が胸の奥に淀む。

しかし、魯迅は冷静に現実の絶望的状況を見つめながらも、そんなことで自分のたたかいを放棄したりはしない。どんなに光明のない状況であろうと、どんなに気持ちが沈んでいようと、決してたたかいを放棄しない。魯迅は、自分の生きている世界が「真の暗夜」でさえない、と認めながらも、最後の最後には、やはり「絶望が虚妄であるのは、まさに希望と同じだ！」と、叫ばずにはおれないのである。

＊

ここで見ておきたいのは、魯迅が北京から厦門《アモイ》に出発する前に、北京女師大の学生会が主宰する「学校破壊一周年記念会」において行った講演である。ここでも、魯迅は講演を締めくくるに当たって、希望について語っている。

わたしたちの多くの生命がむだに費やされました。わたしたちが自ら慰め得るのは、あれこれ考えてみて、やはりいわゆる将来に対する希望です。
希望は存在に付随するものであり、存在があれば希望があり、希望があれば光明があります。

もし歴史家の言ったことが嘘でないなら、世界の事物で、暗黒であることによって長く存在したという先例はありません。

暗黒はただやがて滅亡していく事物に付随できるだけであり、それがひとたび滅亡すると、暗黒もいっしょに滅亡するのです。それは永久のものではないのです。

ところが、将来は永遠にあるものであり、かつ必ず光明になるものです。ただ暗黒の付随物になって光明に滅亡させられる、ということさえなければ、わたしたちにはきっと悠久の将来があり、かつまた、それはきっと光明の将来であるはずです。

（『談話記録』一九二六年）

ここで、魯迅はじつに鮮やかに彼の希望についての見解を説明している。年若い人たちに対する期待の籠《こ》もった、魯迅的「進化論」とでも言うべきものが、なおも彼の精神の根底に見られる。魯迅がここで述べていることは、ほぼ自分の確信しているところであろう。

魯迅はたしかに「空虚の中の暗夜」に彷徨し、寂寞を感じてはいたが、ねばり強く暗黒ともみ合って、絶望に沈淪《ちんりん》しなかったのである。

一年後の一九二七年、蔣介石が共産党にすさまじい血の弾圧を加えたとき、魯迅は『掃共大観』（一九二八年）の中で、「だが、まさに暗黒だからこそ、出口がないからこそ、革命が必要なのではないか?」と言い切っている。『希望』においても、魯迅は「わたしの前にはついに真の暗夜さえないのだ」と述べつつも、最後には一転して、「絶望が虚妄であるのは、まさに希望と同じだ!」と叫んでいるのである。この一行にこそ、魯迅の、これまでに多くの犠牲者の血を見てきた体験と、最後の最後では絶望を否定する強い決意が、凝縮して練り込まれている。独立不羈《ふき》の魯迅精神の真面目《しんめんぼく》が、この一行に見て取れるのである。

＊

次に、一九二五年十二月十四日に執筆された『このような戦士』を見ていってみよう。『このような戦士』は、魯迅自身の説明によると、「文人や学者たちが軍閥を助けているのに感ずるところがあって書いた」（『「野草」英訳本序』一九三一年）ということになる。しかし、そうかと言って、この作品は、たんに具体的な事件についての感想を述べたというだけのものではない。むしろこの作品は、中国の暗黒状況の特徴、およびそれとたたかい続けた魯迅の特質を、鮮烈に形象化した芸術作品と言うことができるであろう。

魯迅は「このような戦士はいないだろうか」と切り出して、彼の理想とする〔そして、彼自身がついにそのようであった〕戦士の像を描き出している。

このような戦士はいないだろうか――

アフリカ土人のように蒙昧《もうまい》なのにピカピカのモーゼル銃を背負っている、というのではなく、中国の緑営兵《りょくえいへい》のごとく疲倦《ひけん》しながら大型拳銃を身に付けている、というのでもない。彼は牛皮と古鉄の甲冑《かっちゅう》に頼ったりしない。

彼にはただ自己あるのみ。ただ、蛮人《ばんじん》の用いる手投げ用の槍を手に持っているだけだ。

彼が無物の陣に入っていくと、行きあうものはみな、彼に型どおりおじぎをする。彼はこのおじぎが敵の武器であることを知っている。人を殺して血を見ぬ武器で、多くの戦士はみな、これで滅亡した。砲弾と同じように、猛士の力を無用にした。

彼らの頭上にはさまざまな旗が掛かっており、それにさまざまな美しい名が刺繡《ししゅう》されている。慈善家、学者、文士、長者、青年、雅人、君子……。

頭の下にはいろいろな外套《がいとう》があり、それにいろいろな美しい模様が刺繡されている。学問、道徳、国粋、民意、論理、正義、東方文明……。

だが、彼は投げ槍を振りかざす。

（中略）

彼はついに無物の陣中に老衰し、寿命を終えるだろう。彼はついに戦士ではなく、無物の物が勝者なのだ。

このような状況の中で、だれも戦闘の雄叫《おたけ》びを聞かない。太平。

太平……。

だが、彼は投げ槍を振りかざす！

（『このような戦士』一九二五年）

まず作者が述べるのは、人を殺す武器ばかりが近代化している「無自覚」な人間集団の否定である。侵略者に反抗する気概のない者にとって、武器がいかに近代的であろうと、そんなものは意味はない。

作者がアフリカ土人〔原住民〕の「蒙昧」を引き合いに出しているのも、決して人種差別的に「蒙昧」を指摘しているのではなく、帝国主義列強の侵略者から支給された近代的武器を持って支配者に奉仕している連中を、否定しているのである。ちなみに、アフリカ諸国が独立したのは、ほとんどが第二次世界大戦以後である。

緑営兵の場合も、事情はアフリカ土人とまったく同じである。清朝には、満州族出身者で編成した八旗兵のほかに、漢族から募集して編成した軍隊があり、それが緑営兵〔軍旗が緑色〕と呼ばれた。

当然ながら、彼らの志気は高くない。アフリカ土人にしても、疲れ倦《う》んだ緑営兵にしても、たとえモーゼル銃や大型拳銃を装備していようと、異民族の支配下にある奴隷的人間の集団では、真っ当な兵士であるはずはないのである。

魯迅は『文化偏至論』（一九〇七年）などの文章で見られるように、すでに日本留学時代から「精神」のない物質文明を批判していた。近代化した武器を持っていようと、「無自覚」な人間集団では、明日はない。

その反対に、作者の理想とする戦士は、「ただ自己あるのみ」の目覚めた人間である。彼は武器も素朴な手投げ用の「槍」に過ぎない。手投げ用の槍は、身を挺してたたかうことを象徴的に表現しているのである。作者に即して言えば、それは一本の筆に賭けるという意味になる。

「このような戦士」が進んでいくのは、荒廃した中国社会を象徴する、悪霊《あくりょう》による「無物の陣」である。彼らは滅多に自分の素顔を見せない。『狂人日記』の狂人が、仁義道徳の文字の行間に

「食人」の二字を見出すのは、彼が狂人であったからである。普通の人間ではなかなか正体を見出すことはできない。姿を見せない悪霊の支配する中国社会こそ、「無物の陣」と言うにふさわしいのである。

「無物の陣」を支配する悪霊の武器の一つが、おじぎである。それは「人を殺して血を見ぬ武器」であるがゆえに、ある意味において、凶暴な姿を見せる敵よりも悪質と言わねばならない。

おじぎに殺された典型的人物が、先に触れた王金発であった。辛亥革命の成功で光復した紹興にやってきた革命派の彼は、このおじぎによって骨抜きにされたのである。

＊

中国社会には、さまざまな形で悪霊が巣食っている。

悪霊は、封建支配体制の中枢となった儒教に潜む「いい加減」さにより、あるいは王金発を骨抜きにしたおじぎによる「いい加減」さにより、あるいは「無自覚」な民衆が調子に乗って無責任にパチパチパチパチと拍手する「いい加減」さによって、社会を支配していく。

悪霊が巣食っている社会、「無自覚」な民衆が悪霊を支えている社会、それこそが作者の言う「無物の陣」なのである。

「無物の陣」に潜んでいる悪霊は、みな頭上に美しい「名」を刺繡した旗を掲げている。慈善家、学者、文人、青年、雅人、君子といったものである。これらの中には、女師大事件を巡って魯迅と対立していた、欧米留学帰りの陳源《ちんげん》〔評論家。北京大学教授〕や、徐志摩《じょしま》〔詩人。北京大学教授〕

いる。
ら『現代評論』派の連中を意識したものもある。ここに並べられた名はすこぶる現実と密着して

魯迅自身は、当然ながら、自分が「戦闘者」とか、「革命家」とか、そんな風に呼ばれることを拒否していた。「礼教食人」と喝破して、儒教道徳の「名」の欺瞞を暴露した魯迅が、自分に冠せられた名を歓迎するはずはない。彼は名を振り回す者に対しては、自分を称讃する者も含めて、つねに不信の念を抱いていた。

「無物の陣」に潜んでいる悪霊の外套に刺繡された美しい模様も、その意味するところは、旗に刺繡された名と異ならない。その模様は、学問、道徳、国粋、民意、論理、正義、東方文明といった名で作られている。これらの名は当時よく使用されたものであった。

この事情は、現代においても同じであろう。世界じゅう至るところに「無物の陣」は存在するのである。

魯迅は、名〔抽象名詞〕が悪霊の身にまとう美麗な衣裳であることを見抜いていた。悪霊は決して裸で骸骨《がいこつ》踊りをしない。悪霊は、「忠」「愛国」などの美麗な衣裳〔名〕を身にまとって、知らぬ間に「人食い」を行うのである。人々はすぐにはそれに気付かない。

何度もたたかいを繰り返しながら、「このような戦士」もついに「無物の陣」の中で「老衰」し、「寿命を終える」ことになる。これまた生物としての人間の、当然の帰結と言わねばならない。

しかも、作者は「彼はついに戦士ではなく、無物の物が勝者なのだ」とさえ言い切る。

ここの解釈は甚だ難しいが、おそらくは、殺しても死なぬ悪霊のしぶとさをこのように表現したのであろう。

「名」を騙《かた》る悪霊は、次から次へと新しく形成されていく。悪霊の宿った人間は、現在に至っても、あちこちに棲息《せいそく》している。

魯迅の真骨頂は、「無物の物」が勝利することで詩が終わらず、最後の一行で、なおも「だが、彼は投げ槍を振りかざす！」とうたい続けるところにある。若き日に身に付けた、反抗的「超人」をめざす独立不羈の反抗精神が、ここにもしっかりと見られるのである。

絶望を希望と同じく「虚妄」と見なして、次世代の者に希望を託した魯迅は、個体である自分の死を必ずしも恐れない。彼はひたすら前進と闘争を続ける。「このような戦士」こそ、絶望的状況においても、なおもたゆみなくたたかい続ける「超人」の形象と言うことができるであろう。それは魯迅自身に重なる。

この作品の最後の一行は、自己と、未来の「戦士」に希望を託した作者の、不敵な闘争宣言なのである。

『野草』全体について言うと、魯迅は底知れぬ深淵をのぞき込む勇気を持って、自己の内面と相《あい》対している。このときの魯迅は、「暗黒と虚無」のみが実在だと信じる、自己の内なる影と、恐ろしいまでの緊張に耐えつつ、対決しているのである。

『野草』は、内なる「暗黒と虚無」と対決した、作者自身の深刻な内的ドラマと言うことができるであろう。

14　魯迅の同伴者——許広平の出現

一九二〇年から、魯迅は北京大学、北京高等師範学校の非常勤講師を兼務したが、その後、北京女子高等師範学校〔のち、北京女子師範大学〕やその他の学校の非常勤講師も引き受けた。主に、帰国以来研究をつづけてきた中国文学史の講義である。

教育部の高級官僚であると同時に、『狂人日記』のあとも次々と小説を発表して有名になっていた魯迅が講義するとあって、ものすごい人気であった。北京大学などは、教室はいつも満員で、学生たちは椅子にぎゅうぎゅう詰めに坐り、立ったまま聴講する学生もいたという。

北京女子高等師範学校では、学生が女性ばかりであっただけに、北京大学のとき以上の期待と興奮で迎えられた。高名な進歩的作家である周樹人講師〔魯迅〕に向けられた年若い女子学生たちの熱心な視線は、おそらく、彼の身中の奥深くに凍結されていた青春の残り火を甦《よみがえ》らせたことであろう。

一九二四年に入って、いっきょに創作活動が活発になったのも、こうした事情が彼の創作欲を無意識のうちに刺激したものと思われる。

いわば、この時期、魯迅は第二の青春を迎えつつあった。「青春」は一通の手紙から始まった。

一九二五年三月十一日、魯迅は北京女子師範大学の女子学生からかなり長文の手紙を受け取った。「魯迅先生」で始まる文面は、次のごとくである。

いまお手紙を書いているのは、二年近くもお教えを受け、毎週「中国小説史略」の講義を首を長くして待ちこがれている、授業中いつもわれを忘れて率直に、そして果敢な言葉でよく発言する学生です。彼〔女性意識を避けてのことと思われる〕はたくさんの懐疑と不平憤懣を長らく胸に溜め、いまや抑えきれなくなったのでしょう、それで先生に訴えることにしたのです。

（『両地書　一』一九二五年）

書出しのこれだけの文面を見ても、許広平《きょこうへい》が魯迅に対して相当な尊敬と好意を抱いていたことがわかる。それに、魯迅のほうもそんな彼女の存在を強く意識していたものと思われる。そのことは、魯迅がその日のうちに相手の手紙を上回る長文の、非常に親切な返事をしたためていることから容易に推察できる。許広平が胸に溜まった思いを率直に述べたのと同じように、魯迅もまた自分の内なる思いを慎重ながらも、非常に積極的に述べているのである。

許広平は一八九八年、広州の旧家に生まれた。旧式の婚約に反抗し、上京して北京女子師範大学に入学した目覚めた女性である。当時は国文科の三年に在籍して、学生自治会の委員であった。すでに二十七歳になっていたが、それだけに、他の女子学生たちに比して指導力も十分に備えていたようである。

しかし、そんな彼女も、楊《よう》学長を中心とする学校当局との争いではしばしば窮地に陥り、苦悶《くもん》懊悩《おうのう》することが多かった。自分の周りの学生たちが就職その他の餌《えさ》で切り崩されていき、孤立感を覚えていたのである。

魯迅に手紙を書いたのも、そういった状況の中であった。彼女はこうした「悲観痛哭すべき」状態をいかに切り抜けるべきか、当面する人生問題について、魯迅に教えを請うたのである。

魯迅はこの問い掛けに対し、相手の情熱を十分に受けとめて、誠実に返事を書いた。二回目の返事の折も、一回目のとき以上に諄々《じゅんじゅん》と自分の思いを綴っている。その中で、彼は次のように言う。

あなたはわたしの作品をよく読んでいるようですが、わたしの作品は暗過ぎます。わたしはつねに「暗黒と虚無」のみが「実在」だと感じており、そのくせそれらに向かって絶望的に抗戦しているので、過激な口調が多いのです。

その実、これは年齢と経歴の関係かもしれず、必ずしも絶対に確実とは言い切れません。なぜなら、暗黒と虚無のみが実在だということは、結局のところ証明できないからです。

したがって、わたしはこう思います。青年時代には、不平は持っても悲観はせず、つねに抗戦しまた自衛し、もし荊棘《いばら》をどうしても踏まねばならないのなら、もちろん踏むしかないが、踏まずに済むのなら、むやみに踏むこともない。これこそ、わたしが「塹壕《ざんごう》戦」〔銃弾のとびかうところにとび出さない〕を主張する理由です。実のところは、戦士をできるだけ多く残し、さらに多くの戦果を挙げたいからです。
（『両地書　四』一九二五年）

魯迅と許広平の往復書簡〔のち、『両地書』として出版。第一、第二、第三集〕は、大学紛争の渦中にある教え子が焦燥苦悩を訴え、よき理解者である教師がそれを聞いてやって、自分の経験思想に照らして返事を書いた、という形を取っている。ここでは、魯迅は、創作や雑感文では十分に表現しえない内面世界を、意識的に書き綴ろうとしていたふしがある。

女師大事件という具体的な動きの中に身を置き、魯迅は微妙に本音を洩らしつつ、許広平と人生問題を真剣に議論した。文通が重なるごとに、相互に人間理解が深まっていくのは、必然の成り行きであろう。もちろん、相手が異性であることの意味は大きい。

長い期間、魯迅は封建的旧社会の産物そのものである妻の朱安と、人間的な会話を交わすことができなかった。そんな彼にとって、才気と情感に溢《あふ》れる女子学生の積極的な接近は、十七歳の年齢の開きや、既婚者と独身者の問題があったにせよ、これまでに味わったことのない甘美な刺激であった。

魯迅と許広平のあいだには女師大事件という切実な話題があった。さらに社会問題や人生問題にまで話題が及んで、両者の手紙では濃密な人間的交流が展開された。

＊

女師大事件の概要は次のごとくである。

一九二四年、これまで女師大学長であった許寿裳《きよじゆしよう》が辞任すると、日本の東京女高師、アメリカのコロンビア大学に留学した楊蔭楡《よういんゆ》〔女性〕が学長に就任し、復古的な女子教育を強引に推進しようとした。学生たちはその専横なやり方に不満で、この年の十一月に学長更迭《こうてつ》運動を起こした。女師大の非常勤講師であった魯迅は、他の非常勤講師〔北京大学教授ら六名〕と連名で「北京女子師範大学紛争についての宣言」を発表し、学生たちを支援する行動をとって、学生側を支持した。

これに対して、陳源《ちんげん》ら『現代評論』派が大学当局側に立った論陣を張った。そこで、魯迅とのあいだで猛烈な論争が繰り広げられた。

翌年八月、楊学長は警官と護衛に守られて大学に乗り込み、各室を封鎖し、電話線を切断し、食堂のまかないを停止した。さらに、こんどは段祺瑞《だんきずい》政府が女師大を廃校にし、国立女子大学に衣がえして女師大の一般学生を吸収した。

学内に籠城していた三十人の学生が、大学に雇われた連中によって暴力的に排除されると、魯迅らは学生とともに、校務維持会をつくり、宗帽胡同《そうぼうフートン》〔小路《こうじ》〕で女師大の教学を行った。

校務維持会が結成されると、魯迅は暑いさなかの八月に十二回も維持会に出掛けていっている。それにまた、章士釗《しようししよう》教育総長〔文科大臣〕によって教育部の僉事《せんじ》〔参事〕の職を罷免《ひめん》されたときには、平政院〔行政関係の人事審判所〕に赴いて提訴している。〔翌年一月、勝訴して復職〕

こうした活動による肉体的精神的疲労のために、魯迅は九月に入ると同時に肺病を再発したが、日記によると、熱が引いてそれほど日が経っていない九月十日には、もう維持会に出掛けている。

陳源らとの論争を含めて、魯迅が女師大事件で費やしたエネルギーは相当なものであった。こうした現象を見るとき、魯迅の言う絶望的抗戦の「絶望」や、「暗黒と虚無」といった言葉は、そのまま文字通りに受け取ることのできない、独特の用語であることがわかるであろう。それらは、基本的には「抗戦」と結びついた用語であり、闘争を放棄するようなニヒリズムとは無縁なのである。

転居した西三条胡同《フートン》の魯迅の家には、彼の年若い友人や学生たちがよく遊びに来た。妻の朱安は、つねにカヤの外であった。彼女は魯迅を敬愛していたが、旧式の封建社会に育った女性なので、ほとんど夫の内面を理解できなかった。夫婦の会話は、食事の際、妻が「おかずの味つけはこれでよいでしょうか?」と訊ね、夫が「うん」と言って、それで終わりであった。そのほかは必要なこと以外、会話を交わすことはなかった。

魯迅日記をめくってみると、新居に移ってから急に、人の来訪が多くなっている。女師大事件の頃になると、それがピークに達して、連日何人もの青年学生が来訪している。例えば、魯迅の僉事職の罷免が発表された一九二五年八月十四日には、許広平を含めて、実に二十三人が魯迅の家に集まってきている。しかも、ときおり若い女性が少数で来訪しており、文通している許広平はもちろん、その中のひとりであった。

許広平はよく魯迅の家に出入りしていた。最悪の事態になった折には、友人の女子学生とともに彼の家にかくまってもらっている。魯迅と許広平のふたりは、日に日に親密の度を加え、許広平が魯迅の原稿の清書を頼まれることもあった。

*

一九二六年三月十八日の朝、許広平は魯迅の『小説旧聞鈔《きゆうぶんしよう》』の清書原稿を持って、彼の家を訪ねた。許広平はこのあとすぐ、帝国主義列強の内政干渉〔日本が中心〕に反対する請願デモに参加する予定であったが、魯迅に頼まれて、結局、南の棟で清書の仕事を続けた。魯迅も書斎で執筆していた。

この請願デモは、広東の革命勢力に近づいた馮玉祥《ふうぎよくしよう》の軍〔軍閥だが、国民軍と称する〕が奉天軍閥の軍を破ったことから始まる。日本は自国の庇護《ひご》下にあった奉天軍の劣勢を見て、二隻の軍艦を天津近くに派遣し、馮玉祥の国民軍を砲撃した。国民軍も大砲で反撃した。

日本はこれを捉《とら》えて段祺瑞政府に抗議し、日、英、米、仏など八か国連名で最後通牒を出して、軍事行動の停止、軍隊の撤退などの要求を突きつけた。このような内政干渉の動きに反撥して、多くの人々が政府を突き上げる請願デモのために天安門に集まった。

十時過ぎに、国務院の前で守備の兵隊が発砲し死傷者が多数出た、という報せが魯迅の家に入った。許広平はすぐ大学に駆けつけたが、彼女が着いて間なしに、同学の劉和珍《りゆうわちん》と楊徳群《ようとくぐん》が遺体となって戻ってきた。

魯迅は、多数の死者が出たとの報せに衝撃を受けた。彼は雑感文を執筆している最中であったが、ただちにこの事件に話題を変え、たぎる憤りを文章にしたためた。

軍閥政府は、徒手で請願に行った男女の青年たちを包囲し、鉄砲と大刀で何百人も殺傷した。

その上、犠牲者を「暴徒」と呼んだのである。

魯迅は、軍閥政府の暴虐な行為を激しく非難した。そして、次のように述べている。


墨で書かれたたわごとは、決して血で書かれた事実を隠しおおせない。

血債《けつさい》は必ず同じもので償還されねばならない。返済が遅れれば遅れるだけ、さらに大きな利息を払わなければならない！

（『花なきバラの二』一九二六年）


請願に行って難にあった劉和珍らの死は、紛《まぎ》れもなく、口先だけの論評の対極にあるものである。血痕のついた屍《しかばね》がその証《あかし》である。


三・一八事件では、魯迅は学者、文人たちの公正ぶった論調を憎んだ。彼らは学生たちを「死地」に行かせた請願デモの指導者を、高みから非難したのである。魯迅は公平な第三者の立場に立ったような顔つきで、暴虐な軍閥政府の側に立つ陳源ら学者、文人の論評を徹底的に批判した。魯迅は陳源らの「公正」な議論が、第三者の立場と言いながら、結局、軍閥政権の側に加担している点を問題にしたのである。これは、封建道徳と化した儒教が現実社会において、「食人」的役割を果たしているのを見て取ったのと、同質のリアリズムと言えるであろう。

これまでの事件が象徴するように、魯迅と許広平を取り巻く状況は、浮《うわ》ついた恋愛を許すような穏和な世界ではなかった。もしもこの時期、魯迅と許広平のあいだに恋愛感情が生じていたとするならば、ふたりの恋愛は戦友的恋愛とでも言うべきものである。

三・一八事件が革命運動の発展に繋がることを恐れた段祺瑞政府は、事件後も広範囲にわたって弾圧を加えた。大学教授ら五十名に逮捕令が出た、との記事が『京報《けいほう》』〔北京の新聞〕に掲載された。そのリストの中には、許寿裳らとともに魯迅の名も含まれていた。魯迅は、自分の身の安全を心配した友人らの勧めもあり、あちこちの医院を転々として避難生活を続けた。しかし、その間も執筆活動は旺盛に行っている。

五月十五日、ほとぼりが冷めたと見て、帰宅した。しかし、北京が依然として危険な場所であることには変りはなかった。ちょうどこの頃、先に福建《ふっけん》省の厦門《アモイ》大学に文科主任として赴任していった林語堂《りんごどう》から誘いがあった。魯迅は十五年にわたる教育部の職を辞し、厦門大学に赴任することを決意した。

一九二六年八月二十六日、魯迅はついに許広平とともに北京を離れた。ただし、許広平は厦門には同行せず、広州に戻っていった。

厦門大学での生活は経済的にも、精神的にも、あまりいいものではなかった。厦門大学は市街地より六キロほど離れた郊外にあり、前方は海、後方は山で、周囲には人家がなかった。交通も不便で、「ほとんど社会と隔絶して暮らす」状態であった。住居も十分に用意されておらず、教員宿舎は満員で、最初の一か月は、陳列所の空き部屋に十一人で共同生活をした。あとの三か月は集美楼という建物の教室に住んで自炊生活を送った。

住み心地はあまりいいとは言えなかったものの、恐怖に襲われた北京での生活に比べるとまだましで、長居する客に邪魔されながらも、魯迅はここでかなり多くの仕事をこなしている。この時期も、魯迅は非常に勤勉であった。

やがて、広州の中山《ちゅうざん》大学から魯迅のもとに、教授として迎えたいとの招聘《しょうへい》状が届いた。郭沫《かくまつ》若《じゃく》や中国共産党の広東地区委員会が、大学当局に要求して、それが認められたのである。魯迅は十二月三十一日をもって、厦門大学のいっさいの職務を辞した。

15　衝撃波――「革命の策源地」広東の政治情勢

一九二七年一月十六日、魯迅は同行を願った学生三人とともに四か月半滞在した厦門を出発した。香港経由で、広州に到着したのは一月十八日である。

中山大学では、文学系主任〔文学部長〕兼教務主任〔教務部長〕に任命され、文芸論、中国文学史、中国小説史を担当した。

許広平も中山大学に助手として採用された。しかし、この段階でも、ふたりは同棲生活に入っておらず、なお抑制的に愛を深めていたように思われる。

魯迅自身、広州に来てから俄然《がぜん》忙しくなった。さまざまな歓迎会があったし、教務主任としての実務も大変であった。それに、広州は「革命の策源地」と言われており、「革命戦士」と見なされた魯迅には講演の依頼も多かった。来客も夜までひっきりなしにあったようである。

今回は許広平も移ってきて、同じ建物の一室に住んだ。広東語しかしゃべれない賄《まかな》い女中に手を焼き、広州生まれの彼女に応援を頼んだのである。

もともと、広州は、たしかに「革命の策源地」という名に価するところであった。

一九一七年、孫文はこの地で広東軍政府大元帥に就任し、一九二〇年には第二次広東軍政府を組織する。

一九二四年には、国民党の第一回全国代表大会が開催され、連ソ、容共、労農援助の「三大政策」が採択された。

一九二六年、北方の封建軍閥を討伐する国民革命軍〔蔣介石総司令〕が北伐を開始した。

いまや革命気分の高揚と熱気が、広州に色濃く立ち籠《こ》めていた。しかし、広州に来た魯迅はたちまちのうちに、この「革命の策源地」にいかがわしい空気があるのを感じ取った。のちに、魯迅は「そこ〔広州〕に二か月いて、わたしはびっくりしたのです。以前聞いていたことはまったくのデマで、この土地はまさに軍人と商人が支配する国土でした」と述べている。

辛亥革命当時と同じ「いい加減」さが横行する現象が、魯迅の眼にしっかりと映っていた。彼は広州において「革命」という言葉が軽薄に、無責任に、儲《もう》け話のように口にされているのを知って、ある種の嫌悪と恐れを抱かざるを得なかった。

北伐は、国民革命軍が湖南、湖北、福建、浙江《せっこう》、江西、安徽《あんき》の各地で次々と勝利し、一九二七年三月には南京、上海を接収した。これを祝って、広州ではお祭り騒ぎの戦勝大祝賀会が催された。魯迅は北伐の戦勝に酔っている革命気分の広州の状態を冷静に眺め、この地の「革命」がうわすべりのものに過ぎないことを見て取ったのである。

＊

一九二七年四月十二日、国民革命軍総司令の蔣介石《しょうかいせき》が、共産党勢力の強大化を恐れ、突如として反共クーデターを敢行した。いわゆる四《よん》・一二《いちに》クーデターである。

これによって、これまで北伐軍に協力してきた多数の共産党員、革命的労働者らが武装解除され、逮捕虐殺された。三日間で死者は三百人を超え、逮捕者は五百人以上、行方不明者は五千人余であった。共産党に対するすさまじい血の弾圧が始まったのである。

四月十五日、反共クーデターは広州にも波及した。広東省で殺害された者は二千余名に達し、中山大学の学生四十人も逮捕された。魯迅と親しく接した年若い学生の共産党員もその中に含まれていた。

この日の午後、各系主任〔学部長〕の緊急会議が開かれた。魯迅は真っ先に逮捕された学生の救援を提案したが、大多数の者は沈黙して口を開かなかった。

副学長が、中山大学は国民党のつくった大学である以上、すべての教員、学生、職員は国民党の決定に従わねばならぬ、と発言すると、魯迅はテーブルを叩いて起ち上がり、副学長に質問した。

「逮捕された学生はなんの罪を犯したのですか?」

「………」

「彼らはどこに連行されたのですか?」

「………」

副学長らはなにも答えず、あくまで魯迅の要求を拒んだ。

魯迅はこの日、憤慨のあまり夕食を食べなかった。それに、眠れない夜も過ごした模様である。

数日後、魯迅は中山大学のいっさいの職務を辞任した。許寿裳と許広平も、魯迅に同調して辞任した。

魯迅の辞任で学生たちが動揺するのを恐れた副学長や学生代表らが、なんとか慰留しようとやってきた。しかし、魯迅は面会を拒絶した。

辞任はなかなか大学当局に認められなかったが、六月六日になって、やっと辞表が受理された。

その実、この四・一二クーデターこそ、魯迅が現代中国の政治の中で見出した最悪の「いい加減」さ、政治的でたらめの事件であった。

このへんの事情について、増田渉〔後出〕は魯迅から直接聞いた話として、次のように伝えている。

国民党は有為な青年を陥穽に落〔と〕しこんだ。初めは、共産党は機関車で国民党は列車だ、革命は共産党が国民党を引っぱることによって成功するのだといった。あるいは革命の恩人だというのでボローヂン（当時、革命指導者としてソ連からきていた）の前で学生一同に最敬礼をさせたりした。だから青年は誰も感激して共産党に入った。

すると今度は突然、共産党なるが故に彼等を片端からつかまえて殺した。この点は旧式軍閥の方がまだいい。彼等は最初から共産党を容れず最後までその主義を守った。彼等の主義が嫌いなものはだから寄りつかないとか、反抗するとかすればいい。

だが、国民党のとったやり方はまるでペテンだ。その殺し方がまたひどかった。たとえば殺すにしても脳天へ一発弾丸を打ちこめばそれで目的は達せられるはずだのに、刻み斬りだとか生き埋めだとかした上に、親兄弟までも殺したりした。

ぼくはそれ以来、人をだまして虐殺の材料にするような国民党はどうしてもいやだ。憎しみがこびりついてしまった。僕の学生をたくさん殺した。

（増田渉『魯迅伝』一九三二年）

国民党のこのやり方は、魯迅がもっとも憎悪した悪辣《あくらつ》極まる、人間としての「いい加減」さ、政治的欺瞞の典型と言える。魯迅が終生妥協することなく国民党権力とたたかい続けたのも、こうした事実が基盤にあったからである。大量の血を吸った国民党の政治的欺瞞は、魯迅にとって絶対に許すことのできない卑劣な行為であった。

こうした中で魯迅に深刻な影響を与えたのは、権力者の血の弾圧もさることながら、青年たちまでが残虐な「血の遊戯」を行ったことであった。これまた、人間としての「いい加減」さの見本と言うことができる。これまでは老人が青年を圧迫し殺戮《さつりく》すると思っていたのに、ひとたび政治的激変が起こると、いまや青年が青年を圧迫し殺戮しているのである。

魯迅はこれによって、それまで信奉してきた「進化論」思想に、強い疑問を覚えるようになった。彼はこのときのことを「わたしは広東で同じく青年でありながら、二大陣営に分かれて、投書したり密告したり、あるいは官憲が逮捕するのを助けたりする事実をこの眼で見た」と明言している。

厦門にいたときにも、魯迅は許広平への手紙の中で、一部の文学青年たちについて、「彼らの多くは新しい看板を掲げた利己主義者です」と書いたり、「彼らはたいてい新思想家の顔をしていますが、骨の髄は暴君、酷吏、スパイ、小人《しょうじん》なのです」と書いている。人間としての「いい加減」さは、恐ろしいことに、新世代の青年たちのあいだでもすでに見られたのである。

四・一二クーデター後のすさまじい政治的混乱の時期には、さまざまな悪霊《あくりょう》の宿った人間たちが跳梁した。その最たるものが次のようなものである。


わたしのいう奸商《かんしょう》とは、一種は国共合作時代のお偉方で、その当時ソ連をたたえ、共産を讃美し、あらゆることをやっていたのが、「清党」〔粛清《しゅくせい》〕の時期になるや否や、共産青年や共産嫌疑の青年の血で自分の手を洗い、依然としてお偉方のままで、時勢が変わっても、その羽振りのよさが変わらない連中です。

もう一種は革命の驍将《ぎょうしょう》で、土豪劣紳〔旧支配者の地主〕を殺害、打倒して、ものすごく激烈だったのが、ひとたび蹉跌《さてつ》すると、「邪を棄てて正道に帰る」と称して、「土匪《どひ》」〔共産党系の反逆者〕をののしり、同志を殺すのです。そして、それがものすごく激烈なのです。主義が変わっても、依然としてその驍《ぎょう》〔たけだけしさ〕を失わないのです。

（『楊邨人《ようそんじん》先生の公開状に答える公開状』一九三三年）


魯迅がここで述べている「奸商」と「驍将」こそ、極めて悪質な、人間としての「いい加減」さを体現した、悪霊の宿った人物と言える。彼らが以前にソ連を讃美したのも、土豪劣紳を打倒したのも、その時代においてはそうすることが、時流に乗って自分に有利であったからに過ぎない。ただ私利のみが大事なのである。理想も主義もない。したがって、「清党」の嵐が吹き荒れると、たちまち方向転換を行って共産党狩りに手を貸し、相変わらず地位を守っていく。

こうした状況を見るならば、広州は「軍人と商人の支配する国土」であった、と以前述べた魯迅の言葉は、彼の直感力の鋭さを見事に示している。

こんな革命とは、いったいなになのか？

魯迅はいま進行中の「革命」〔蔣介石軍による国民大革命〕が、人間としての「いい加減」さそのものであることに、深刻な危機感を抱いたのである。

＊

魯迅は四・一二クーデターの三か月後、危険な政治状況のもとで、『魏晋の気風および文章と薬および酒の関係』と題する講演を行った。

蔣介石反動権力の監視の眼をごまかすために、曹操《そうそう》〔三国志の魏の英雄〕、孔融《こうゆう》〔後漢末の名声の高かった文人。孔子の子孫〕、何晏《かあん》〔老子、易経の研究で有名〕など、後漢末、魏晋時代の有名人の行状を縦横に語ったり、五石散《ごせきさん》という当時のヤクの使用法を、衒学的《げんがく》にと言いたいほど詳細に説明したり、阮籍《げんせき》〔竹林の七賢のひとり〕が当時の権力者司馬氏から姻戚関係を結びたいと申し込まれて、二か月も酔いつぶれていた逸話を話したりして、聴衆を面白がらせている。

しかし、魯迅がこの講演で密かに言わんとした眼目が、政治的欺瞞の問題、人間としての「いい加減」さの問題にあったことは、心あるものなら理解できたに違いない。当時、孫文の後継者と称する蔣介石ら国民党反動派が口にしている「革命」が、旧支配者たちの「尊孔崇儒《そんこうすうじゅ》」と同じ性質のものであることを、魯迅は時代を魏晋に借り、見事に諷刺《ふうし》しているのである。

魏晋の時代には、礼教を尊崇した者は、一見たいへん立派なようですが、実のところは礼教を破壊し、礼教を信じていなかったのです。表面上礼教を破壊している者が、実はかえって礼教を認め、礼教を甚だ信じていたのです。

というのは、魏晋時代のいわゆる礼教尊崇というのは、私利私欲のために利用していたのであって、その尊崇は、たまたまの尊崇でしかなかったのです。

たとえば、曹操が孔融を殺し、司馬懿《しばい》〔実際は息子の司馬昭〕が嵆康《けいこう》〔竹林の七賢のひとり〕を殺したのも、すべて彼らが不孝と関係があったという理由からですが、実際のところ、曹操や司馬懿が名高い孝子であったわけではありません。この名目で自分に反対する人間を罪に陥《おとしい》れただけのことです。（『魏晋の気風および文章と薬および酒の関係』一九二七年）

魏晋の権力者が孔融や嵆康を殺したのは、「不孝」という名を借りてのことであるが、彼ら権力者がべつに孝子であったわけではない、と魯迅は指摘している。そして、礼教尊崇も彼らにおいては、自分の支配を助ける手段として利用したに過ぎない、と述べているのである。

この場合の「礼教」が、蔣介石反動派の言う「革命」を指していることは、わかる者にはわかったであろう。

魯迅は「北方の軍閥」を比喩にして煙幕を張りながら、この点について、さらに際《きわ》どいところまで語っている。魯迅は言う。

以前国民党を圧迫していた「北方の軍閥」〔封建軍閥〕が、国民党の北伐軍の勢いが強くなってくると、急に青天白日旗〔中華民国の国旗〕を掲げ、孫文の唱える三民主義を信奉していると称し、総理〔孫文〕の信徒だと言い出したとする。それだけではなお足りず、さらに総理の記念週間をやろうと言い出したとする。すると、本物の三民主義の信徒はそれに参加するであろうか？

彼らはおそらくそっぽを向くに違いない。そうすると、その封建軍閥はさっそくそっぽを向いた人間に、三民主義の反対者という罪を着せて処刑してしまうであろう。……

この「北方の軍閥」を蔣介石一派〔国民党右派〕に置き換えるならば、魯迅の言わんとするところは明らかである。魯迅が「北方の軍閥」に、反共クーデターを敢行した蔣介石一派の姿を投影しているのは、まず間違いない。

魯迅は、蔣介石一派のやり方は「北方の軍閥」と同じだ、と言いたかったのである。ここでは、蔣介石一派は「本当の革命を望んでいる人間を革命の反対者だ」と言って処刑している、と諷喩《ふうゆ》しているのである。

魯迅がわざわざ曹操や司馬懿を持ち出したり、「北方の軍閥」を引っ張ってきたりしたのは、蔣介石一派も彼らと同じように、「三民主義」や「革命」を名目として利用しているに過ぎない、と言いたかったからである。魯迅はこの講演で、蔣介石は革命家孫文の真の後継者ではない、と暗に糾弾《きゅうだん》しているのである。さらりと述べられているが、この講演の眼目は、まさにこの点にあった。

しかし、聴衆は、魏晋時代の有名人の逸話に蘊蓄《うんちく》を傾けた、この興味深い講演に感銘を受け、ほとんどの者は魯迅の真意を見逃していた。

国民党広州市教育局から持ち掛けられた、いわば敵前とも言うべき「広東夏季学術講演会」において、魯迅は一歩間違えば、命がないという危険を冒しながら、ものの見事に勝負を行ったのである。

このしたたかな行動は、林語堂によって、パリサイ人《びと》にシーザーの肖像のある貨幣で試されたキリストに譬《たと》えられているが、時期的に血腥《ちなまぐさ》い四・一二クーデターからまだ三か月しか経っていないことを考慮に入れると、魯迅の諷刺は底知れぬ凄味《すごみ》をさえ感じさせる。

魯迅は章廷謙《しょうていけん》に宛てた手紙の中で、「こんなことはどうせ遊びです」と述べている。しかし、彼はおそらく細心の注意を払って、事に臨んだに違いない。犬死もしないが、簡単に引き下がりもしない魯迅の本領が、いかんなく発揮された真剣勝負の「遊び」が、この講演であった。

16　革命文学論争——魯迅の上海時代(一)

一九二七年九月二十七日午後、魯迅と許広平は上海行きの汽船に乗って、国民党反動派の支配する広州を脱出した。周りの者には知らせず、ひとりの学生に見送られたのみである。十月三日午後、ふたりは上海に到着した。これによって、魯迅と許広平の同居生活が始まった。魯迅は四十六歳、許広平は二十九歳である。

当時の上海は大部分が租界であり、国民党政府の追及が間接的であったため、曲がりなりにも言論の場があった。それで、多くの文化人が上海に集まった。

これまで芸術至上主義の立場にあった創造社の郭沫若《かくまつじゃく》、成仿吾《せいほうご》らは、いっきょにプロレタリア文学に走り、革命文学を鼓吹した。魯迅は、たちまち彼らから「小ブルジョア作家」として批判され、いや応なしに革命文学論争に巻き込まれた。

魯迅のほうも、彼らが「自らの肉を煮る」ような苦痛もなく、得意げに外来思想〔マルクス主義〕を受け売りするのを批判し、応戦した。魯迅はのちに、創造社の連中を都会的な「新才子派」と定義しているが、そこからも、創造社の連中がロマンティックにプロレタリア文学に走ったことが窺《うかが》える。魯迅は、「名」が先行するばかりで実質の伴わない、彼らの評論の「いい加滅」さを、たちまちのうちに感じ取ったのである。

例えば、郭沫若は次のように述べている。

したがって、プロレタリアが書いた文学は、必ずしもプロレタリア文学ではない。反対に、彼が昨日ブルジョア階級であったことを恐れることはないのである。ただ彼がきょうプロレタリア精神の洗礼を受けさえすれば、彼の書いた作品は、とりもなおさずプロレタリア文学なのである。

（郭沫若『テーブルのダンス』一九二八年）

郭沫若に限らず、創造社、太陽社の同人たちもみな同じで、彼らは「唯物弁証法」とか「プロレタリア階級の意識」とかを身に付けると、それだけでプロレタリア文学者になれると思っていたのである。したがって、ただちに「大衆の獲得」といった言葉が出てくるのであるが、その大衆が阿Q以外のなにものでもないことを、彼らはしっかりと理解していない。

それに対して、魯迅は観念論ではない革命文学を求めた。「無自覚」な民衆に満ちている現実を受け止めない革命文学なんか、意味がないのである。

魯迅は、まだ広州にいたとき、反共クーデターの起きるたった四日前、黄埔《こうほ》軍官学校（広東にあった中国最初の士官学校。蔣介石が校長）で講演を行っている。社会全体がまだ国共合作の方針で動いているときである。

ただし、この革命の中心地にいる文学者は、おそらく文学と革命は大いに関係があると言いたがるでしょう。例えば、文学でもって宣伝し、鼓吹し、煽動して、革命を促進させ、そして革命を完成させると言うのです。

しかし、わたしはこのような文章は無力だと思います。なぜなら、立派な文芸作品というものは、たいてい他人の命令を受けず、利害を顧みず、自ずと心の底から流露《りゅうろ》したものであるからです。

（中略）

革命のためには、「革命人」が必要です。「革命文学」などは急ぐことはありません。革命人が作品を書けば、それが革命文学なのです。

（『革命時代の文学』一九二七年）

この講演では、話す相手が軍人であるだけに、「実」行動の重要性を強調し、「一首の詩で孫伝《そんでん》芳《ぼう》〔封建軍閥〕を脅《おど》して追っ払うことはできませんが、一発の砲弾をぶっ放せば、孫伝芳を逃走させることができるのです」とも述べている。

これこそ、魯迅のリアリズムである。士官候補生を相手に語っている文章ではあるが、この考え方はこの場限りの話ではなく、彼に一貫したものであった。魯迅が中国の変革のために求めているのは、革命人の「実」行動であって、決して机上で書いた宣伝文学なんかではない。

革命文学にしても、実体を持った革命者が表現してこそ成り立つ、と魯迅は主張している。「唯物弁証法」とか「プロレタリア階級の意識」とかを身に付けただけで、それで革命文学者になれると思っている創造社、太陽社の同人たちとは、決定的に考え方が違うのである。魯迅は上海に移ってから、この問題をもっと明確な形で述べている。

わたしは、根本問題は作者が「革命人」であるかどうかにあると思う。もしそうであるならば、書くものがどんな事柄であろうと、用いるものがどんな材料であろうと、すべて「革命文学」だ。

噴水から出てくるものはすべて水であり、血管から出てくるものはすべて血である。

（『革命文学』一九二七年）

この文章では、明確に、文学は言葉〔名〕の先行したものであってはならない、と主張している。実質を有した人間〔革命人〕が発したものでなければ、本物の革命文学とは言えないのである。革命文学論争以前にも、魯迅はすでに同じ趣旨のことを述べている。

いまや気象が一変したらしく、どこにも花鳥風月の声が聞かれなくなった。これに代わって起こったのが、鉄と血の讃歌だ。

しかし、もし欺瞞の心をもってし、欺瞞の口をもってするならば、AとOを説こうと、YとZを説こうと、同じく虚偽である。

（『目を見張って見ることについて』一九二五年）

これからもわかるように、魯迅の考えの根底には、「実」を尊ぶ文学観がしっかりと横たわっている。口先ばかりの宣伝文学は、文学でさえもないのである。

革命文学論争では、魯迅は一貫して、民衆を概念的に捉《とら》えたり、観念的に論じたりすることを拒否している。したがって、創造社や太陽社の連中が、民衆の生《なま》の姿から目をそむけて「プロレタリア文学」を論ずることに反対した。

魯迅は、民衆が広州市郊外で執行された共産党員の斬首刑を、物見高く見物しに行ったときの新聞記事を読んで、次のような文章を書いている。

わたしは一読しただけで、司門口《スーメンコウ》に掛けられた生首、教育会の前に並べられた三体の首なし女屍体が眼の前に見えるようだった。

（中略）

そして、大勢の「民衆」は、一群が北から南へ、一群が南から北へと、がやがやと押しあいへしあいしている。……さらにすこし蛇足を加えると、ある者はまさに呆《ほう》けた表情だし、ある者はすでに満足した表情をしているのだ。わたしが眼にした「革命文学」や「写実文学」の中で、これほど力強い文学にはまだお目に掛かったことはない。

（『掃共大観』一九二八年）

仙台での「幻灯事件」から二十年経っても、民衆は以前と同じく、呆けた顔つきで見物する民衆なのである。この現実を見据えることなしに、いくら言葉の上で「大衆」と言い、「プロレタリア」と言っても、それは言葉をあげつらうだけの議論でしかない。魯迅は、新聞記事からいま現在の民衆の姿を改めて知り、現実的基盤のない「名」ばかりの「プロレタリア革命文学」に対して、さらに不信感を深めた。

魯迅は自分の文学観を明確に持っており、創造社や太陽社の連中の攻撃には、簡単に妥協しなかった。この論争では、相当な精力を費やしたものと思われる。

しかし、集中砲火を浴びて応戦したこの革命文学論争から得たものは、その実、小さくはなかった。魯迅は革命文学論争の過程で、ルナチャルスキーやプレハーノフなどの芸術論をこつこつと翻訳し、そのことで論争の中身を充実させて、彼自身、マルクス主義的な発想も吸収していった。この場合も、ニーチェの超人思想を消化したときと同じように、自らの考えでしっかりと消化している。

魯迅は、マルクス主義を学んだが、決してマルクス主義を信奉する「主義者」になったわけではないのである。

*

魯迅は、あくまでも「無自覚」な民衆の姿から目を背《そむ》けなかった。しかし、一方においては、『小さなできごと』などで見られるように、中国民衆の中に「いまだ『天性』を失っていない朴《ぼく》素《そ》の民」が存在することも認めていた。民衆は多く「無自覚」なままであるが、一方においては、「天性」を失っていない部分も持っている。

民衆の「天性」はいつ突如として花開くかわからない。そして、ただ一つ言えることは、革命のエネルギーは民衆にしかない、ということである。魯迅はマルクス主義を学んだことによって、その点についての確信をいっそう深めた。魯迅は「無自覚」な民衆を問題にし続けながらも、民衆の「天性」を見逃さなかった。この矛盾したところのある民衆の存在こそ、中国問題の核心である。中国思想史家の加地伸行は、この問題について次のように述べている。

ただ古典中国学者であれ現代中国学者であれ、どの中国研究者においても共通する対象が一つある。それは〈阿Q《あきゆう》〉である。

（中略）

この阿Qは中国研究者にとって常に脳裏に去来する難問である。とりわけ現代中国学者にとっての最大問題こそ、阿Qの行くえである。

（『現代中国学』一九九七年）

この指摘が中国問題の核心をずばりと示していることは、だれも否定することはできないであろう。

阿Qに象徴される民衆の問題は、どこの国においても同じであろうが、特に中国においては、どこまでも奥の深い、決定的に重要な問題なのである。蔣介石がすさまじい血の弾圧を行った反共クーデターの直後に、魯迅は理不尽な権力者に対して、はっきりと民衆のエネルギーの爆発を予告していた。

わたしはわたしの野草を愛する。だが、わたしは野草を装飾とする地面を憎む。

地火は地下に運行し、奔騰《ほんとう》する。溶岩《ようがん》がひとたび噴出すれば、いっさいの野草、および喬木《きようぼく》を焼き尽くすだろう。かくて、腐朽さえもない。

だが、わたしの心は晴れやかで、愉快だ。わたしは大いに笑い、歌をうたうだろう。

(『「野草」題辞』一九二七年)


魯迅は革命情勢の高まりの中で、この予言を発したのではない。反共クーデター直後の、凄惨《せいさん》な弾圧が進行している最悪の政治情勢の中で、「地火が地下に運行」していることを感じ取っていたのである。魯迅の、民衆のエネルギーに対する信頼と、非道な権力者に対する反抗精神は、言い知れぬ凄味《すごみ》があり、この点においても偉大と言うことができるのである。

＊

一九三一年九月十八日、満州事変〔九・一八事変〕が勃発した。中国全土において抗日の気運がにわかに高まった。しかし、この危急存亡の折にも、社会の激しい動きに乗じて、金儲けを企む俗物たちが現れた。彼らも、悪霊の宿った人間の一種と言い得る。彼らにとっては「救国」さえも商売の道具であり、金儲けのための「名」に過ぎない。「名」を騙《かた》る悪霊は、彼らの、人間としての「いい加減」さに巣食っているのである。

以前にも「国産品の年」というのがあって、外国品を別の瓶に入れ換えて売ったり、見かけは外国品そっくりだが効き目のない「国産品」のアセモの薬を売ったりした。魯迅は、こうした安直で利己的な「救国」運動を、次のように要約している。

したがって、銀行家は貯蓄救国と言い、原稿を売る人間は文学救国と言い、絵をかく人間は芸術救国と言い、ダンスの好きな人間は娯楽を救国にかこつける。さらにまた、煙草会社の言うところによると、馬占山《ばせんざん》将軍〔馬賊出身の抗日英雄〕印《じるし》の煙草を吸うのも、救国の一方法でなくもないのだ。

（『航空救国三つの願い』一九三三年）

悪霊の宿った俗物たちにとっては、「救国」は付け足しのものに過ぎない。「名」が必要なだけである。銀行家は自分の銀行に預金して欲しいがために「貯蓄救国」と言い、煙草会社は抗日の英雄にあやかって、馬占山将軍印の煙草で儲けようとする。さらに、本家本元の国民政府に至っては、救国の「名」のもとに全国各地で募金しながら、外国から購入した飛行機を出動させたのは、対立する共産党の赤色根拠地に対してだけであった。

上海では、革命文学論争に引き続いて、またしても国防文学論戦なるものが起こった。国防文学論戦は、その実、魯迅がこうした風潮を批判していることと、本質において非常に密接な関係を持っている。魯迅はこれまでの文学活動、文学観の延長線上で、強敵を相手に国防文学論戦を行った。

日本軍の侵略が北京に迫ってくると、中国共産党の主導のもとに、「国防文学」がスローガンとして叫ばれた。中国共産党の文芸指導者〔上海地区〕が、そのスローガンを権威主義的に押し付けてくるのに対して、一部の文学者が反撥したが、魯迅もその中のひとりであった。

上海で活動している中国共産党の文芸指導者たちは、党の権威をかざして、自分たちに批判的な魯迅らのグループを「抗日統一戦線を破壊した」と非難したり、「内通者」「トロツキスト」「漢奸《かんかん》」〔売国奴〕と誹謗《ひぼう》中傷したりした。魯迅はこうした現象に激しく反撥した。事実を無視して権威を振り回す、人間として「いい加減」な行為に対しては、相手がたとえ中国共産党であろうとも、一歩も引かずに対決したのである。このときには、もちろん、魯迅は自分の抗日の立場を明確に言明している。

しかし、中国でいま革命的政党〔中国共産党〕が全国人民に向けて提出した抗日統一戦線の政策を、わたしは見た。わたしは支持する。わたしは無条件でこの戦線に参加する。その理由は、わたしが一個の作家であるだけでなく、一個の中国人であり、それゆえに、わたしはこの政策が極めて正確であると認めるからである。

わたしがこの統一戦線に加入すると言っても、もちろん、わたしが使うのはやはり筆一本であり、わたしがやることはやはり文章を書いたり、書物を訳したりすることである。この筆が役に立たないときが来たら、ほかの武器を使うだろうが、そのときも決して徐懋庸《じょぼうよう》らの手合いに遅れを取るようなことはない、とわたしは自ら信じている。

（『徐懋庸に答え、併せて抗日統一戦線の問題について』一九三六年）

魯迅のこの発言には、すこしのごまかしもない。自分の立場をを鮮明に述べたあと、魯迅は、中国共産党の文芸指導者たちの、権威を振り回す、人間としての「いい加減」さを、完膚《かんぷ》なきまでに批判した。病み勝ちな身体状態の中での、驚嘆すべき気迫である。この長文の執筆で、命を縮めたとさえ言われている。

国防文学論戦は、魯迅の全力を傾けた発言に大きく影響を受けて、魯迅の死後、抗日統一戦線の大同団結に向けて収束を見たのである。

国防文学論戦においても、魯迅の主張の核心は、人間としての「いい加減」さに対する批判であり、この点は、以前の論調とほとんど変りはないのである。

17　歴史小説集『故事新編』──魯迅の上海時代（二）

魯迅の最後の創作は、『故事新編』に収められている歴史小説である。『故事新編』の執筆状況を見てみると、一九二〇年代に『補天《ほてん》』『奔月《ほんげつ》』『鋳剣《ちゅうけん》』を書いてからあと、八年のブランクが見られる。

魯迅は『非攻《ひこう》』を一九三四年に執筆すると、こんどは翌年末に、いっきに『理水《りすい》』『采薇《さいび》』『出関《しゅっかん》』『起死《きし》』の四篇を書き上げて、以前から意図していた「故《ふるい》」事の「新」編を完成させた。

上海に移ったあと、創造社、太陽社から「小ブルジョア文学者」と批判され、いや応なしに革命文学論争に巻き込まれた魯迅は、これを機に「押し付けられて」いろいろな科学的文芸論を読み、これまでの経験と相俟《ま》って、だんだんと進化論より階級論の方向に傾斜していった。

晩年期に書かれた『理水』の禹《う》や、『非攻』の墨子の人物像を見ると、彼らは中国人民のすぐれた資質を代表するところの、民衆の指導者として描かれている。魯迅はこのふたりの「勤労、刻苦、朴素」の肯定的人物形象を創り出すことによって、彼の「思想的発展」を表現したと言えるであろう。

『理水』の禹について具体的に見てみると、以下のようである。

舜の時代に大洪水が起こり、禹が父に代わって治水の任に当たることになった。学者たちは水《みず》浸《びた》しになっていない場所に陣取って、禹のことをあれこれと批判ばかりしている。いよいよ禹がやってきて、政府の高官たちと会見することになった。禹は相手が自分の黄河治水策に反対するのをずっと沈黙して聞いている。

禹はかすかに笑った。「わたしは知っている。わたしの父〔鯀《こん》。治水に失敗〕が黄色い熊に変わったと言う者もいるし、三本足の亀に変わったと言う者もいる。わたしが名声や利益を求めていると言う者もいる。言わせておけばよいのだ。

わたしが言いたいのは、こうだ。わたしは山沢《さんたく》の状態を調べ、民の意見を徴し、実情を見極めて決心した。どうあっても『導水《どうすい》』〔放水路をつくる〕でなければならん。これらの同僚もみな、わたしに賛成している」

彼は手を挙げて両側を指さした。白い髭《ひげ》の役人、ごま塩の髭の役人、小さな白い顔の役人、肥《ふと》って脂汗《あぶらあせ》を流した役人、肥って脂汗を流していない役人、彼らが彼の指さすほうを見やると、黒くて痩《や》せた乞食みたいなのが身動きもせず、ものも言わず、笑いもせず、鋳物《いもの》のように一列に並んで立っていた。

（『理水』一九三五年）

学者や役人連中があれこれと文句をつけてくるのを黙って聞いていた禹は、ひとたび口を開くと、反駁を許さぬ理由を示して、簡潔に、かつ断固として反論する。

黒くて痩せた乞食みたいな彼の同僚は、いかにも「実行」者らしく、身動きもせず、黙ったまま「鋳物」のように立ち並んでいる。作者のこのへんの描写はじつに鮮やかで、形象化は簡潔であり、的確である。

この事情は『非攻』の墨子についても、同じことが言える。子夏《しか》〔孔子の弟子〕の弟子の公孫《こうそん》高《こう》〔公孫が姓〕が会見に来たときの応対ぶりや、自分の弟子に対する応対ぶりの描写を見ると、墨子がいかに無駄のない「実務」家であるかが、よく見て取れる。

＊

一方、禹や墨子の人物形象とは反対に、『故事新編』の八篇のうちの、『采薇』『出関』『起死』の三篇の主人公は、それぞれに好ましくない否定的人物形象である。

これらの作品は、一九三五年十二月に踵《きびす》を接して立て続けに書かれているが、魯迅はこの時期、肯定的人物形象とは別に、人間〔日本軍に圧迫されている中国人〕として「いい加減」な、否定的人物形象を描き出した。

日中戦争前夜のこの時期、中国社会には民族的悲観主義や、老荘の虚無主義の空気が漂《ただよ》っていた。魯迅はその空気を憂慮していたのである。『出関』『起死』などの作品は、この問題と無関係ではない。

老子の無為《むい》思想は、以前「現在の青年にもっとも重要なことは『行』であって、『言』ではない」と主張した魯迅にとっては、当然、排除すべき思想であった。注意しなければならないことは、儒教批判の場合と同じく、この場合も、魯迅は老子そのものを批判しているのではない、ということである。

いま現在、日本軍が首都北京に迫っている。中国〔民族〕が陥っているこの危機的状況において、「無為にして為《な》さざるなし」と主張することは、現実的に、いったいどういう意味を持つのか？

魯迅は、このことを問題にしているのである。

為さざるなし、であるためには、一つとして為すところなし、であるしかない。なぜならば、一つでも為すところがあれば、そこに限界ができて、「為さざるなし」とは言えなくなってしまうからである。

わたしは、彼〔老子〕は女房さえ娶《めと》れなかったではないか、と言う関尹子《かんいんし》〔函谷関《かんこくかん》の長官〕の嘲笑に同感だ。

そこで、漫画化して、彼〔老子〕を函谷関から送り出してしまい、なんの愛惜も感じなかった。

（『出関の「関」』一九三五年）

これを見てもわかるように、『出関』における魯迅の老子批判の眼目は、現実社会において機能しているところの、老子の「無為」思想にあったのである。したがって、老子の人間、思想そのものを論じ立てて、魯迅の『出関』を批評してもそれほど意味はない。『起死』における荘子についても、『出関』の老子と同じことが言える。魯迅は『起死』においても、現実社会に機能しているところの荘子の思想の難点、すなわち「彼《かれ》もまた一是非《ぜひ》、此《これ》もまた一是非」〔どちらにも理がある〕と言っている点を、批判しているに過ぎない。

満州事変から始まって、じりじりと侵略を行ってきている日本軍の動きを前にして、「無為にして為さざるなし」と嘯《うそぶ》いたり、「彼も一是非、此も一是非」と尤《もつと》もらしく説いたりすることは、中国人としてあまりにも「いい加減」と言わざるを得ないであろう。

現実社会を直視せずにはおれない、という点において、魯迅は孔子と通底する。魯迅は孔子を崇拝してはいないが、孔子を全否定もしていない。それは、孔子が道家《どうか》と違って、現実社会をなんとか変革しようと、あくまでも努力し続けた人間であるからである。魯迅は、孔子が人間としての「いい加減」さのない、実《じつ》のある、真っ当な人間である点を評価しているのである。

魯迅は『故事新編』においては、人間として「いい加減」な、中国人の「国民性」を改革することを、歴史を突き抜けて存在する普遍的課題として訴えている。

魯迅は、死を予感した大病の際に考えた遺言〔稿〕でも、子供に対して、この問題を提出している。

子供が大きくなって、才能がないようであれば、つつましい仕事を求めて暮らさすこと。絶対に空頭《くうとう》〔中身のない〕の文学者や芸術家になってはならない。

（『死』一九三六年）

この言葉からも、魯迅が口先だけの人間をひどく嫌い、「実」のある人間を切実に求めていたことがよくわかる。

＊

魯迅は『故事新編』の最初の作品『補天』において、まず名と実の問題を提起した。『補天』は、女媧《じょか》の神話が題材である。

女媧は泥で次々と人間をつくる。生まれた人間たちは、さっそくそれぞれ自分たちに正統性があることを主張し、戦争を起こす。女媧は戦争で破壊された天地を補修し続け、ついには疲労困《こん》憊《ぱい》して死んでいく。これが『補天』の大筋である。

話をもとに戻すと、人類の創造を終えてから眠りこけていた女媧は、天の一角が崩れ落ちる大音響によって眼を覚ました。彼女が最初に出会ったのは、仙薬を捜している道士たちである。赤ん坊のような声しか出せなかった人間が、「上真《じょうしん》、上真」〔上真は道教での最高修道者、真人の尊称〕と叫び、異様な動作を行うのである。

女媧が「うるさくて堪《たま》らず」「訳のわからない災いを引き起こしたことを後悔した」のは、彼らのそうした言動によってであった。魯迅は女媧の不快感で、仙薬や、上真という名称や、異様な動作が、虚妄《きょもう》に過ぎないことを暗に示しているのである。

天の一角が崩れ落ちたのは、共工《きょうこう》氏が顓頊《せんぎょく》〔古代の天子。黄帝《こうてい》の孫〕との戦さに敗れて不周山《ふしゅうざん》に頭をぶつけ、天柱を折ってしまったからである。それぞれの側は、戦争の名分を次のように述べている。

顓頊、無道ニシテ、ワガ后《きみ》〔共工氏〕ニ抗ス。ワガ后自《みずか》ラ天討ヲ行イ、郊〔郊外〕ニ戦ウ。天ハ徳ヲ祐《たす》ケズ、ワガ師《し》〔軍隊〕カエッテ敗走シ、……

（中略）

人心、古ナラズ。康回《こうかい》〔共工氏〕実ニ貪欲《どんよく》ニシテ、天位ヲウカガウ。ワガ后〔天子である顓頊〕自ラ天討ヲ行イ、郊ニ戦ウ。天ハ実ニ徳ヲ祐ケ、ワガ師交戦シテ敵ナク、康回ヲ不周ノ山ニホロボス。

（『補天』一九二二年）

前者は、名分にすがりつくしかない負け犬〔共工氏〕の遠吠えといったところであろう。実質的には無惨に敗北した者が、「名」によって敗戦に恰好をつけているのである。これこそ虚妄の見本であろう。

後者は、勝利した顓頊の側の「嬉しそうで誇らかな」勝利宣言である。「天位」を窺《うかが》う共工氏を撃破したと自讃している。

結局、両者にとっては、名分こそが重要なのである。彼らの行動が世界の破壊に通ずる戦争であろうと、そんなことは知ったことではない。

魯迅は、女媧の勤勉そのものの「実」行動を描くと同時に、彼女の労働になんの尊敬も感謝も覚えない人間たちの小ざかしさを描き出した。人間たちは「名」ばかりを追い求めているのである。死に至るまで懸命に無償の実行動を行った女媧と、専《もっぱ》ら正義〔名〕と称して領土を奪い合う小ざかしい人間たちとの対比が、この小説の大きな特徴となっている。

　女媧と人間たちのあいだに見られる「実」と「名」の対比が、作者の「フロイト説で創造の——人間と文学の——根源を解釈しようとした」最初の意図を大きく越えて、さらに重要な問題を提起しているのである。

　概して言うならば、「実」と「名」の対比を通じて、名の虚妄性を批判することが、『故事新編』の総主題と言うことができるであろう。

『故事新編』においては、名の虚妄性が何度も提示されている。禹の出てくる『理水』では、視察官が水害地の模様を報告する際、「蘆《あし》の花は雪のごとく、泥水は金のごとく、ウナギは脂《あぶら》のり、水苔は滑《なめ》らか」と述べている。これなどは、水害地の実状とはかけ離れた、修飾ばかりが美しい虚妄なものでしかない。

　民衆のほうも、水苔や葉っぱをどのように調理して食べるのかと聞かれると、水苔は「滑溜翡《ひ》翠湯《すいタン》」〔湯はスープのこと〕、楡《にれ》の葉っぱは「一品当朝羹《ゴン》」〔羹はポタージュ的な汁〕として食べるんじゃ、と視察官に答えている。これなども名前ばかりが立派で、食べられたものではないであろう。

　伯夷叔斉《はくいしゆくせい》の出てくる『采薇』でも、彼らが薇《ぜんまい》で作った手作りの料理は、以下のような名がつけられている。薇湯《びタン》、薇羹《ゴン》、薇醬《ジヤン》、清燉《チントン》薇、原湯燜薇芽《ユワンタンメンびが》、生曬嫩《ションシヤイどん》〔わかい〕薇葉《びよう》、……

おそらく、伯夷叔斉が口にしたものは無味この上なしで、文字で見るほどのものでなかったことは間違いない。

このように見てくると、中国〔民族〕の起死回生は、中国人が「名」の虚妄から脱して「実」行動に移る、ということに掛かっていると言わねばならない。このことは、日本軍が首都北京に近づきつつある現在、差し迫った緊急課題そのものである。口先ばかりの人間では、この危急存亡の国難を乗り切ることはできないのである。

いまこそ、中国人は、人間としての「いい加減」さを克服して、実《じつ》のある、真っ当な人間に脱皮しなければならない。魯迅は中国民族の真の再生を願って、「幻灯事件」以来、ずっとこの問題を訴え続けてきたのである。

18　魯迅の死——最終メッセージ

上海時代の魯迅については、さまざまな人によって語られているが、日本人にとっては幸いにも、一年近く魯迅から個人的に教えを受けた増田渉の回想記がある。増田渉は、東大の中国文学科を卒業して間なしの一九三一年に上海に行き、内山完造の紹介で魯迅に会った。

最初のうちは内山書店で魯迅の著作について質問した。そのうち、近所にある魯迅の寓居《ぐうきょ》に出掛けていくようになった。昼過ぎの二、三時頃から夕刻の五、六時まで、ときに雑談も交え、ほとんど毎日のように『中国小説史略』や、その他の著作の講読〔質疑応答〕を受けた。

魯迅は相当な時間を割いて、日本の一青年のために尽くしてくれたのである。仙台で受けた藤野先生の親切な援助のことも念頭にあったかもしれないが、簡単にできるものではない。後年、日本に来た許広平が語ったところでは、魯迅は「午後の執筆時間を割いて」応対していたのである。

上海時代、魯迅はひとりの作家として、比較的平穏な日常生活を営んでいたようではあるが、ときに人相の悪い政治ゴロのような人物と路上で激しく言い合うような場面もあった。そんなとき、彼は用心深く道順を変え、いっしょにいた増田渉とビアホールで時間をつぶしてから、家に帰ったという。

魯迅は、一九三〇年には中国自由運動大同盟、および中国左翼作家連盟〔常務委員〕に加入し、一九三三年には中国民権保障同盟に加入して、それぞれの会において指導的役割を果たしている。さらにまた、進歩的青年作家らと出版活動を行い、多くの若い作家を育成している。従前から忙しい時間を割いて、雑誌の編集も行っている。その上、青年画家らを援助して、啓発的な木版画の普及運動にも携わっているのである。

上海租界に住んでいたとはいえ、逮捕令が出ていた魯迅は、決してごく普通の作家生活を送っていたわけではない。

魯迅は、上海時代の十年間、死に至るまで現実社会に眼を注ぎ続け、人間として「いい加減」な事象を見出すと、ただちに雑感文の形で辛辣《しんらつ》な批評を書いた。横暴な権力主義の国民党政治に対しても、匿名記事で痛烈に攻撃している。その数は膨大なものである。

このような形で活潑に活動している魯迅の存在は、国民党反動派にとっては目障りであった。

一九三一年一月、柔石《じゅうせき》ら五人の左連作家が逮捕、処刑されると、魯迅にも累が及ぶという噂が立ち、魯迅は一月二十日から許広平、一歳半になった海嬰《かいえい》、および女中を伴い、内山完造の世話で日本人経営の花園荘に避難。四十日に及ぶ避難生活を送った。

一九三一年九月十八日、満州事変が勃発した。それとの関連で、翌一九三二年一月二十八日、上海事変が起こり、日本海軍の陸戦隊が抗日の抵抗活動を弾圧するため、上海に出兵した。この間、魯迅一家は、耳もとに響く銃声や日本兵の靴音を聞きながら、内山書店等に身を潜め、五十日にわたる避難生活を過ごした。増田渉は回想記の中で、魯迅のこの頃の生活を次のようにしるしている。

そのころ、彼はあるビルディングの三階にいたが、逮捕令が出ていたので、人から彼がそこに住まっていることを知られないために、通りに面した一つしかない窓のところへも出なかった。

上海の夏は暑い、私は休息の時間になると、窓のところへ椅子をもち出して涼を入れ、また街の往来の情景を見下ろしたりして疲れを休めたが、彼はいつも窓から三尺ほども離れた内側に腰かけ、下の通りから仰いで自分の姿をみとめられることを警戒して、窓辺にはけっしてよりつかなかった。

なんという不自由な生活だろう！　と私は思った。

だが、彼はじっとそれに堪えて、権力をカサにきる政治を匿名で風刺し攻撃する文章を書きつづけていた。窓辺にも寄りつかないその頑固なねばりは大変なものだと思った。

（増田渉『魯迅の印象』一九四八年）

こうした窮屈な生活を送りながらも、当時の行政院長〔総理大臣〕が密かに使いの者を寄こして面会したいと要望したとき、魯迅はきっぱりと面会を拒絶している。面会をすれば、不自由な生活からの解放を含めて、いろいろと便宜があったであろうに、権力に屈しない魯迅の芯《しん》の強さは相当なものであった。そのことを知った増田渉は、崇敬《すうけい》の念を込めて、魯迅に「何となく人間としての巨《おお》きさを感じた」と述懐している。

若き日に反抗的「超人」をめざした、独立不羈《ふき》の反抗精神は、最後まですこしも衰えていなかったのである。

*

一九三六年十月十九日、中国最大の文学者魯迅は死去した。

前日の午前六時頃、許広平は魯迅の手紙を携《たずさ》えて内山完造を急ぎ訪ねた。手紙の内容は次のようなものである。

　意外なことで夜中から又喘息〔ぜんそく〕がハジマッタ。ダカラ十時頃の約束ガモウ出来ナイから甚ダ済みマセン。御頼ミ申〔し〕ます、電話で須藤先生を頼んで下さい。早速キテ下さる様にと　艸々頓首　L拝

いつもはきちんと書かれているのに、今回は筆が乱れていた。これがついに絶筆となった。

内山完造がすぐ須藤医師に電話を掛け、そのまま駆けつけると、魯迅は右の手に煙草を持って、机の前の籐椅子に腰を掛けていた。顔色は非常に悪かった。

やがてベッドに寝かせ、許広平が背中をさすったり、須藤医師が来て注射を打ったりしたが、

容態《ようだい》はついに好転しなかった。

翌朝五時二十五分、魯迅は須藤医師、許広平、三弟周建人らに看取られて長逝した。享年五十六歳。これまでにも結核をはじめとしてさまざまな病魔に冒されており、ほとんど満身創痍《そうい》といった状態であった。直接的死因は心臓性喘息《ぜんそく》の発作である。

魯迅の葬儀の模様は、生前魯迅と親交があり、葬儀委員も務めた上海内山書店の内山完造の手記によると、次のごとくである。

魯迅さんの遺骸は十九日の午後、膠州路〔こうしゅうろ〕の万国殯儀館〔ひんぎかん〕にうつされて二十日朝から二十二日出棺まで告別の行列がつづいた。

しかし、政府の役人とか自動車で来るような富豪は一人もなかった。二十二日午後二時殯儀館を出た葬列はおよそ六千人の青年男女が粛々と万国公墓に向かった。

順路の両側には騎馬巡査が警戒してボーイスカウトが交通整理にあたったのでなんの問題もなかった。

万国公墓の霊堂で八人の葬儀委員によって極めて厳粛な墓前式があった。蔡元培の式辞があり、沈鈞儒の略歴朗読があり、宋慶齢女史の告別の辞があり、章乃器、郁達夫、田軍その他の告別の辞があった。私も葬儀委員として話した。

式が了〔おわ〕ると共に棺の上に黒いビロードに白い民族魂という大きな文字の幕がかけられて〔実際の様子は「告別の辞」ののち、上海の民衆代表が「献旗礼」を行い、「民族魂」と刺繡された白い絹旗で魯迅の棺をおおった〕、棺は墓穴に送られた。

埋葬の終った時には空高くとがま〔利鎌〕の様な月が皓皓〔こうこう〕と人々の嗚咽〔おえつ〕を照らしておりました。

（内山完造『魯迅さん』一九五五年）

内山完造は葬儀の様子を、簡潔に、かつ目に見えるように、無駄のない文章で描き出している。

＊

魯迅の柩《ひつぎ》が「民族魂」と書いた白布に包まれたことが象徴するように、魯迅は生涯、中国〔民族〕を愛した文学者であった。増田渉は、魯迅のいっさいの文章の発源はここにあった、と次のように述べている。

日々接していて、その言動から私が受けとったものは、彼は何よりも先に愛国者である、ということだった。愛国者といってもむろん狭い国家主義という意味ではなく、中国と中国人を愛することの異常に強かったということで、多分に人間的というか、民族的ヒューマニズムとでも考えられるものだが、彼の一切の文章の発源はここにあったといえると思う。

彼の目はいつも中国および中国人の将来にそそがれていて、どうすれば現実の中国および中国人をもっと合理的な幸福な将来へ生かし得るかということを考えていた。

彼の現実の中国および中国人に対する辛辣《しんらつ》な、時には悪罵とさえ見える筆鋒は、実は自国と自国民に対する沸《わ》き立つ愛情の変形であると私は見た。あのように冷徹酷薄な筆というものは、ただの傍観者にはむろん駆使し得ないところだ。

あの和靄《わあい》親しむべき、そしてつねに涙にうるんだような眼球のかがやきは、けっして彼の人間的に冷たいことを示すものではなく、もちろんその反対であった。いつも何か憑《つ》かれたような愛国（愛民族）の熱情に燃えているといったふうで、それは時には鬼気さえ帯びるものであった。

（増田渉『魯迅の印象』一九四八年）


魯迅と一年間親しく接し、彼の著作について直接の教えを受けた増田渉は、魯迅の中国に対する悪口は、「親がその子を他人の前で、こいつはばかな奴でこまります」と言っているようなものであった、と述べている。

魯迅の生《なま》の言葉としては、魯迅との付き合いが長かった内山完造が増田渉以上に、ストレートに伝えている。内山完造は、大勢の日本人が住む上海の北四川《しせん》路で、日本の書籍を扱う書店を営んでいた。この書店には日中の文化人が多く出入りし、魯迅もよく足を運んだ。そのうち、内山完造は魯迅と非常に親しくなり、店の奥のテーブルで日本茶を飲みながら、しょっちゅう漫談をするようになった。

魯迅は死の直前の頃、内山完造に次のように語っている。

老版《ローペー》〔ご主人。老板《ラオバン》の上海語〕、僕は今度三か月寝てる間に充分考えたよ、支那四億の民衆は大きな病気に罹《か》かって居る、ソシテ其病原は例の馬々虎々《マアマアフウフウ》と云うことだネー、アノどうでもよいと云う不真面目な生活態度であると思う、とは云うても今日の不真面目な生活態度になる迄には同情すべき又憤慨すべき道程のあったことは無論であるが、だからと云うて今日のアノ不真面目な生活態度を肯定することは出来ないよ、……　（内山完造『魯迅先生追憶』一九三六年）

中華民国になってからも半封建状態にあり、かつまた、帝国主義列強に侵略されて半植民地状態にあった当時の中国には、阿Qのような家なしの貧しい農民がたくさんいた。港に行けば、ボロを着た痩せた苦力《クーリー》（荷役労務者）が群れをなして仕事を求めていた。『髪の話』（一九二〇年）という小説の中で、魯迅は日本の学者が言った言葉を引用している。それは、中国や南洋を旅行するのに中国語やマライ語を学ぶ必要はない、寄ってくる連中を追っ払うステッキ一本あればいい、これが連中の言葉だ、というものであった。

この頃の食うや食わずの中国民衆は、主人顔でのさばっている外人にステッキで追っ払われても、「没法子《メイファーズ》」（仕方がない）と言うしかなかったのである。

こうした中国民衆の情けない姿は、魯迅から言わせると、「どうでもよいと云う不真面目な」生活態度ということになる。人間であるのに人間扱いされないことに甘んじるのは、奴隷根性そのものであり、どんな理由があるにせよ、決して許されるべきではない。たしかに、こうなるまでには「同情すべき又憤慨すべき道程」があったには違いないが、彼らの「没法子」は、やはり魯迅が言うように、「馬々虎々《マーマーフーフー》」（いい加減）以外のなにものでもない。

理不尽な行為に対して、叫びも発せず抵抗もしない生き方は、「幻灯事件」のときの中国民衆と同じく、魯迅から言わせると、人間として「いい加減」に生きている、ということになるのである。魯迅はこのとき、はっきりと「馬々虎々」というキーワードを使って、中国人の最も反省すべき「国民性」の欠点を総括した。

外国の侵略者に相対《あい》するときも、自国の非道な権力者に相対するときも、この欠点を克服することなしには、勝利は覚束《おぼつか》ないのである。

*

魯迅は生涯にわたって、中国人の中にある人間としての「いい加減」さと、それに巣食っている悪霊を批判した。魯迅は中国を愛したがゆえに、生涯、中国人の罹《かか》っている病気の「病根」をえぐり出し続け、それに巣食っている悪霊と格闘し続けた。

魯迅が余人から見るとそれほどは偉くない、無名の藤野先生を深く尊敬したのも、一書店の主人に過ぎない内山完造を深く信頼したのも、両者が口先だけの人間でなく、自らの職業に誠実な「真面目」な人間であったからである。両者が、中国人の「国民性」の欠点である、人間としての「いい加減」さの対極にある人間であったからである。

内山完造は先に引用した言葉に引き続いて、さらに次のような魯迅の言葉を書きしるしている。若き日、七年余も日本に留学して日本語をよくした魯迅の肉声が伝わってくるような迫力ある文章なので、引き続き引用する。

ソレから僕は日本八千万民衆の事を考えたよ、日本人の短所は僕は言わない、僕は日本人の長所を考えたよ、日本人の長所は何事によらず一つの事に対して文字通りの命がけでやるアノ真面目サであると思うネー、最近の傾向はヤヤ相反するもののあることを僕は認めるが、然《し》かしたとい今そうした傾向があるにしても〔、〕今日を成し遂げた事実を否定することは出来ない。アノ真面目は認めなければならん。僕はコウした両国民衆の比較をして見た。

支那は日本の全部を排斥してもよいが〔、〕アノ日本人の長所である真面目丈〔だ〕けは断じて排斥してはならん、ドンナ事があってもアレ丈けは学ばなければならん、と思う、然〔し〕かし今日云う時機でない様だ、仮令《たとい》僕がドンナに、叫んでも恐らく今日は聞いては呉れない、反《かえ》って非国民だとか亡国民だとか帝国主義の猟犬〔いぬ〕だとか云うて〔、〕葬り去るであろう、だが此れ丈けは言わねばならん、僕は言う断じて言う、今はタダ其言うべき時を考えて居る丈けだ、僕の病気が快くなった頃必ず僕は言う、此の事は僕が言わねばならん事である、……

（内山完造『魯迅先生追憶』一九三六年）

これと同じ内容の話を内山完造はほかでも語っている。抗日の気運が非常に高まっている際にも、魯迅が「日本の全部を排斥しても、あの真面目という薬だけは買わねばならぬ」と言っていたことを伝えている。

魯迅は、侵略してくる日本軍と戦うためにこそ、中国人が、人間としての「いい加減」さを克服し、実《じつ》のある、真っ当な人間に脱皮することを求めたのである。中国が陥っている危機的状況のもとで、あえて日本人の「真面目という薬」を求めたのは、よくよく思い詰《つ》めてのことであろう。

殺しても死なぬゾンビのように、人間としての「いい加減」さに巣食う悪霊は、さまざまに形を変えて、繰り返し繰り返し中国社会に出現する。この悪霊を克服することなしには、中国の真の再生はあり得ない。魯迅はそのことを確信し、最後の力を振りしぼって、死の直前まで、しぶとい悪霊と格闘し続けた。

魯迅が切実な思いで訴え続けた問題は、新中国が成立したあとも解決していない。油断すると、新しい悪霊が次々と出現する。「人民のために服務する」はずの共産党幹部が汚職を行うのは、まさに、人間としての「いい加減」さの、具体的な事例である。現時点の中国においても、魯迅が求め続けた悪《あ》しき国民性の改革は、なおも達成されていないのである。

中国民族の真の再生は、魯迅の提起した問題を解決することなしには、決して実現することはできないであろう。

あとがき

筆者は、大学の卒業論文で魯迅を取り上げて以来、ずっと魯迅を中心に研究を続けてきた。本書は、魯迅研究者として孔子と魯迅のあいだに、どこか通底するところがあるのを感じ、両者の根底にある精神を考究したものである。

第一部の『孔子の原像』は、現代人の感覚で『論語』を講読しつつ、孔子の教えが非人間的な封建道徳そのものとは異なる、ということを改めて解明したものである。同時に、時代的限界を内包しているものの、孔子が人間性の確立に尽力した、骨太の精神的巨人であることを論考した。

第一部の『孔子の原像』に関しては、訓詁《くんこ》解釈の煩わしさを避け、孔子が言わんとしたところに、解釈の重点を置いた。この場合、先学の研究業績を参照し、とりわけ、東洋史家の宮崎市定の説明を多く引用した。

中国思想史家である大阪市立大学名誉教授の山口久和氏に、多々ご助言をいただいたが、専門的に過ぎるものも多く、すべてを生かし切れなかった。至らぬところがあれば、文責は筆者にある。山口氏には心からお礼を申し上げたい。

孔子の没後の戦国時代には、法家《ほうか》〔韓非子〕や道家《どうか》〔荘子〕や墨家《ぼっか》〔墨子〕などが出現し、儒家の弱点を痛烈に批判した。いわゆる諸子《しょし》百家《ひゃっか》の「百家争鳴」である。彼らは忠、孝の問題を中心に激しく論争した。

その後、儒教は漢代に国教となり、それが順次継承されて、歴代封建王朝の精神的支柱となった。

しかし、のちになると、儒家の中から、硬直化した儒教に反撥する者が現れた。清末に至って、儒家の大学者康有為《こうゆうい》が、孔子は、理想を古代に託して政治体制を改革しようとした創教者であったと論じ、孔子に新しい光を当てた。孔子を、政治を改革しようとした素王《そおう》〔王となれなかった王〕と見なしたのである。これより、封建道徳と化した儒教に対する批判が一段と活潑化した。

清末から民国初期にかけては、硬直化した儒教に対して、これまでとは次元の違う猛烈な批判が行われた。こうした儒教批判の流れは、第二部の『魯迅の偉業』で論じている。

第二部の『魯迅の偉業』は、魯迅が生涯にわたってたたかい続けたものはなにか、ということを考究したものである。

魯迅は儒教批判の潮流の中で、『狂人日記』を発表した。この作品は「狂人」の日記という形で、礼教〔儒教〕は人食いの教えだ、と述べているのであるが、これで儒教の問題点が鮮やかにえぐり出された。

魯迅は終生、中国社会の「病気」に目を光らせ、その「病気」の大本《おおもと》にある中国人の、人間としての「いい加減」さを厳しく批判した。

孔子も、魯迅も、それぞれの現実の中で、人間を人間たらしめる人間性の向上をめざし続けたのである。人間〔中国人〕が、人間として「いい加減」でない、真っ当な人間になることを願って、ひたすら努力した。

中国古代の偉大な思想家、真の意味での教育者と、中国近代の偉大な文学者、真の意味での教育者が、一貫して主張していることは、底流において共通している。

孔子と魯迅を同時に論じた本書は、中国論の基本、概略を知ろうとする者にとって、相当に資するところがあるであろう。両者が発したメッセージは、それぞれの現実に即したものではあるが、今日に至っても、なお重要性を失っていない。

本書は、第一部の『孔子の原像』と、第二部の『魯迅の偉業』の二部構成になっているが、その中で、中国古代、中国近代の、思想、政治、文化の諸問題にも触れている。

付録として「中国近代史概要」を最後に付け加えた。大学で中国文化論を長年講義してきた筆者の経験から言って、中国近代史の流れを簡潔に叙述した歴史書は、図書館や書店でもほとんど見当たらず、大いに困惑した。この「概要」は、歴史認識問題の基礎知識としても役立つと思われるので、ご一読いただければ幸いである。

魯迅に関しては、紙幅の関係もあり、十分に書き尽くせなかった。筆者の研究内容の詳細については、これまでに公刊した拙著『魯迅のリアリズム』（三一書房）、『魯迅「野草」全釈』（平凡社・東洋文庫）、『魯迅3』（中央公論新社・中公新書）を読んでいただきたい。ただし、本書と重複する箇所があり、その点は前もってお断りしておく。

最後に付言すると、本書で使用している〔　〕と（　）の符号の区別については、〔　〕は筆者の注釈であり、〔　〕は年号や書名、篇名など一般的なものである。

なお、筆者は柏木智光の筆名で、推理小説『上海カタストロフ』（講談社）、『上海デスライン』（講談社）の二冊を公刊している。推理の面白さ以外にも、現代中国の公安（警察）、軍、社会の状況が、いささかは描き出されているはずなので、中国社会を理解する一助にしていただければ幸いである。

本書を出版するに当たっては、筑摩書房の湯原法史氏に内容のチェックをはじめ、さまざまな面でお世話になった。ここに厚くお礼を申し上げる。

二〇一五年六月

片山智行

中国近代史概要

一八四〇年　アヘン戦争

中国の近代は、ふつう一八四〇年のアヘン戦争が起点とされるが、これは力ずくで中国が鎖国を打ち破られ、半植民地化に向かったことを指す。イギリスの砲艦や陸戦隊の猛攻を前に、清朝の軍隊は惨敗した。

これ以後、清朝の支配体制は音を立てて崩れていった。

そもそもこのアヘン戦争は、中国茶の輸入増加による貿易不均衡に苦しんだイギリスが、当時イギリスの植民地であったインドで栽培したアヘンを、中国国内に売り込んだことから始まったものである。清朝政府〔林則徐《りんそくじょ》特命全権大使〕は、当然この麻薬の輸入を厳禁し、不法に持ち込まれたアヘンを差し押さえて廃棄処分した。

この一件を口実に、イギリスは大艦隊を広東に差し向け、巨砲を擁した近代的装備の砲艦を広州湾に進入させた。こうした威嚇《いかく》に屈せず、旧式の清朝軍は果敢に応戦した。

しかし、両者の戦力の差は歴然としており、イギリス側は猛烈な艦砲射撃を行って、たちまちのうちに清朝軍の砲台を壊滅させた。イギリス軍の陸戦隊は上陸して、情け容赦なく追撃した。

揚子江を遡上《そじょう》したイギリスの大艦隊が南京に迫ったとき、圧倒的な軍事力の差を目の前にして、ついに清朝はイギリスと講和した。

一八四二年の南京条約によって、清朝はイギリスに香港を割譲し、広東、上海など五港を開港させられ、その上に莫大《ばくだい》な賠償金を支払った。

アヘン戦争から十五年後、イギリスはまたしてもアロー号事件を口実に、宣教師が殺されたフランスを誘い込んで、新しい戦争を引き起こした。アロー戦争〔第二次アヘン戦争〕である。

英仏連合軍が首都北京に進攻し、北京大学〔現在〕の北方に隣接する広大な円明園を焼き払ったのは、このときのことである。

英仏の兵士たちは破壊と掠奪の限りを尽くし、最後にはイギリス軍がここを焼き払った、と伝えられている。

清朝初期の全盛時代に建てられた豪壮華麗なバロック様式の洋風建築群は、無惨な廃墟と化した。その後も再建されることなく、そのまま今日に至っている。

清朝はこの戦争でも惨敗して、イギリスに九竜《カオルン》を割譲し、多くの賠償金を支払うことになった。フランスにも多くの権益を奪われた。いまの時代には考えられない一方的な侵略戦争である。

後年、イギリスのサッチャー首相が香港返還交渉で訪中したとき、天安門事件〔第一次〕に関連して、中国の人権問題を話題にすると、鄧小平は「それを言うなら、百五十年前のことから話しましょう」と切り返した。これには、さすが「鉄の女」のサッチャー首相も返す言葉がなかったという。伝聞ではあるが、鄧小平の厳しい歴史認識がよく見て取れる話である。

最高実力者の鄧小平が、首脳会談の場でこんな言葉を口にしたと伝えられるほどであるから、帝国主義列強であった欧米諸国、それに、のちに侵略戦争を行った日本も、中国と相《あい》対するときには、こうした歴史事実をあまり軽々に考えてはならないであろう。

一八五一年　太平天国の乱

こんどは国内で太平天国の乱が勃発し、清朝は深刻な危機に陥った。まさに内憂外患である。

洪秀全《こうしゅうぜん》に指導された太平天国軍は、貧苦にあえぐ貧農や流民など大勢の民衆の熱狂的な支持を得、広西省より北上して、またたく間に南京を占領した。以後、十数年にわたって、長江〔揚子江〕以南の地を占拠したのである。

キリストの教えによって地上に平等の天国を建設しようとした太平天国は、ラジカルな土地均分制をうたい、男女の別、貧富の差を排除し、私有財産や差別のない平等の理想郷を打ち立てようとした。彼らの思想は、孝悌《こうてい》の上下秩序を尊ぶ儒教思想に真っ向から対立する。

この事態に対し、伝統精神の維持に危機感を抱いた漢人政府高官の曾国藩《そうこくはん》は、儒教を奉ずる読書人は総力で太平天国と対決せよと檄《げき》をとばし、自ら湖南省で義勇兵を募って、湘軍《しょうぐん》を組織した。農民を徴集して訓練し、規律正しい団練《だんれん》〔義勇軍〕に育てた。ちなみに、これが軍閥の始まりである。

李鴻章《りこうしょう》〔のちに北洋軍閥の巨頭〕も曾国藩のあとを追い、淮軍《わいぐん》を組織した。

師弟、父子、同郷で中枢を固めた湘軍、淮軍は、ともに士気が高く、太平天国側の深刻な内紛もあって、ついに太平天国を平定するのに成功した。

〔一八八一年九月二十五日、魯迅、紹興で出生〕

＊

アヘン戦争と太平天国の乱で、近代的軍備の必要性を思い知らされた清朝は、ヨーロッパから軍事技術を導入し、軍事産業の育成をはかった。

精神は中国古来の儒教を本体〔体〕とするが、艦船や銃砲などの物質文明〔用〕は、西欧近代の科学技術を取り入れて、富国強兵に努める。これが、いわゆる「中体西用」論である。日本の幕末に、ちょんまげをゆった武士〔封建思想のまま〕が大砲を撃ったのと同じことである。和魂洋才に近い。

こうした流れの中で、李鴻章は上海に武器弾薬を製造する江南製造総局を設立している。福建省では、福建船政局という造船所が設立された。そのほかにも、さまざまな工場や新式学校が次々と建てられていった。

中体西用論で改革を推し進めたのが、「洋務運動」と呼ばれるものである。

実を言うと、魯迅はこの洋務運動で生まれた新式学校で学んだのであった。

清朝末期の状況をもうすこし説明すると、時代の大波は洋務でしのげるほど生やさしいものではなかった。

政治体制が腐りかかっていたのである。独裁者の西太后《せいたいこう》の還暦祝いのために、海軍予算が北京西郊の頤和園《いわえん》〔西太后用の別荘〕の建造費に流用されていた。

一八九四年　日清戦争（一八九四〜一八九五）

「洋務派」の李鴻章が育成した北洋艦隊は、新鋭の軍艦が補充できず、日本の連合艦隊に黄海海戦で敗れた。朝鮮半島での会戦でも陸軍が敗れた。「眠れる獅子」と恐れられた大国は、小国の日本に敗れ去ったのである。

その結果、台湾や遼東半島の割譲〔のち遼東半島は露、独、仏の三国干渉によって清朝に還付〕や、多額の賠償金の支払いなどを強いられた。

日清戦争の敗北は、中国の知識人層に強い衝撃を与えた。こんな情けない事態は西太后の独裁政治や、満人貴族の保守的な宮廷政治に起因するところであり、専制政治を変革して立憲君主制に移行しなければ、小国の日本にさえ遅れを取る。日本は明治維新を成し遂げ、新生国家に生まれ変わったからこそ、大清国に勝利することができたのである。

このように考え、康有為《こうゆうい》〔儒家の大学者。従来の儒教を批判した〕、梁啓超《りようけいちよう》らは、旧来の法〔法制〕を変える政治改革〔立憲君主制〕をめざした。いわゆる「変法」である。

一八九八年　戊戌の政変

康有為らの「変法派」は、ついに開明君主と言われた光緒帝《こうしょ》の知遇を得て、政権の座に就いた。立憲君主制をめざした新政権は、憲法の制定や、議会政治の樹立や、科挙制度の廃止などの政策に着手した。しかし、改革があまりに性急であったため、朝廷の大官たちの陰険な抵抗に遭い、たったの百日天下で、西太后派のクーデターに敗れ去った。このクーデターが戊戌《ぼじゅつ》の政変である。

これにより変法派の限界が明らかになり、革命派が勢いづいた。

一九〇〇年　義和団事件

この年、排外的な義和団事件が起こり、山東省から起こった農民たちの義和拳《けん》〔拳法で戦う集団〕は、列強の連合軍と戦った。

西太后は義和団の勢いがあまりに強いので、その勢いに押されて、列強に対する宣戦の上諭《じょうゆ》を発した。しかし、日、英、米、露、独、仏、墺《おう》〔オーストリア〕、伊の八か国連合軍の猛烈な反撃に遭うと、清朝の主従は早々に北京から脱出し、西安に逃れた。しかも、のちになると、義和団討伐の詔勅さえ下しているのである。

義和団は清朝に見捨てられ、やがて列強の連合軍に鎮圧された。

この慘憺《さんたん》たる結末は、中国の大多数を占める漢族民衆に、異民族〔満州族。当時は異民族と意識されていた〕の皇帝を奉戴することの愚かしさを思い知らせ、これより清朝打倒の民族革命の運動が、これまで以上に活発化した。

この中心にいたのが孫文らの「革命派」である。

中国の近代化は、洋務派、変法派、革命派によって推進されたが、もちろん、これらの運動は順を追って整然と行われたわけではない。とりわけ、変法派と革命派は同時代に混在し、戊戌の政変後は東京を舞台に、それぞれが競って持説を主張し、激しい論争を繰り返した。

〔一九〇二年四月、魯迅、日本に留学〕

一九〇四年　日露戦争（一九〇四～一九〇五）

日本とロシアは朝鮮、満州を巡って覇権を争い、ついに戦争に突入した。日本軍は奉天の会戦で大勝利し、日本海海戦でもバルチック艦隊を壊滅させた。

これによってポーツマス条約が結ばれ、日本は朝鮮、満州の権益を独占するに至った。

〔一九〇九年八月、魯迅、日本留学より帰国〕

一九一〇年　日本、韓国併合（植民地化。一九一〇～一九四五）

＊

一九一一年　辛亥革命

義和団事件以来、清朝の威令はとみに衰えていたが、この年の五月に公布された「鉄道国有令」にはとくに反撥が強く、ついに四川省では民衆の暴動にまで発展した。

清朝はその鎮圧のために武漢の新軍を成都に派遣したが、中国革命同盟会の影響下にあった武昌《ぶしょう》〔武漢の一部〕の新軍がこのとき、混乱に乗じて蜂起した。

武漢はたちまちのうちに革命派が制圧した。この動きに呼応して、一か月のあいだに十六省がそれぞれ独立を宣言した。

十一月末に漢口《かんこう》〔武漢の一部〕で開催された各省代表者会議では、海外から帰国してきた孫文が臨時大総統に推挙された。

清朝側は引退していた袁世凱《えんせいがい》を起用し、政府軍を革命派の鎮圧に向かわせた。

老獪《ろうかい》な袁世凱は硬軟両面の策をとり、革命派と秘密裡《り》に折衝《せっしょう》して、大総統〔大統領〕の地位の提供を条件にして、革命派と手を結んだ。

革命派は政府軍との内戦で国土が荒廃するのを恐れ、清朝の廃止、共和国の樹立を条件に、袁世凱の要求に応じた。ここにおいて、ついに清朝は崩壊した。

一九一二年　中華民国成立

中華民国成立後の政治情勢を整理すると、次のように推移している。

一九一二年一月一日、南京に中華民国臨時政府が樹立される。臨時大総統には孫文が就任。

二月十二日、清朝最後の皇帝宣統帝《せんとうてい》〔溥儀《ふぎ》〕が退位。

二月十五日、南京に政府を置くことなどを条件に、袁世凱を臨時大総統に選出したが、袁世凱は自分の勢力圏から離れるのを嫌い、南京での就任を拒否。

三月十日、袁世凱は、強引に北京で臨時大総統に就任する。

三月十一日、袁世凱の独裁権の抑制をはかり、中華民国臨時約法を公布。

〔一九一二年、魯迅、新政府の教育部に勤務〕

一九一三年初頭、第一回の国会選挙が行われ、中国革命同盟会を中心に組織された国民党が勝利した。

三月二十日、国民党の実質的党首宋教仁《そうきょうじん》が、袁世凱の手の者によって暗殺される。

その後、袁世凱は英、仏、独、露、日の五か国より「善後借款《しゃっかん》」を受け、買収によって国民党を切り崩す。

七月十二日、「第二革命」が勃発。国民党系の江西《こうせい》都督の李烈鈞《りれっきん》が討袁軍を起こし、江西の独立を宣言すると、江蘇《こうそ》、安徽《あんき》、広東、四川、福建、湖南等が呼応して、それぞれ独立を宣言した。

しかし、二か月で袁世凱の派遣した征討軍に敗れ、孫文、黄興《こうこう》、李烈鈞らは日本に亡命する。

十月、第二革命を鎮圧した袁世凱は、国会に迫って正式の大総統に就任。

十一月、袁世凱大総統は国民党解散命令を発布し、国民党籍の国会議員の資格を剝奪する。

一九一四年　第一次世界大戦（一九一四〜一九一八）

この年の一月、袁世凱は国民党籍以外の国会議員の資格も剝奪し、自派だけで中央政治会議を設立した。

五月、新たな約法会議に作らせた「袁家《えんか》約法」を公布。これによって、袁世凱は辛亥革命によって築かれた国会と、臨時約法の息の根を完全に止めた。

七月、第一次世界大戦が勃発した。

日本軍は九月、山東半島に上陸し、ドイツが租借《そしゃく》していた青島《チンタオ》を占領。

一九一五年　二十一か条の要求

この年、日本は、帝国主義列強が欧州戦線で忙殺されているのに乗じ、袁世凱大総統に二十一か条の要求を突きつけた。ちなみに、日本の首相は大隈重信。

日本の二十一か条の要求項目は、山東省のドイツ権益をすべて日本に譲渡すること、南満州の日本の権益を認めること、中央政府に日本人顧問を招聘することなど、露骨な帝国主義的要求である。日本は、欧米列強がヨーロッパで全面戦争を展開している隙《すき》に、中国に進出を遂げようとしたのである。

中国の民衆は、中国の主権を侵害する日本の要求に猛反撥し、激しい反対運動を展開した。

五月七日、日本は二十一か条の要求を受諾するか否か、最後通牒を突きつける。

五月九日、袁世凱大総統は、日本の強硬な圧力に屈服し、要求を受諾した。

屈辱的決着を知った中国民衆は、憤激してこの両日を「国恥記念日」と呼び、抗議運動を行った。これが、その後の反日運動の起点となった。

袁世凱が日本の要求を受け入れたのには、微妙な裏があった。日本は袁世凱が皇帝になろうとしている野心を見て取って、「さらに一段上《のぼ》られたし」と慫慂《しょうよう》し、二十一か条の要求と引き換えに、帝政への移行を支援する、と申し出たのである。これに応じた袁世凱の行為に、人間としての「いい加減」さがあったことは否定できないであろう。

八月、袁世凱は公然と帝制運動を開始する。

袁世凱の意を受けた厳復《げんぷく》らは、籌安《ちゅうあん》会〔安定をはかる会〕を組織して、「中国には共和制は適さず、君主制こそふさわしい」と宣伝した。

袁世凱は、帝制に導くのに有効と見て、儒教に基づく伝統的儀式を復活させた。上下秩序を忠実に守る臣民をつくるには、儒教の教えが最も便利と見たのである。この場合にも、儒教は「支配の道具」として利用されやすい弱点を露呈している。

他方、袁世凱は全国各省の代表に、自分に向かって帝制に移行するように請願させた。

十二月、参政院は袁世凱を皇帝に推挙。

袁世凱はそれを受けて、冬至の日に北京の天壇《てんだん》で、歴代の皇帝と同じように祭天の儀式を行った。同時に、新しい王朝を洪憲《こうけん》と名付け、一九一六年を洪憲元年と呼ぶように定めた。

こうした袁世凱の強引な策動に対し、心ある人々は反撥した。ついに雲南が独立を宣言し、討袁護国軍を起こした。その他の地方も、次々とそれに倣《なら》った。これが、「第三革命」と呼ばれるものである。

一九一六年　袁世凱死去

この年の三月、袁世凱は洪憲帝国の廃止を宣言したが、時すでに遅かった。

六月、袁世凱は神経疲労と尿毒症を併発し、失意のうちに死亡。

袁世凱の死後、副総統の黎元洪《れいげんこう》が大総統となり、旧国会、旧約法を回復した。

しかし、国務院総理は袁世凱の後継軍閥である段祺瑞《だんきずい》であり、第三革命と言いながら、依然として軍閥支配が続くことには変わりなかった。

その後も、大総統の座は黎元洪、馮国璋《ふうこくしょう》、曹錕《そうこん》といった軍閥が占めた。

軍閥の政治は、実質的には段祺瑞を首領とする安徽《あんき》〔安徽省〕派と、馮国璋、曹錕、呉佩孚《ごはいふ》を領袖とする直隷《ちょくれい》〔河北省〕派の二つが対立。双方のあいだで内戦が絶えず、全般的に北京政府の政権基盤は弱かった。

＊

一九一七年　ロシア革命

マルクス主義者のレーニンが主導するロシア革命が成功。ロシアのプロレタリア革命は、中国の知識人に大きな思想的影響を与えた。

一九一八年、第一次世界大戦が連合国側の勝利のもとに終結。

〔一九一八年五月、魯迅の筆名で『狂人日記』を発表し、教育部勤務のまま、作家活動を開始〕

一九一九年　五・四運動

この年、パリで講和会議。

五月四日、北京の天安門の前で数千人の学生が、日本の侵略政策に反対して、中国最初の示威運動を行った。ヴェルサイユ講和条約で日本の主張が通り、中国が提出した山東省権益返還の主張が拒否されたので、中国知識人や民衆の不満が噴出したのである。

五《ご》・四《し》運動によって、中国革命は新しい段階に入り、これ以後、中国革命は反帝国主義、反封建主義の性格を持つこととなった。

一九二一年　中国共産党創立

陳独秀、李大釗《りたいしょう》を中心に、上海で結成された。このときには、毛沢東も創立メンバーに加わっている。

一九二四年　国民党第一回全国代表大会

この年、孫文の指導する中国国民党の第一回全国代表大会が広州で開催された。連ソ〔ソ連と提携〕、容共〔共産党と合作〕、労農援助の三大政策が決定される。これより第一次国共合作が進行する。

一九二五年　五・三〇運動

五月三十日、五・三〇《ごさんじゆう》運動が起こる。日本人経営の紡績工場のスト中、上海の租界《そかい》警察が労働者を射殺し、このことに端を発して、労働運動がそのまま大規模な反帝国主義運動に進展した。

この年、孫文、北京で死去。

一九二六年　北伐

七月、国民革命軍による、各地に割拠する封建軍閥に対する北伐《ほくばつ》が開始される。国共合作で、蔣介石《しょうかいせき》が国民革命軍総司令であった。

一九二七年　四・一二反共クーデター

この年の四月十二日、共産党の勢力拡大を恐れた蔣介石が、突如《とつじょ》、反共クーデターを敢行した。国共合作を破棄して、共産党に血の弾圧を加えたのである。〔第一次国共合作は終焉〕

八月一日、朱徳《しゅとく》らが南昌で蜂起。のち、江西省の井岡山《せいこうざん》で毛沢東らと合流し、ソビエト地区を建設。

〔一九二七年十月、魯迅は許広平とともに上海に移住し、同棲生活に入る〕

一九二八年　国民革命終結

この年、国民革命軍の蔣介石総司令は北京に入城し、政権を掌握した。各地の封建軍閥を討伐して、全国を統一したのである。

反共クーデター以後、蔣介石の率いる国民党反動派は、各地で次々と共産党の弾圧を行った。

蔣介石はこののち約十年間、「先安内《さきにあんない》、後攘外《のちにじょうがい》」〔先に国内を安定させ、そののちに外敵を打ち払う。抗日より共産党弾圧を先にする〕の方針をとり、共産党を中心とする革命勢力の弾圧に力を入れて、合計六回、革命根拠地の包囲討伐戦を繰り返した。

一九二八年六月、日本の関東軍高級参謀河本《こうもと》大作らが、奉天軍閥の首領張作霖《ちょうさくりん》を列車ごと爆殺。関東軍の暴走の走りである。

一九三一年　満州事変

九月十八日、満州事変勃発。石原莞爾《かんじ》を中心とする関東軍参謀らの周到な計画によって、奉天（瀋《しん》陽《よう》）近郊の柳条湖で満鉄の鉄道を爆破。これを中国側の破壊行為と称して、日本軍は戦闘状態に突入した。日本の侵略戦争が始まる。

一九三二年　満州国成立

三月、清朝の廃帝（宣統帝）溥儀《ふぎ》を執政として、満州国を樹立。首都は新京（長春）。日本の関東軍司令官が駐満州大使を兼ね、実質的に満州国の政治、行政を支配した。日本の傀儡《かいらい》国家である。

一九三四年　大長征

一九三四年二月、蔣介石政権は、孔子の教えは現代にも通用する規範であるとし、儒教道徳に基づく新生活運動を全国的に展開。

十月、紅軍、国民党軍の攻撃により、江西省の瑞金《ずいきん》、井岡山《せいこうざん》地区より移動する。大長征の開始である。

一九三五年一月、長征途上、毛沢東の指導体制確立。

十月、紅軍が延安《えんあん》地区に到着。革命根拠地建設。

一九三六年二月、中国共産党、抗日救国宣言を発表。十二月、西安事件（張学良らが蔣介石を監禁し、抗日統一戦線を断行するよう諫言〕により、国共合作が復活する。

〔一九三六年十月十九日、魯迅死去〕

一九三七年　日中戦争

七月七日、日中戦争〔支那事変〕勃発。日本軍が北京近郊の蘆溝橋《ろこうきょう》で軍事演習中、発砲事件が発生し、そのまま戦争に突入した。

一九四一年　太平洋戦争

満州事変後、日本は侵略的軍事行動を国際連盟で非難され、国際連盟を脱退。その結果、アメリカの石油禁輸等の制裁措置で、徐々に追い詰《つ》められ、ついに難局打開の窮余の策として、真珠湾攻撃を敢行した。

太平洋戦争は、日本軍の仏印〔ベトナム〕進駐など南進の問題や、日本、ドイツ、イタリアの三国同盟締結の問題もあるが、大筋から言うと、満州事変および日中戦争の延長と言うことができる。

太平洋戦争を単純に、日本とアメリカの戦争、と考えてはならない。

これ以後、日本の陸、海、空軍は、中国本土や東南アジアで、中国軍、イギリス軍、オランダ軍と戦闘を続けながら、アメリカ軍の猛反攻に抗戦。

しかし、戦局は悪化し、日本全国の多くの都市はアメリカ軍の空爆で焦土と化した。最終的には、沖縄戦、広島、長崎への原爆投下、さらに満州へのソ連軍の侵攻があって、終局に向かう。

一九四五年　日本の無条件降伏〔以後、再び国共内戦〕

結局、日本軍は一九三一年の満州事変以後、十五年にわたって、中国本土の奥深くまで侵入したまま、中国軍〔共産ゲリラを含む〕と戦闘を続けた。

＊

一九四九年　中華人民共和国成立〔毛沢東主席、周恩来総理〕

人民解放軍が勝利し、蔣介石の五十万の軍隊は国民政府とともに台湾に逃れる。

一九五〇年　朝鮮戦争（一九五〇〜一九五三）

中国は北朝鮮を応援し、多勢の人民義勇軍を朝鮮戦争に投入して、米韓軍と戦う。

一九六六年　文化大革命（一九六六〜一九七六）

一九七二年　日中国交回復〔田中角栄総理、周恩来総理〕

一九七六年　毛沢東死去。文化大革命終結

一九七八年　改革開放政策〔鄧小平が主導〕

一九八〇年　胡耀邦《こようほう》総書記、趙紫陽《ちょうしよう》総理〔ともに鄧小平の腹心〕

一九八七年　胡耀邦総書記辞任

胡耀邦は学生デモへの柔軟対応を批判され、引責辞任。趙紫陽が総書記代行となる。

一九八九年　天安門事件〔民主化要求運動〕

趙紫陽総書記は学生デモへの柔軟対応を批判され、解任される。その後任として、江沢民《こうたくみん》が総書記に就任。

一九八九年以後は、江沢民（十年間）、胡錦濤《こきんとう》（十年間）、習近平《しゅうきんぺい》が、中国共産党総書記〔国家主席〕の任に就く。

片山智行（かたやま・ともゆき）

一九三二年、大阪市に生まれる。東京大学文学部中国文学科卒業。大阪市立大学大学院文学研究科中国文学専攻終了。博士（文学）。大阪市立大学文学部講師、助教授、教授、文学部長。のち関西外国語大学教授、国際言語学部長。北京語言大学客員教授。吉林大学客員教授。現在、大阪市立大学名誉教授。関西外国語大学名誉教授。主要著書『魯迅のリアリズム』（三一書房）、『魯迅「野草」全釈』（平凡社・東洋文庫）、『魯迅』（中央公論新社・中公新書）。主要訳書『魯迅雑文集』Ⅰ・Ⅱ・Ⅲ（龍渓書舎）ほか。

筑摩選書 0114

孔子《こうし》と魯迅《ろじん》 中国《ちゅうごく》の偉大《いだい》な「教育者《きょういくしゃ》」

二〇一五年六月一五日 初版第一刷発行

著者 片山智行《かたやまともゆき》

発行者 熊沢敏之

発行所 株式会社筑摩書房
東京都台東区蔵前二-五-三 郵便番号 一一一-八七五五
振替 〇〇一六〇-八-四一二三

装幀者 神田昇和

印刷 製本 中央精版印刷株式会社

乱丁・落丁本の場合は左記宛にご送付ください。

送料小社負担でお取り替えいたします。

ご注文、お問い合わせも左記へお願いいたします。

筑摩書房サービスセンター
さいたま市北区櫛引町二-六〇四 〒三三一-八五〇七 電話 〇四八-六五一-〇〇五三

 ISBN978-4-480-01620-1 C0310

筑摩選書 0003

荘子と遊ぶ　禅的思考の源流へ

玄侑宗久

『荘子』はすこぶる面白い。読んでいると「常識」という桎梏から解放される。それは「心の自由」のための哲学だ。魅力的な言語世界を味わいながら、現代的な解釈を試みる。

筑摩選書 0013

甲骨文字小字典

落合淳思

漢字の源流「甲骨文字」のうち、現代日本語の基礎となっている教育漢字中の三百余字を収録。最新の研究でその成り立ちと意味の古層を探る。漢字文化を愛する人の必携書。

筑摩選書 0026

関羽　神になった「三国志」の英雄

渡邉義浩

「三国志」の豪傑は、なぜ商売の神として崇められるようになったのか。史実から物語、そして信仰の対象へ。その変遷を通して描き出す、中国精神史の新たな試み。

筑摩選書 0062

中国の強国構想　日清戦争後から現代まで

劉傑

日清戦争の敗北とともに湧き起こった中国の強国化への意志。鍵となる考え方を読み解きながら、その国家構想の変遷を追い、中国問題の根底にある論理をあぶり出す。

筑摩選書 0080

書のスタイル　文のスタイル

石川九楊

日本語の構造と文体はいかにして成立したのか。東アジアのスタイルの原型である中国文体の変遷から日本固有の文体形成史をたどり、日本文化の根源を解き明かす。

筑摩選書 0082

江戸の朱子学

土田健次郎

江戸時代において朱子学が果たした機能とは何だったのか。この学の骨格から近代化の問題まで、思想界に与えたインパクトを再検討し、従来的イメージを刷新する。